DU MÊME AUTEUR

Aux Éditions Gallimard

LE SERMENT DES BARBARES, *roman*, 1999.

L'ENFANT FOU DE L'ARBRE CREUX

BOUALEM SANSAL

L'ENFANT FOU DE L'ARBRE CREUX

roman

nrf

GALLIMARD

Il est des lieux qui font du temps un chemin de calvaire sans retour. Quand l'hôpital éjecte ses visiteurs à l'heure où l'ombre se fait plus grande que la proie, quand les femmes bleues se traînent de salle en salle pour livrer la pâtée hygiénique, lorsque brusquement le cri du muezzin étreint la ville, l'orée fatale est là, devant les malades. Il y a l'espoir d'une guérison possible pour se dire que la peine est l'amie des patients et s'endormir avec un à-valoir sur des lendemains rayonnants.

À Lambèse, pénitencier au passé chargé, au présent dont on ne parlera jamais assez dans les siècles à venir, la chape est inébranlable. Le bruit des clés, manipulées par des machines ambulantes aphasiques, ruisselantes de dures pensées, ne laisse place à rien de prometteur. Les cris, les râles, les trottinements, les silences d'aguets, les flambées de toux, les bourrasques méphitiques d'une journée absurde courent les couloirs pour annoncer que la nuit va reprendre son travail de sape. La nuit est une prison dans la prison.

Dans les cellules, on se prépare au plus dur : dormir avant de sombrer dans la démence. Les vieux taulards ont leurs recettes, forgées par une longue expérience de la nuit blanche. Ils les cachent jalousement aux jeunes. Sauraient-ils les utiliser ? La sagesse tirée d'une vie ratée est radotage pour qui voit l'avenir dans les étoiles. À force de braver les postulats du passé, les jeunes s'endorment en gesticulant. Dans son cinéma, on est libre de ses manies.

Le remue-ménage des hommes prend fin, commence celui des rongeurs, des mille-pattes, des courtilières luisantes vomies en légions par les fosses d'aisances, et celui des vampires attachés aux forteresses judiciaires médiévales comme fantômes à leurs châteaux. Lambèse se fait ombre fuyante dans la nuit noire des Aurès, soufflet cacochyme rythmant le silence des pierres. Le temps de dire une prière, le pèlerin hagard le voit disparaître au bout d'une piste défoncée, bête comme un jour sans lendemain, aux confins d'un plateau chauve, vitrifié par un froid sibérien.

Dans la 517, l'oppression pousse à la confidence. La geôle détonne dans l'ordonnance générale, toute à la désinvolture, à la précarité, au cafouillage, à la provocation, aux guerres intestines, au repli et à la dissimulation tactiques. Une pesanteur grandiose plane autour. Ne l'explique ni sa place à part dans le bloc des condamnés à mort, ni le fait qu'on y parle français, source d'avanies brutales et d'ennuis chroniques, ni le ballet d'étranges voyageurs venant la visiter à tout bout de champ. Elle tiendrait son parfum de tombe mystérieuse de l'opacité irréprochable avec laquelle s'enveloppent les Hommes d'Alger lorsque l'opinion internationale médusée regarde par-dessus leurs épaules. Les virtuoses feintent comme ils respirent, ayant à l'effet plus de sourires angéliques dans leur sac à malices que de crimes impunis dans leur tiroir.

Un Français y croupit en compagnie d'un criminel du cru, un tout-venant imberbe du menton mais foisonnant de la tête. Ils passent le plus clair de leur pénitence à échanger des monologues non miscibles par nature, cherchant par là la communion salvatrice. Dans le malheur, on est autiste par prudence, on ne veut ajouter à sa peine celle de ses semblables, on dit ce qu'on veut bien dire, on tait sa vérité avec une méfiance se voulant d'abord réprobation, on ajoute avec le désir de convaincre. On dit pour se libérer. Entre Pierre et Farid se tissait une histoire d'amour. La chose est insidieuse et finalement surprenante. L'amitié s'installe sur des malentendus inexpugnables et des méfiances venues des âges. Il ne faut pas toujours l'attendre sur un tapis de fleurs.

Dans le bâtiment administratif, clos comme une huître perlière, le directeur dresse les comptes. La journée a été bonne, il rit à gorge déployée. Son cuir s'aère, ses squames tombent en pluie, son képi bat de l'aile. On sent en lui le crocodile pressé d'avaler sa proie. La présence du Français le met à la torture. Il attendait une certaine gloire de sa présence dans son auberge. Elle fait planer le danger sur son confort de trafiquant solitaire. Les gens de la capitale téléphonent à hue et à dia comme s'ils voulaient casser la baraque. Les intéresser, à découvert forcément, est le chemin de se faire plumer avant de lever les bras. S'il s'évadait, les affaires reprendraient leur cours, la méfiance s'étiole dans la routine. Une carrière de bons et loyaux trafics ne peut ainsi partir en fumée. Il faut aider à la chose en renforçant la surveillance autour de lui, on évitera l'accusation de laxisme. La nuit porte conseil.

Dans le poste de garde, on parle femmes en les prenant

par leurs points forts. La Juventus de Batna a perdu la face devant la Jeunesse sportive kabyle. Trente à zéro à la mi-temps, ça n'existe pas ou alors dans les rêves d'un pédé ! L'affront est à laver dans le sang, un Kabyle ne peut vaincre un Chaoui ou il n'y a plus d'Algérie en ce monde. Il y va de l'avenir du Triangle, pourvoyeur attitré de présidents, de généraux et de nouveaux anciens combattants. La radio brûle son plomb à s'égosiller à propos d'un certain pays frère et voisin. Il aurait tenu des propos sur certaines choses touchant à certaines de nos affaires. Venant de lui, ça fait mal aux dents. À coups de « et puis d'abord » sentant le rappel anonyme, elle lui défonce le moral en effeuillant le mémoire des résolutions onusiennes depuis la chute de l'Allemagne. On lui apprend ce que personne ne sait de science sûre, savoir que le Sahraoui est dans son droit, historiquement prouvé et reconnu par la Communauté internationale, de lui mener une guerre sans merci. Cela pour dire que l'Algérie des Martyrs est trop éprise de paix pour laisser passer la provocation. L'invective tourne autour du pot, la guerre est déclarée depuis l'an I, et l'on ne compte plus ses dessous, encore moins les à-côtés des états-majors. Un silence interrogateur s'installe. Les joueurs de belote se demandent comment ils peuvent écouter ça sans prendre les armes. Parquée dans un coin, la télé fait ce qu'elle peut pour éviter de parler du dernier massacre (deux cent cinquante victimes au premier décompte, à minuit quinze) mais peut-être n'a-t-elle pas sa raison.

Sur les chemins de ronde, à vingt-cinq mètres d'altitude, des sentinelles coupées par le vent se demandent où en sont leurs femmes de leurs manigances à cette heure de la nuit. Si elles ne font pas de sorcellerie, elles sortent en acheter, outrepassant les interdits, bravant les infortunes du temps. Pas une pensée pour les brigands amassés le long des routes, les revenants enfouis dans l'ombre des arbres, ni un regard pour les bêtes sauvages ; seule les anime la peur d'arriver en retard au sabbat. Telle est la loi, telle est la condition de la femme. Un gardien, de surcroît haut perché, ne peut admettre d'être diminué par une créature de bas étage. Ils sondent l'horizon avec l'envie de saccager puis reviennent sur leurs pas ruminer la chique et cracher sur les murs. Ils font un mètre d'épaisseur, les candidats à l'évasion auraient besoin d'une bombe pour seulement les étonner. La nuit sera longue.

Isolé par une architecture mille fois remise en question, le pavillon des femmes fait penser à une base lunaire coupée de la Terre. Il n'y a ni gravité ni possibilité de fuite mais des bruits dotés d'un pouvoir hypnotique. Les fenêtres sont briquetées, les murs surélevés, les portes renforcées, les gardes immensément jaloux de leur domaine. Le jour entre par effraction. Les ampoules pendouillant aux plafonds sont à l'état de squelette. Les trous de serrure, obturés en des temps anciens avec des boulettes de mie transpercées d'aiguilles trempées dans le vagin de prostituées syphilitiques, dégagent une odeur de moisi sidéral. La pâte a durci, le dard s'est effrité, la technique a changé, le tréponème a cédé devant l'arsenic, les dogues continuent nonobstant de voir d'un œil et de claudiquer en s'accrochant à la manivelle. La coutume est ce qui reste quand tout est oublié. Il règne dans le harem une atmosphère de ramadan à mi-chemin entre la nouba païenne et le discours expiatoire. La chorba énerve sur le midi mais à l'heure du f'tour elle enivre le brouet des grognards.

Un chien purulent qui se vide de ses entrailles à chaque quinte de toux vagabonde dans le bagne. Il lui manque deux ou trois maladies parmi les plus rares pour épuiser la démesure et sublimer le chaos. C'est l'ami que tous recherchent. On lui flatte les oreilles, on lui caresse les cerceaux, on lui gratouille les yeux affectés d'une myopie rédhibitoire depuis qu'il a aussi perdu l'odorat et le sens de l'équilibre, on humecte sa truffe avec de la salive, on le gronde gentiment en évitant d'exciter sa vermine. Dans ce penchant incompréhensible œuvre sans doute l'écho de ce vieux fonds de philosophie hindoue qui enseigne combien on peut aimer les animaux quand on connaît les hommes.

Il y a enfin cet enfant fou qui habite l'arbre creux au milieu de la cour. On le laisse tranquille, on ne l'approche pas, on évite même de le regarder. Nul ne sait quel sortilège l'a enchaîné à Lambèse. Un chanvre hérissé passé autour du cou le lie à une ferrure scellée dans le béton au pied de l'arbre, mais est-ce là une chaîne ? De quoi il se nourrit est un autre mystère. Il se méfie de ce qu'on lui jette et semble voir dans le monde qui nous entoure de ses chicanes les résidus virulents d'un bonheur bêtement gâché. Comment expliquer l'inexplicable ? Il est en soi un rejet de la raison. Il se raconte qu'un hibou maléfique y avait ses quartiers, jadis. L'arbre était vert et donnait des fruits. Le volatile disparut par une nuit restée gravée dans les mémoires et l'arbre se dessécha. Sur l'enfant, tout a été dit. Mais il se raconte tant de choses. L'invraisemblable se nourrit de l'excès et dans le mesuré la vérité ne pèse pas lourd. Au bout de l'emmêlement, dire et délire ne font qu'un. On ne peut pas non plus vivre et se taire à jamais. À Lambèse, le temps est fragmenté, on le vit à l'aveuglette, d'un jour d'une année à un autre flottant sur des mémoires tourneboulées. On ne sait ce qui est vrai comme chose vécue et ce qui est faux comme idée reçue. Comme on ne sait pas, on invente. Ou on affabule en puisant dans les vieux récits.

Je ne sais s'il faut tout dire, il y a des limites au dévoilement. Au pied du mur d'enceinte campe une population hétéroclite ; des humains, loqueteux à ce point où la nudité confine au camouflage, des animaux de ferme défraîchis, le tout surveillé par de sinistres volatiles. Les hommes vaquent à de vagues occupations. Ils fument assis, un pied sur l'autre. Ils portent l'injustice du monde sur les épaules et paraissent décidés à résister jusqu'à la mort du Tyran. Les enfants vadrouillent, comme absents. En ces petits, durcis par le gel, sommeille quelque futur émir, peut-être même un puissant commanditaire. Entre deux pauses sentimentales, les femmes bouillent la marmite. Habillés de toiles d'araignée, les vieux se racontent les temps heureux du Prophète. Dans la froidure des jours en miettes, le feu crépite au passé recomposé. Ils semblent venir de loin. Ridés et boucanés à ce point n'est pas l'affaire d'un jour. Soudainement hirsute, la marmaille entre en guerre contre une balle de chiffon et, du coup, le ciel se met de la partie en envoyant une grêle de moellons dense à briser l'élan d'un éléphant. Mais tout passe, la vie se refait aussi vite qu'elle s'éteint. À peine voyons-nous s'en aller certains et arriver d'autres. Les animaux de ferme machinent de-ci de-là. Ils accompagnent l'exode dans son siège. Cahin-caha, ils poursuivent l'évolution vers l'étape supérieure. Un jour, ils parleront.

Tacheté de noir, le plateau est tout en mouvement dandinant vu de loin. Les corbeaux, dont l'habit de moine méphistophélique va du noir au plus noir, mènent un ballet hérissé de couacs qui s'emballe à la première fausse note. On s'en garde, leur hardiesse ignore la limite de résistance des malades. Leur nombre s'accroît à l'arrivée des prisonniers et décroît à leur libération, déduction faite des morts enterrés selon le rite musulman. Les opérations de dispersion, organisées de temps à autre par la direction pour relever le moral des troupes, n'entament pas leur détermination ni ne rompent l'impitoyable encerclement.

La nuit les enveloppe dans le même silence agité.

Dans les douars gravitant autour du bagne, des gazogènes poussifs luttent contre le blizzard nocturne. Peine perdue, le monstre ululant épouse le sol pour échapper aux veilleurs, éclatant les pierres au passage. Ça fait un grondement de volcan annonçant son réveil. L'autodéfense rôde dans les campagnes, armée de kachabias de maquisards en route pour la victoire et de fusils à pompe mal culottés, en quête d'une célébrité à même de lui ouvrir la porte des honneurs civils et militaires. L'aube la surprendra dans quelque casemate abandonnée, ivre de café pisseux et de rêves mal goupillés.

Plus loin, entre deux tendres et belles collines ayant connu de grandes amours et de vastes débats sur l'état de l'Empire de Rome, Timgad tient un siège qui refuse de capituler. Quatorze siècles de résistance, c'est rare. La ruine est avancée, les légions décimées, la population fondue dans la plèbe locale, les rêves dégénérés, mais le combat continue. On ne le voit pas, dans les musées les pierres bougent, les idées prennent corps, la riposte se dessine. Les fantômes des temps antiques sont impérissables, rapportent les vieux contes du terroir.

Enchaînée aux Aurès, qui sont au pays ce que l'épine est au pied, la nation vit des crises à répétition. On parle de bien par amour du mal et de progrès par mépris des gens. Nul ne sait quelle mouche a piqué ses voisins pour les détruire ou les épargner en connaissance de cause. Réceptacle de ses diarrhées, Alger se tord de douleur mais s'entête à vouloir concourir aux jeux Olympiques des capitales du troisième millénaire. L'embonpoint du chef d'état-major est arrivé jusque-là. Si on prie pour sa santé c'est parce qu'on ne veut pas mourir.

Voilà, il est minuit passé d'une ombre. On se déplace dans le temps. Le vendredi 16 novembre de l'an de grâce 1995 cède le lit à Aouel djoumada de l'an 1415 de l'ère hégirienne. Un général et ses compagnons d'armes ont conquis le palais d'El Mouradia au terme d'une compétition électorale merveilleusement arrangée. C'était hier, un moment de liesse inoubliable. Les jours à venir seront décisifs pour le monde libre. Un certain Ouyaya, guetteur de profession, est nommé à la tête du gouvernement. On dit de lui, partout, qu'il a pour mission de dépeupler la Terre.

L'histoire que nous rapportons a un début, un jour des années cinquante, à Vialar, au cœur de la vallée du Sersou, grenier historique de Rome et de Navarre, rebaptisée Tissemsilt en l'an 1982 par la volonté d'un agent de l'état civil en poste au gouvernement, et une fin dont on ignore le mot et le lieu véritable. On restera sur sa faim, on est averti. On ne sait pas tout, hélas. Le village comptait quelques milliers d'âmes que le temps et les vents de sable usaient gentiment à tour de rôle. Quatre saisons rythmaient ses jours mais à lui seul l'été occupait la place. Il ne sait combien tant et tant de centaines de milliers (millions ?) de resquilleurs, de réfugiés, de fonctionnaires en armes et d'autres en cavale, comptent ses délabrements. C'était un village à l'ancienne, avec ses maisons, ses rues sinueuses, ses gens, son maire, ses moutons, ses brouilles couvant sous la cendre, ses porteuses de nattes suivies de leur cortège d'ombres bondissantes, ses vieillards figés dans un guet de fin de règne, ses péquenots surpris par la fièvre bovine au retour des champs dont la crinière dorée annonçait des enlèvements en série sur fond de fantasias et de méchouis. On vivait pépères quand bien même on se savait perdus dans la désolation. On croyait au péché originel et cela suffisait pour accepter la vie comme elle vient. C'est un paysage tourmenté, avec ses volcans, ses incendies bizarres, ses typhons, ses crues tournantes, ses avalanches de nouvelles catastrophiques, ses disettes de mauvais augure, ses tribus sur le pied de guerre, déformées par les intempéries, et, pardessus la mer de lave, ronronnant sur un nuage vert, le représentant de l'État, une sorte de bailli motorisé appelé wali parce que ça ne veut rien dire depuis que le vocable ne désigne plus les saints de nos vieux villages.

De qui nous la tenons, n'est pas facile à démêler. La vie a ses coïncidences qu'elle explique rarement et des intentions éloignées de notre capacité à percer le mystère. Nous ne voulons exposer personne au danger, recevez-la comme si de rien n'était. Si vous êtes acculé, dites qu'elle vous est parvenue avec l'air du temps ; on entend de tout ces jours-ci. Nous-mêmes l'avons attrapée quelque part dans une longue chaîne d'amitié aux maillons aujourd'hui dispersés. Elle parle d'un Français qui ne l'est plus vraiment et d'un Algérien décidé à ne se reconnaître aucun lien avec ces bâtards autoproclamés nos frères en religion et nos maîtres en droit. En cela, l'histoire est difficile à raconter, puisant à plusieurs sources, à deux langages, à deux visions du monde. Il y a aussi les oublis, et les ajouts empruntés à d'autres mésaventures. Avant la fin, on le saura pourtant : ces mutants, nés d'un vieux secret, sont liés par un serment d'amour dont ils ne viendront jamais à bout.

...

...

— Dis, Pierre... Pierre veut dire pierre, n'est-ce pas ?

— Tu l'as bien deviné.

— Alors je t'appellerai Hadjra en arabe.

— Si tu veux. Et Farid, ça signifie quoi en français ?

— Ché pas. En pataouète de chez nous, ça veut dire l'Unique.

— Alors je t'appellerai Farid en français. Ça veut rien dire mais tous les mots n'ont pas forcément du sens, même en français.

Farid est un parleur diabolique, un farceur infatigable. À vingt piges, il a jacté autant qu'une tribu de nomades vieille comme le Sahara et manigancé pis que colonie de lutins au pays ennuyeux des bossus, des pauvres, des aveugles, des incultes, des filles prisonnières des coutumes et de tyrans fiers de leurs barbes bleues.

...

— Parle-moi de la France. C'est le paradis, hein ? Les frères en parlent en se mordant la langue. J'y suis jamais allé.

— Les filles sont engageantes, c'est vrai, les magasins

débordants de gadgets électriques, de cadeaux d'anniversaire, de victuailles bien enrobées. Mais ses rues sont des pièges, attention, tu n'en sors pas les mains vides ! Au fond, les gens sont loin d'être aussi heureux qu'ici.

— Tu te moques de moi ?

— Il y a des bonheurs qui n'égalent pas certains malheurs. Je me sens plus vrai dans ce trou invraisemblable que je ne l'étais en France où je ne manquais de rien pour prendre la vie de haut. Voilà, je commence une vie de moine impatient de stigmates et d'appels, ça me donne des ailes.

— S'il y a un endroit où j'aimerais être, c'est Vegas. Putain, on dort jamais dans cette galère ! Du matin au soir, tu joues aux machines à sous puis tu vas piquer une tête dans la piscine de l'hôtel. Putaiiiin, le rêve !

— Ça doit pouvoir se faire ici. Tu te trouves une piscine et tu t'installes dans la routine, le désert de Gobi, la galère et les bandits manchots, tu les as déjà...

— C'est pas pareil, Vegas c'est pas El-Harrach et ton dinar c'est juste bon à se taper la queue pour rien. Ta piscine, tu mettras une année à la remplir avec les problèmes d'eau qu'on a.

— T'as pas sommeil, hombre ? Aussi loin que portent mes oreilles, ce ne sont que pleurs et gémissements de mal dormants.

— Hé, on est des condamnés à mort, tu oublies. Il nous reste très peu de vie et pas beaucoup de temps.

— Alors, parle, toi, j'ai à peine la force d'écouter en somnolant.

— D'accord... Raconte-moi ton histoire.

Il y aurait une genèse à tout. Pierre fréquentait Avallon sans soucis ni folles tentations, sans chercher à se devancer, sans rien imaginer par-delà le possible immédiat. Pour dire simple, c'était un Français moyen, un être résolu à exister comme entité statistique dépourvue d'autonomie ; bref, un concentré de lieux communs et, pour tout dire, une créature inventée par le ministère des Armées. Tout de même, il avait une Voix, elle lui parlait, il ne peut en être autrement. La vie tient à l'instant mais pas seulement, un monde de connexions la relie au cosmos, à la source première des choses. Nos pas commencent ici, s'arrêtent là, mais l'infinitude est certaine. Cela fait de notre quotidien une somme de regrets et d'appréhensions, de nostalgies et d'espoirs plus grands que les yeux, avec en prime des maux de tête et des vagues à l'âme annonciateurs de divorces houleux. C'est vrai, on exige volontiers des autres, y compris de surmonter leur ignorance pour nous atteindre. Pourtant, ce qui attendait Pierre en Algérie, un saut dans l'inconnu, un plongeon dans l'innommable, une découverte hors de sa compréhension, une errance de chaque instant, un choc frontal avec la dictature, une suite anormale d'anomalies, une condamnation à mort dictée par téléphone, tout cela n'était-il pas inscrit dans son agenda à Avallon ? Ainsi, nous, nous savions ce qui nous pendait au nez en ces années glorieuses de soixante-dix, quand le Dictateur et ses hommes de main nous gonflaient la gandoura à la trompette. Le chant de la renommée est enivrant mais l'œil n'est pas l'oreille. Petits nous étions et le monde grand, pas l'inverse. On voyait comme le jour l'horizon noir de la fumée des bombes, le chemin rouge du sang de nos frères et amis, et le ciel bas sous le poids des âmes arrachées à leurs familles. On savait, même si nous y allions en rangs bêlants. Voulait-on voir où on irait dans la folie ? Peut-être, puisque nous n'avions rien de mieux à fiche. A-t-on jamais vu un mouton revenir de l'abattoir ?

Pourquoi nous sommes-nous tus, nous, pauvres étudiants rebelles ? Nous avions la tête en capilotade, le cœur brisé, et la caserne nous attendait à la sortie. Nos amours étaient contrariées par la tradition, nos projets de fuite à l'étranger se compliquaient de jour en jour, nos rangs étaient sapés de l'intérieur par les barbouzes, nous étions traqués en ville. Comment croire en la révolte quand tout va de travers ?

Pierre devait savoir, l'avenir est écrit quelque part. Pourquoi, entre toutes, Avallon n'aurait-elle pas ses tablettes magiques ? Il aurait donc fait preuve de courage, que dis-je, de témérité ? Est-ce tout ? On pense à l'appel du sang, celui des ancêtres, et de la terre qui les a engloutis sans se soucier de leurs croyances, à une saute d'humeur, une exaltation, à l'ennui réglé comme une montre avec lequel Avallon a fait ses jours, à un accident génétique, que sais-je. Bon, on ne peut pas croire en tout parce que cela nous arrange. Les révélations de sa mère, inattendues et brutales, n'auraient pas suffi, loin s'en faut, pour le sortir de cette bonne vieille langueur des gens heureux. Dans le bonheur au long cours, un malheur est un îlot sur la route, une halte chahutée, un exercice de remise en forme. À force de quiétude, on craque, c'est vrai, on sort de soi, mais on se raisonne assez vite pour oublier de s'évader. Il y a chez l'homme les ressorts internes sur lesquels s'appuient les mots pour enclencher la dynamique menant à la rupture, avec, à la clé, le renouveau, parfois la folie, toujours la fin de quelque chose. Sans eux, on est amorphe, on demeure prisonnier de ses antécédents. Pierre a connu la déchirure et c'est toute l'histoire. Il était écrit qu'Alger serait sa terre et sa tombe. Et aussi sa raison de vivre. Tout finit par se savoir.

Mais pourquoi, diable, chercher une genèse à une histoire quand on ne sait pas comment elle finit ? Celle-ci est d'ailleurs vouée à être tue.

Nous voilà à Tissemsilt. Souvenons-nous, c'est l'endroit au monde où il est impératif de ne pas aller. Même par la pensée, le danger est réel. Il y a foule en son tribunal. Les mouches chahutent en diable. La chaleur est au zénith. Les policiers de faction se curent le nez en roulant les yeux ou naviguent vers les murs pour accrocher leurs excréments. Ils ont vu trop de gens broyés par la machine pour s'émouvoir. Et puis l'homme dans le box des accusés est un Français, un Gaouri, il n'avait qu'à rester chez lui.

Conciliabules entre le président et son bras droit. « Le Français parle-t-il arabe ? Non. Alors. Euh. Bon, l'avocat fera l'interprète ; c'est un parfait bilingue, la presse indépendante ne nous accusera pas d'avoir commis un arabisant malveillant. On connaît ses penchants. »

— Accusé, levez-vous. Déclinez vos nom, prénom, âge et qualité ! Traduisez, maître Laskri, et faites retour.

… … …

— Chaumet Pierre, trente-sept ans… j'étais chef d'entreprise… un bureau d'informatique et de communication… en France, à Avallon.

…. … …

— Lieu de naissance, adresse.

… … …

— Je suis né à Vialar, en Algérie… aujourd'hui Tissemsilt. J'habite… j'habitais Avallon.

— Que plaidez-vous ? Maître, les pointillés sont inutiles, faites-nous grâce de votre morse.

— Non coupable, monsieur le président.

— Je me doutais. Vous paraissez intelligent.

— Je ne suis coupable, monsieur le président, que de m'être trouvé au mauvais endroit au mauvais moment… c'est l'histoire de ma vie.

— Il m'arrive d'être en mauvaise posture, pour autant je ne tue pas, je ne m'acoquine pas à un groupe terroriste.

— Je proteste, monsieur le président, vous…

— Maître, faites attention, votre client va nous offenser.

Choqué par tant de complications, bien qu'habitué des murs et tanné par leur incroyable disposition d'esprit, le public était aux anges. Ça partait bien. Le temps de traduction nuisait à la fluidité des attaques mais portait le suspens à l'éjaculation. L'avocat comprit que le procès, réglé par avance, serait écourté. Le président maniait l'humour comme un roi, pour son plaisir, et son client l'avait pris au sérieux.

…

— Avec ces pourris, te laisse jamais intimider. Y en a un qui m'a eu avec ses airs, genre Khomeyni à la messe… c'était la première fois, j'avais quatorze ans, j'ai pris six mois ferme sans savoir de quoi il retournait. Depuis, je mène la danse. Tu donnes les réponses avant les questions, ça les cloue. Quand tu dis la vérité pendant qu'ils mentent, ils perdent la boule. Bon et alors ?

— Le truc habituel, cher Farid, questions, réponses... dans cet ordre, somme toute naturel... mais dans la salle tout marchait de travers, les témoins tremblaient de joie ou jubilaient de peur, je ne sais, le procureur tirait à boulets rouges sur tout ce qui bougeait. Le public était à la fête, il gueulait à feu continu, réclamant ma mort ou celle de Barabbas, que sais-je... bref, chacun participait comme il pouvait. C'est folklorique pour un oiseau venu d'ailleurs, un pays laïc et tempéré, tu penses. Puis vint le réquisitoire... le plaidoyer... la sentence...

— Hé bien raconte, je t'écoute, yakhi Hadjra !

... ...

« Bismillah el rahman el rahim. Monsieur le président, l'affaire est claire comme de l'eau de roche. Pierre Chaumet a tué par racisme, par plaisir, par vengeance. C'est un nostalgique de l'Algérie française. On connaît la chanson. Pris par un besoin que nous avons mis à nu, l'intrus est venu chez nous pour soi-disant revoir son village natal. En vérité, il venait récupérer ses biens, des biens spoliés par ses parents durant la colonisation. Ils ont pris notre volonté sincère de libéralisation et d'ouverture fraternelle sur le monde pour une invitation au pillage. Qu'en sera-t-il lorsque la démocratie, et nous en serons bientôt les champions, nous fera baisser la garde ? Devant le refus de leur propriétaire légitime, Si Mokhtar — un frère dont le dévouement à la Cause est connu depuis l'aube de notre glorieuse révolution —, ses bas instincts reprirent le dessus. Il s'empara du kalachnikov de Si Mokhtar et le tua à bout portant, lâchement, sans hésitation. Sa famille, la ville, le pays et, je ne crains pas de le dire, la nation arabe dans son ensemble, pleurent ce chantre de la liberté, ce militant infatigable, ce citoyen émérite, ce frère au grand cœur... ce Symbole pour tout dire. Monsieur le président, chers frères, nous avons interrogé les faits avec la conscience que vous nous connaissez, nous avons entendu les témoins et noté l'unanimité de leur réprobation, nous avons écouté l'accusé et tenté l'effort de le comprendre, nous avons observé ses gestes sans a priori, sans y trouver rien cependant qui fût de la compassion pour sa victime, du remords pour son acte, du regret pour avoir abusé de notre hospitalité. Allah a dit : Ils sont venus à nous comme le loup vient se frotter à l'agneau. Leur cœur est noir de leurs desseins mais nos bras sont fermes, ils ne connaissent ni la peur ni l'hésitation. Sadaga elahou el adhim. Nous devons maintenant, ici, sans tergiversations ni faux-fuyants, avec foi et conviction, appliquer ce que nous ordonne la loi de Dieu. Je vous demande, messieurs les jurés, la tête de Pierre Chaumet. Que dis-je, je l'exige ! »

— T'as chié dans ton froc, avoue !

— Tu l'as bien deviné. Non, c'était si caricatural... je ne me sentais pas concerné. Mon esprit était ailleurs. Mon histoire est si compliquée. J'étais un homme quelconque, un Français disposant d'une honnête moyenne, me voilà avec deux familles, deux religions, deux pays, deux langues, si je possédais la deuxième que tu pratiques avec tant de bagout, deux visions du monde aux antipodes, et au lieu d'en être écartelé, je me sens accompli. Le sentiment de plénitude rend la vie inutile, il dispense de tout, de la vérité surtout. C'est une drôle de découverte quand ta vie a été une suite ininterrompue de questions. C'est inquiétant au début, mais une fois libéré de l'angoisse, t'es comme ces vieux éléphants lorsque, par un beau jour habillé d'ocre lumineux, ils prennent le chemin du cimetière.

— De quoi tu parles ? Ton corbeau n'a pas plaidé ta libération immédiate avec les excuses du ministre ? T'es un Français, pas un Algérien, t'as des droits !

— Oh oui ! et il a été brillant ! À l'entendre, j'étais fier d'être si parfait et désappointé d'être si mal compris.

...

« La marge est étroite, monsieur le président. Votre sagacité, et celle de messieurs les jurés, ne s'est pas trompée, vous avez su éviter l'écueil placé sous vos pieds par monsieur le procureur. Comme nous, vous le savez fallacieux avant d'être véridique. Le prétoire est pour lui une chambre d'écho de choses décidées ailleurs. Nous ne sommes pas là pour faire le procès du colonialisme. L'histoire s'en est chargée et peut-être nous fait-elle regretter d'avoir oublié ses leçons. La barbarie, la scélératesse, la misère, la froideur des bureaux, l'ivresse des possédants, la grandiloquence des caciques, le désordre des ordres finissants, chacun pour sa part nous déciment, nous paralysent, nous avilissent, nous insultent. Ne sont-ce pas là les bruits de cette colère ?... »

Il y eut un coup de canon, tiré d'Alger ou d'une caserne pas loin. Le président trembla pour ses galons.

— Je vous arrête, maître. L'effet n'est pas la cause. Dire le colonialisme étranger à nos malheurs est du révisionnisme, il vous en coûtera. Tenez-vous-en à la ligne.

— Oui, restons dans notre jardin et regardons nos malheurs croître et se multiplier. Au-delà est un monde si méchant. On voudrait presque y faire le ménage.

...

« Pierre Chaumet est bien réel, il n'est pas une ombre du passé. Son pays s'appelle la France, il y vit, paye des impôts, il est respecté, il a une famille dont je regrette l'absence parmi nous. Nous savons les difficultés pour nos concitoyens d'obtenir un visa pour l'Europe, connaissez-vous celles, insurmontables, que les Européens rencontrent à seulement trouver ouvertes nos ambassades à l'étranger, avec des préposés à leurs postes et des formulaires disponibles dans la langue du pays. Et je ne dis rien d'Air Algérie, notre seul lien avec le monde, par respect pour ses vieux coucous malades. »

— Hé, c'est vrai ! Les frères campent au pied des ambassades pour couvrir le jour jusqu'à la capitulation du service d'ordre. À El-Harrach, on disait : si tu cherches tes potes, regarde du côté des ambassades, ils attendent le train.

— J'ai fait pareil à Paris pour obtenir un visa. J'ai été assidu, crois-moi. J'ai écrit, j'ai téléphoné, j'ai sonné, j'ai jeté des cailloux sur la fenêtre, j'ai fait le pied de grue sous le regard indifférent de ce qui m'a paru être un concierge dangereux. Je ne pouvais tenter plus sans ameuter le GIGN. Quand j'ai glissé la pièce au barman d'en face, on est venu me chercher de l'ambassade avec de très bonnes propositions. Je blague, tu t'en doutes. J'en étais à la troisième tournée de scotch et d'olives pour me passer l'envie de tuer lorsqu'un rabatteur, surgi à point nommé, m'aborda comme pour me vendre un tapis volé. Je n'avais pas fini de le dévisager qu'il m'avait entourloupé. Rien n'est gratuit mais quand même... enfin, j'avais le fil pour entrer en Algérie dans la plus parfaite légalité, avec du lait et des dattes sur un plateau pour m'accueillir à l'arrivée. « Une fille en saroual et boutons dorés sera là pour te sourire au nom du gouvernement », ajouta-t-il avant d'aller fouiner ailleurs.

...

« Je vous l'apprends, au moment où vous jugez cet homme, sa famille soulève des montagnes en France pour seulement trouver le chemin de la raison chez nos diplomates. Ils sont chargés de soigner l'image du pays à l'étranger, on peut le dire ainsi... ils mettent du cœur à l'ouvrage, nous le savons... ils accomplissent du beau travail, ma foi... Savons-nous où ils ont été recrutés, quel est le mobile et à qui profite le manège ? Ce sont des questions essentielles. Sachez-le, les larmes de cette famille coulent parmi nous, le niveau monte de minute en minute. Je n'oublie pas celles de la famille de la victime ; elles se répandent dans la maison de l'assassin que la justice, notre justice, leur justice, ne veut pas retrouver... »

Encore un coup de canon. La boucherie se rapprochait.

« ... Monsieur le procureur a interrogé les faits. On se demande lesquels, quels sont ses ordres et pourquoi il y a tant de mouches autour de lui. Mon client, Pierre Chaumet, mon ami, votre ami, nous a dit, et la police dont nous saluons le courage ne l'a pas infirmé : au moment où Si Mokhtar faisait face à son assassin, il se trouvait à trente kilomètres de Tissemsilt, à Tiaret, où il rompait la galette avec un vieil ami de ses parents. Les témoins produits par lui ont de longues oreilles et des dents de lapin mais leur pelage est sombre à tromper un chacal. Ils sont ce qu'ils sont, des gens gratifiés par Dieu du don d'ubiquité et par le Diable d'une langue fourchue. Nous les connaissons, nous les voyons dans tous les procès, ce sont des témoins professionnels et c'est la partie visible de l'iceberg.

« Voici les faits : Pierre Chaumet est venu en pèlerinage dans le village où il est né et a vécu les premiers mois de son enfance. Je dois dire, pour le lui reprocher, qu'il a bien mal choisi son moment. Le pèlerinage, pour pressant qu'il soit, a ses exigences, celle de s'assurer que le sanctuaire ne s'est pas transformé en coupe-gorge et celle de s'informer sur la sécurité des routes. Ses parents, des fonctionnaires de haute valeur morale n'en déplaise à ceux qui réclament un djihad au simple énoncé de Pierre, Paul ou Jacob, y ont été mutés par leurs administrations respectives, le père en qualité de médecin et la mère de maîtresse d'école. Allez-vous nous reprocher d'être né en Algérie et d'y avoir vécu notre prime enfance ? Allez-vous reprocher à nos parents d'avoir soigné vos pères et de vous avoir éduqués ? Monsieur le président, messieurs les jurés, je vous adjure de considérer ces faits : un, l'accusé ne connaît pas la victime ; deux, il se trouvait dans une autre ville à l'heure du crime ; trois, les témoins à décharge ont disparu. Ignorez-les et le monde libre vous le fera payer, la France sait défendre ses enfants où qu'ils se trouvent. »

...

— Ça cause, un corbeau, hein ? Moi, j'ai toujours été seul au tribunal des pauvres, avec ma mère et mes sœurs pleurant dans le sillage. Mes corbeaux, des blancs-becs commis par pitié pour leur santé, ils arrivent quand le panier à salade fonce sur la prison. Excuse-moi, ton avocat, c'est pas un vendu ? Il parle de la France comme s'il avait un château à Marseille. Qu'est-ce qu'il en a à foutre qu'on lui fasse la guerre ?

— Personne ne l'a écouté, le public était pendu au regard du procureur qui, à aucun moment, me semble-t-il, ne s'est détourné de sa feuille de route. Maître Laskri a usé de son temps de parole et de sa profonde gentillesse pour nous remonter le moral. C'est un bon corbeau, il a pleuré à l'énoncé du verdict.

...

Savez-vous qu'à Lambèse les jours se confondent ? Et les heures, loin de se suivre, jouent comme à saute-mouton dans une bergerie en feu ? Il faut apprendre cette marche chaotique et laisser courir son imagination. Prêter l'oreille ne suffit pas. Il nous en a fallu de la gymnastique pour replacer les faits dans leur droit fil et trouver les mots pour rendre leur étrangeté. Nous n'avions ni fil d'Ariane ni les cailloux du Petit Poucet, l'amitié nous a guidés.

À un certain moment de certaines nuits pas comme les autres, en ces lieux que domine l'ombre massive des pénitenciers du bout du monde, la vie peut basculer d'un cri dans l'univers éclaté de la folie. Une échappatoire, une défense ultime, inespérée. La violence des jours n'a plus de réalité, sinon comme un drame lointain et dérisoire. Le retour à la raison est le pire qui puisse arriver à un homme perdu. N'empêche, fous ou pas, les malheureux parlent, écoutons-les.

...

...

L'enfant de l'arbre creux poussa un cri, étrange et douloureux. Il ressemblait au gémissement d'une âme dévorée par les ténèbres. Vite, il est temps de prier et de se réfugier dans les profondeurs du sommeil.

— Dormons, Farid, nos âmes sont en danger. L'enfant

ne pleure pas sans raison. J'entends déjà le jour levant nous apporter de nouvelles calamités et nous n'avons rien pour les affronter.

…

…

…

« Hé ! Hadjra… Oh Pierre… Oh galère… ouvre les yeux, écoute ! Demain, tu me diras si tu l'as tué. Moi je crois que c'est une crapule ce Mokhtar et tu as bien fait de le refroidir. »

Le jour se lève intact sur la douleur que nous avons noyée au fond de la nuit. Elle remonte à la lumière tel un cadavre libéré de son lest qui vient inquiéter son assassin. Mère est bien morte, il me faut l'admettre. Le cancer l'a ulcérée, grignotée à notre insu, puis emportée d'un geste. Le chaos s'est emparé de moi. Il me broie les entrailles, je vais mourir éviscéré, rempli de rage noire.

De l'hôpital à l'appartement, puis de l'appartement au cimetière, le soleil dont nous avions perdu la trace depuis la Toussaint suivait notre cortège avec un sourire en dents de scie, tantôt tristounet tantôt espiègle, suggérant l'oubli et de nouvelles orientations. C'en était révoltant. Un homme se doit de pleurer sa mère jusqu'à la fin des temps et ne jamais croire en la parole des veufs.

Avallon va son chemin. Elle a navigué à travers des âges ardus et des forêts oppressantes à couper le souffle, et aujourd'hui qu'elle connaît la lumière et a pris la mesure de ses lacunes, elle a chaussé les bottes de sept lieues et s'est abonnée au TGV. À l'instar de toutes les villes du vieux continent, elle a vu naître et mourir tant de gens et passer tant de machines de guerre que seule compte sa survie à ses yeux. Voilà qu'elle est riche et prospère et comme du fond de sa Bourgogne natale elle regarde l'Europe avec de grands yeux. L'Algérie devrait se résoudre à suer aussi durement si elle veut se tailler une place au soleil. Nous disons « une place au soleil », pas « à la place du Soleil » ; il faut avoir l'oreille modeste et la langue courte. Pleurer sa misère est un mauvais programme de travail, envoyer des fumées dans le ciel pour apitoyer le grand Manitou revient à pisser dans le sable, et, bien entendu, il est indigne d'un président adulé de terroriser les petites gens.

Dans son lit, elle luttait contre le mal invisible. L'infirmière que nous appelions à chacun de ses râles repartait sur ses crêpes crissantes en nous lançant des regards fermés. Nous en comprenions tout le sens. Le silence était notre aveu, notre façon de plier devant l'inéluctable. Nous nous trompions sur son agitation. Mère cherchait en elle le chemin d'une vérité enfouie, oubliée dans le feu de l'action d'une vie radicalement bourgeoise, marginalisée par le train-train des jours et la trépidation des projets nouveaux, venant de gauche et de droite, dans la précipitation des modes, mais finissant par s'assembler dans un dessein, un peu parce qu'on suit sa nature, un peu parce qu'on ne sait pas échapper aux conseils de ses amis. Chez les femmes, ils ont valeur de décrets ; on doit les appliquer sans délai et frauder intelligemment. Mère était bouillonnante, n'arrêtant jamais de ramer et jamais elle ne remettait au lendemain ce que demain allait faire de lui-même. Comme si elle voulait échapper à l'attraction du passé.

Alors, elle trouva la force de me parler. Ses paroles me parvenaient à travers un filtre qui en refusait le sens. Je secouais la tête, les yeux fermés, mâchoires serrées. Alors encore elle prit ma main, la serra contre sa poitrine, la caressa, voulant ainsi, sans doute, me transfuser le vrai sens de ses paroles et toute la vérité de sa vie. L'émotion, l'aveu, mon silence d'absent la tuèrent avant qu'elle ait terminé sa prière : « … pardonne-moi, Pierre… devant Dieu tu es mon enfant… et… »

La mort est une mécanique huilée par des millénaires de pratiques funéraires. L'orphelin n'a qu'à s'abandonner à la peine, la machine fonctionne toute seule.

Il y eut des va-et-vient, des papiers et des signatures, des poignées de main, des accolades et des bises parfumées. Des bruits feutrés, des escaliers heurtés, des portières claquées, des odeurs de fleurs écœurantes. Et du noir à profusion.

La vraie et éternelle douleur de l'orphelin a son heure bien à elle et ses chemins cachés. Il les trouve lorsqu'il est perdu, lorsque le giron devient un mythe inaccessible et la douleur un chemin initiatique. Avant cela est encore l'univers des illusions et des promesses signalées par un code de la route immuable. Elle exige alors un travail de fourmi, il faut l'endiguer jusqu'à la dernière goutte, l'amasser au plus profond, la préserver des infiltrations marginales et s'y noyer chaque fois que son cœur crie au secours. On ne peut pleurer sa mère sans pleurer sur soi-même.

Le curé a parlé de Dieu, de la résurrection, de la vallée des larmes et de la poussière du monde, comme seul un curé sait le faire. Sa voix, brisée par des années de génuflexions et de courses dans les courants d'air, nous transporta dans un univers infiniment compliqué, infiniment simple, infiniment lointain, infiniment proche. Nous étions en cet état où le possible et l'impossible se confondent sans le moins du monde nous déranger. Il ferma les yeux et son livre pour dire Amen et se mettre à l'écoute de ce qui seul protège vraiment : le silence. Son geste se voulait une façon de fermer le robinet par lequel sourdait une révolte que je désirais éternelle. Hébétés nous étions lorsque nous quittâmes le cimetière. Le chemin du retour avait changé comme avaient changé notre peine et notre regard sur le monde. Nous nous séparâmes au pied de l'immeuble sur la froide impression d'avoir commis quelque chose de regrettable avant tout : nous étions du nombre des vivants. Au bar du coin, je fis une entrée de tragédien éconduit, décidé à m'incruster jusqu'à la mort du barman, parce qu'il faut boire et boire encore en de telles circonstances, laisser couler ses larmes, renifler à grands gestes et même offrir sa photo aux clients regardants. Non vraiment, je ne pouvais frustrer le tenancier de mon chagrin, il avait espionné mes peines et mes joies durant plus de vingt années pour le compte de ma mère. Au finish, je l'aurais eu, il gardera mes derniers débordements pour lui. L'appartement maternel s'était fait au silence. Les chats sont allés voir ailleurs à quelle sauce les mamans fidèles dorlotent leurs gentils minets. En deux jours de solitude, leur cœur — en ont-ils ? — s'est endurci à leur faire tourner la queue à une vie d'affection et de confort sans répit. La vieille horloge à balancier, muette depuis le legs de grand-mère, regardait pulser le cadran digital avec des envies plein les ressorts.

Un orphelin visite sa demeure comme s'il se cherchait après s'être perdu des années auparavant. Il va d'un placard à l'autre, soulève un couvercle ou un traversin, tâte un objet familier, fossile d'une civilisation disparue, ouvre des livres dont il ne connaît pas la langue ni l'usage auquel ils prétendent, grignote des restes de mets exotiques, ouvre et ferme des fenêtres sur des bruits et des vicissitudes sans signification.

Il est bon pour sa foi que la quête de l'orphelin dure un peu.

Le décès ouvre droit à des démarches en cascade. On se fait automate pour les accomplir dans les temps impartis. On regarde sans voir, on écoute sans rechigner l'avoué se perdre dans ses papiers, l'agent de la mairie se fâcher avec ses tampons, l'escogriffe des impôts se compliquer la vie, et tous montrer qu'ils ont assez trimé pour mériter une promotion. On la leur donnerait bien si on pouvait dans le même temps leur couper le cigare. Suit un cinéma discret : invitations, sollicitations, offres pour repartir du bon pied, appels d'une autre planète. L'ambiance est feutrée mais on voit venir l'explosion. On se cale sur les abonnés absents et on ouvre sa porte d'un geste machinal. On est bête dans le désarroi, on veut ceci, on fait cela. Les raseurs défilent. On est ballotté de-ci, de-là, dans une tempête sans fin. On découvre plus tard, sur son île déserte, sous un ciel éteint, par un temps inconsolable, qu'elle se déroulait dans un verre d'eau. La mort ne nous avait rien pris, elle nous laissait face à la vie, face à nous-mêmes, et là est sa terrifiante vocation.

Puis vint l'écume des jours couvrir la fuite du temps. Puis vint le temps de la remontée dans les âges.

La sacoche était bien là, dans une valise datant de la Belle Époque contenant un siècle et des poussières de secrets de famille, de cartes postales postées de pays disparus par des gens disparus, prétendant des choses que le vent s'est fait un devoir de balayer, de photos prises sur le vif avec une mise en scène proche de la mécanique de précision, de petits objets qui feraient le bonheur d'un collectionneur comme on les aime, digne de figurer dans une collection de vieux collectionneurs. Si les objets ont une âme, pourquoi n'aimeraient-ils pas l'animal qui les collectionne avec affection ? Quel est ton nom, toi ? Ah oui un camée... quelle idée, pourquoi pas une camée ? Et ce bibelot, c'est quoi, une cruche miniature, un pot-pourri de poupées ? Bah, les femmes ont leurs objets. C'était une sacoche du bled, un bout de peau arrachée à un mouton des steppes nourri d'alfa en pointes d'acier, de ronces rabougries et de scorpions en grappes, artistement travaillé par un artisan mal dégrossi de Boussaâda, déguenillé à faire fuir ses poux et probablement mort avant son heure. Pour primitif, cet artisanat a consolé, entre les deux guerres, plus d'un touriste en mal de nouveautés. Pierre le pensait depuis longtemps en y voyant comme une arrière-pensée : ces vestiges n'ont de réalité que sur les chromos rapportés des colonies. On les voit ici et là, en arrière-décor, dans les magazines et les télés, lorsqu'il leur prend de regarder l'Afrique oubliée, ses élections au tam-tam et ses discours pharaoniques.

La sacoche ne contenait rien. Seulement un peu d'air rance et un vieux bout de bristol découpé à la va-vite, portant ces lignes en forme de message codé, vite écrit, vite classé :

Aïcha El Madauri, douar Beni Slimane
Usine à gaz ? la gare ?
Khaled El Madauri, 12 juin 58

Voilà donc le mystère !... et sa clé plus hermétique que le Talmud. La trahison d'une vie. Et là, l'âme soudain brisée, une avalanche de questions aux réponses hors de ma portée, dans un autre pays, en des temps révolus, sous un soleil depuis longtemps acquis à Allah.

Qui suis-je, misère ?

C'était un cri dans les profondeurs de son être. Une simple question sur soi et l'on se ne connaît plus. Dur de passer du connu à l'inconnu, de soi à l'autre, tapi en nous-même comme dans une boîte de Pandore. Il y a quoi entre Je et Nous ? Un trou noir, un écheveau gluant, un brouillamini de mirages ? Un pas n'engage à rien, sommes-nous tenté de dire. Suit un Vraoum ! On est happé par le désordre. On gesticule bêtement, on se sent assailli, tripoté, violenté, occupé. On se méprise pour sa candeur, on hait le fraudeur en nous, on lui refuse le droit de parler et de se retirer. On veut se battre. Un drôle de combat ma foi, une empoignade par tous les pores, au terme de laquelle il n'y a ni vainqueur ni vaincu mais un mariage fou... ou un divorce dans la folie. C'est ainsi, une peau ne peut être habitée par deux hommes. Et avoir un grand cœur ne suffit pas pour contenir tant de mystères.

Peut-on sentir la brûlure d'une braise sur laquelle on ne marche pas ? L'histoire de Pierre Chaumet est une aberration, une rupture brutale, une descente aux enfers, tu ne peux comprendre. Tu as ta place dans la cité, tu es répertorié, ton nom est un rempart contre lequel se brisent les suspicions de ceux, souriants et familiers, tes collègues, tes voisins, qui voient en toi un escroc, un mystificateur, un étranger. Mais peut-être les critiques ne te dérangent-elles pas, tu en débites assez pour détruire la cité et la rebâtir à ta guise. Pauvre condition que celle des hybrides, des bâtards, des apatrides, des cosmopolites, des qui ont un pied ici, un pied ailleurs, sans pouvoir s'accrocher à la rampe des gens paisibles.

Quoi qu'il en soit, il est bon de connaître ses adversaires avant de les affronter. Khaled El Madauri, ça a de la gueule comme nom ! Ça te dit sa petite guerre tribale de cent ans pour un agneau volé, et pas moins d'un cheikh et d'un imam vénéré, égorgés dans leur sommeil. Étudier la culture de tribus disparues quand Avallon est son horizon et que les mécanismes régulateurs de la Communauté européenne vous donnent le tournis, quelle galère ! À côté, Pierre Chaumet, Français de souche, informaticien de métier, informaticien à ses heures libres, informaticien dans ses rêves, ça te dit son petit homme qui ne ferait pas de mal à une mouche de synthèse.

Voilà, après la nuit vient une autre nuit si la lumière manque à l'appel.

Le salon du Méridien bruissait dans la conspiration. On dégoulinait en ce mois d'août parisien honni des indigènes. Le levant y développe des couleurs intenses et le couchant des langueurs impériales ; on est saisi dans l'instantanéité des flashs, englué comme une limace dans ses glaires. Tout ce que la Chambre de commerce de Paris comptait de chefs d'entreprise aux aguets était là, en grande pompe, en groupuscules musclés, riant en chœur, quand même un peu inquiets de l'aventure, si loin, sous un ciel ténébreux, en un continent oublié, dans un bled en proie au pourrissement, à portée de main de marabouts sanguinaires. Là-bas, tout de même ! On voyait bien sur son billet d'avion qu'Alger est à deux heures de vol de Paris et qu'on y mange à sa faim, mais les préventions sont ce qu'elles sont, on craint pour sa vie. Risquer trois sous cofacés, oui, perdre la tête, non. Nous étions depuis les aurores à détruire la moquette, attendant Dieu sait quel feu vert. Le président a dû se mélanger les rendez-vous et les pinceaux, ou alors l'ambassadeur en a profité pour demander l'asile politique.

Les rires se faisaient nerveux. On hésitait entre téléphoner à police secours et se rapprocher de la télé qu'une famille de riches Hindous semblait vouloir défendre jusqu'à la mort. Elle beuglait une chanson bête à s'immoler par le feu aux pieds du chanteur.

Attention, chut !...

Arrivée de son excellence monsieur l'ambassadeur d'Algérie en France et de monsieur le président de la Chambre de commerce de Paris accompagnés de leurs équipages, de jeunes loups et de rusés renards qu'on distinguait par la couleur de la cravate.

Garde-à-vous, fixe ! On va discourir en attendant l'heure de se diriger sur Roissy.

« ...

... ... »

« ... Et comme je vous le disais, l'Algérie est engagée dans un vaste programme d'assainissement soutenu par le FMI et vous en connaissez la rigueur ! Les satisfecit qu'il nous adresse à chaque revue sont éloquents. Qui mieux que lui sait ce qu'est la réussite, je vous le demande ? (rires et applaudissements). Je ne crains pas de me répéter : le tunnel est derrière nous, la croissance est de retour, les excédents rondelets, la paix déboule en force. L'Algérie est riche de gisements, ses lois sont exemplaires et ses travailleurs impatients de montrer de quoi ils sont capables après tant d'années à rien foutre... euh... à bâtir fouloirs, écoles, usines et routes. Au nom de mon gouvernement, je vous remercie une nouvelle fois de nous honorer de votre visite. Vous découvrirez que l'hospitalité algérienne n'est pas un mot. Vous serez accueillis en héros par les plus hautes autorités du pays, vous l'ai-je dit ? Elles vous fourniront les explications les plus étendues pour investir chez nous dans une totale liberté dans le strict respect de la réglementation, créer des emplois, participer à l'équilibre mondial et régional, favoriser la paix dans le monde, sauver la Méditerranée du naufrage. J'ose l'espérer, vous surmonterez vos appréhensions, compréhensibles hier, mais dépassées aujourd'hui que le candidat Zeroual promet d'entreprendre l'édification des institutions de l'État, tâche à laquelle il s'attellera le jour même de son élection... si d'aventure il est élu, évidemment. C'est un poète de la démocratie, un mélomane, un général émérite, vous pourrez dormir sur vos deux oreilles, il n'y aura pas de lézard avec lui. Et si vous en voyez, cela voudra dire que nos ennemis ne désarment pas ou que les sectateurs redoublent de férocité (rires et petites prières). L'Algérie est un pays sûr, il attend ses capitaines d'industrie, c'est-à-dire vous, chers amis, pour aller de l'avant et rejoindre le peloton de tête des nations. Vous verrez, vous ne résisterez pas à sa quiétude. Merci de tout cœur. »

Applaudissements nourris. Plateaux de petits-fours dévastés.

Le président a déroulé un discours qu'il a baladé dans plus de cent quarante pays sans avoir provoqué une seule guerre. Son astuce : s'en tenir aux généralités qui ne froissent pas, aux sorties qui amusent grands et petits, aux déclarations pompeuses sur la mondialisation et son corollaire : l'amitié des peuples. Le vieux pingouin a appris à son premier franc gagné au bonneteau que les affaires se nourrissent d'ombre et qu'elles se concluent d'une main ignorant tout des agissements de l'autre. À parler pour ne rien dire, autant le faire avec des mots creux fourrés de gentillesse. Le vieux schnock nous a enchantés.

En attendant le bus, probablement égaré entre deux

hôtels, nous avons piétiné le hall, admiré les cendriers, et marqué le territoire de nos queues de cigare. On les balançait d'une pichenette quand les maîtres de cérémonie avaient les yeux dévorés par l'émotion.

...

M'infiltrer dans ce groupe de chasseurs de primes fut un jeu d'enfant comme le promettait mon marchand de tapis volants. J'ai lu des prospectus et je les ai récités par cœur :

« Monsieur le président, emmenez-moi dans votre caravane et mademoiselle votre fille en sera heureuse. Je suis un homme d'affaires aux aguets. J'ai besoin de roupies pour me refaire. Je me suis laissé dire qu'à Alger on les ramasse à la pelle si on frappe à la bonne porte avec une patte blanche. Je saurai le faire et l'honneur vous en reviendra. J'ai lu dans vos papiers confidentiels que le gouvernement d'Alger cherche désespérément des mécènes pour porter ses promesses. Je sais mentir comme pas un. La preuve : je vais lui offrir la lune sur un plateau d'argent. Je suis partant. »

« Monsieur l'ambassadeur, je suis un homme d'affaires qui croit en le génie de vos dirigeants et en les lois de votre pays. J'ai des capitaux, de la technologie, un grand sens de la mesure pour ce qui est du profit, j'aime les ouvriers et davantage les chômeurs, et j'excelle dans l'exportation pourvoyeuse de devises fortes, indispensables pour édifier une société d'économie sociale digne de ce nom, à la hauteur des aspirations de ce grand peuple qu'est le peuple algérien. Le mot "coopération fraternelle sans arrière-pensées" est celui que je préfère de tout le dictionnaire. Je suis partant. »

Deux jours plus tard, on me remit en même temps que

le visa d'entrée les clés de la Ville d'Alger. Le préposé de l'ambassade, un homme bien de sa personne ma foi, paraissant vivre très largement au-dessus de ses moyens, en avait gros sur la patate. Il m'en a dit de belles. Selon ses dires, le gouverneur d'Alger viendrait de découvrir que le millénaire de la capitale est pour bientôt. Il est désespéré. Il croyait dur comme fer qu'elle avait l'âge de son décret de nomination. Il se serait suicidé s'il avait du cran. « Quand on ne fait rien pour un ami de ses amis, on ne mérite pas de vivre », dit-il pour clore le chapitre. Je ne voyais pas de relation, sauf peut-être une demande de logement mise sous le coude, mais bon, ce sont leurs coutumes. Il vaut mieux entendre ça que mourir de consomption. Je lui ai glissé deux billets pour le consoler, comme suggéré par l'intermédiaire.

Le bus arriva sur ces entrefaites. Les businessmen tombèrent dans le désordre de l'enfance mal léchée pour l'escalader par le versant le plus dangereux et l'occuper de la manière la moins stable. Vu du pullman et des boulevards, Paris allait son train, exhibant ce qu'elle a de plus beau, des rêves coûteux... et une situation sécuritaire parfaitement maîtrisée, de jour comme de nuit.

...

Mère aurait voulu me voir prendre la vérité pour ce qu'elle est : un moment d'étonnement, un moment de réflexion, suivi d'une digestion sans vague à l'âme. C'est vrai, on a sa vie, on a ses repères, pourquoi changer. Au-delà de l'horizon sont les mirages donnés pour argent comptant par les récits de voyageurs enclins à la facilité de l'exagération, et aussi les fièvres qu'on traîne sa vie durant. La douane est la plus sage des inventions humaines.

Mais voilà, il faut s'écouter au moins une fois dans sa vie. Et prendre ses pulsions par les cornes : sauter le mur, courir à perdre le souffle, patauger dans les marécages, contourner les postes de contrôle, et s'engager le cœur au vent dans le no man's land. Regarder le loup dans les yeux est la plus essentielle des quêtes. Il ne doit pas hurler pour seulement ce qu'en dit la propagande des télés : sa femelle et la mort de l'homme. Pourquoi alors sur son arrière-train fixe-t-il la lune avec tant de désespoir ? À Alger, je n'avais pas qu'un rendez-vous d'affaires à expédier mais à gravir le chemin de la colline oubliée. Car après tout, quoi de plus normal, de plus évident, que d'aller vers soi-même, quitte à se perdre en route.

...

— Dis, Pierre, si nous étions libres, je te donnerais ma sœur Zora en mariage. Avec elle, tu manqueras pas de couscous, elle en raffole. Tu nous feras une familia du tonnerre de Dieu. Grâce à toi, j'aurais un appart à Avallon, une voiture, neuve j'espère, avec beaucoup d'accessoires, et tous les rendez-vous que je désire depuis ma première tentative de viol.

— Moi je te présenterais ma cousine Sylvie. Elle a quelques boutons mais pour ce qui est de parler, elle ne craint pas le diable. Vous irez loin dans la poursuite du bonheur.

— Le plus loin que j'ai été, c'est à Oran. J'étais en cavale, je voulais passer à Oujda et de là à Vegas. On m'a accusé d'avoir échappé au service militaire et collé cinq ans de bagne. C'est de la méchanceté. J'ai été piqué dans une rafle de jeunes mal rasés. Après enquête, ils ont vu qui j'étais, un zaouali, un fils de pauvres et d'arrière-pauvres. Ils m'ont sorti du bagne et enrôlé dans les premières lignes. C'est là que...

— Oui.

— Rien... j'entends le marchand de soupe, il arrive en crachant ses poumons. Passe ta gamelle et ferme les yeux.

Après la bouffe, la fouille. Ça faisait longtemps. Les murs grouillaient d'instruments de guerre, de kif, de littérature subversive, de pensées disparates. Le cri de « Allah akbar » enflamme l'aile des Chevelus. Dérangés dans leur folie, ils surgissent des souterrains bardés de bombes artisanales et d'armes médiévales pour en découdre. En deux mouvements, le djihad est organisé. Allah aime le suicide collectif et chérit le tueur résolu. L'exégète du groupe récite le Coran d'une voix satanique, les fidèles lui font un écho radieux : « el moulaguia fil djena », « rendez-vous au paradis ». Pour rien, tout ça, la garde-chiourme ne fréquente plus leur zone depuis l'évasion de 1994 qui a vu mille cent dix-sept de ces énergumènes disparaître dans la jungle, ornés des meilleurs morceaux des gardiens tombés entre leurs mains. Ils pourront s'évader quand ils le voudront, personne ne les regrettera ; leur habitat ne communique avec rien, sinon l'enfer. Chez les civils, on avale son kif, on se débarrasse des coupures de journaux donnant des nouvelles du front, on dissimule ses pornos, la photo de ses gosses, on gomme de son visage tout espoir de revoir le monde extérieur. Le règlement ne tolère pas le rêve. Organisés selon leurs professions, en grades et sous-grades, les trafiquants poussent un des leurs, l'homme à la courte paille, à avaler une lame de rasoir pour détourner l'attention. C'est pas sérieux, un gardien n'est pas un saint ; tout se négocie quand on y met du sien. Un lointain coup de sifflet vint briser l'élan des limiers et nous dresser les oreilles à la verticale. La traque prenait fin. La chasse ne remplit pas toujours la gibecière, du moins elle aère les chiens. La direction joue avec la fouille d'une manière tortueuse, on ne voit pas quel but elle poursuit. Ça déboule en catastrophe, ça part en pipi de chat, ça laisse tout en désordre. Lambèse renoue avec l'apathie, le faux-semblant, et les mille petites choses qui meublent les jours sans soleil. Farid discutaille avec son ami Gaston, un gros rat à la mine patibulaire. Il partage notre ordinaire. Le meilleur lui revient. Il passe la journée à se masser le ventre et, la nuit venue, il se cale dans la godasse oubliée d'un condamné à mort aujourd'hui disparu pour ronfler comme un dingue. Ils ont l'air de manigancer des choses irréelles.

...

Roissy baignait dans la lumière des grands départs. Une voix du ciel nous talonna pour nous dire de noter ceci et d'accomplir cela. On courut d'un guichet à l'autre, essoufflés mais assurés de cheminer dans la bonne voie : le tube d'alimentation de l'avion. L'entonnoir censé canaliser les passagers pour les livrer un à un dans la cabine, aux pieds des videurs de la Compagnie, explosa sous la poussée des businessmen. Les hôtesses d'Air Algérie, habituées aux tueries dans le pays, en furent secouées. Paris serait-il contaminé ? Elles sont jeunes, sans expérience, elles n'ont pour vraies certitudes que l'uniforme de la Compagnie et la dictature du commandant. Ce vol, tant vanté par la presse nationale, leur a appris une vérité insoupçonnable de prime abord, occupées qu'elles étaient à farfouiller dans les boutiques parisiennes en se gaussant de leurs sœurs ensevelies sous la poussière d'Alger : le Français en groupe est la plaie des transporteurs, bien avant les pirates de l'air.

L'avion est un lieu de vie entre ciel et terre. Ne comptez pas y trouver des témoins. Sur les vols d'Air Algérie, les petits trafics entre personnel navigant à l'œil et trabendistes sont une douce routine. Au énième voyage en bonne entente, on est larrons sans le savoir. « Vous avez un Plan ? Nous avons le Vol qui va avec ! » est la devise non écrite de la Compagnie. Les gros secrets dorment dans la soute sous un manteau de plomb, la cabine regorge de petits articles innocents made in Taïwan. L'art de la diversion consiste à mettre les petits devant et à les laisser s'agiter. Les bagages à main courent dans les travées. Les griffes sont belles mais aucune n'est vraie au-delà de l'apparence. Marqués au fer par l'estampille parisienne, les nationaux regardent la bimbeloterie asiatique comme chose vile et tournent la tête avec ostentation. Encore un mystère de la main invisible du marché : les bazaris d'Alger édifient des fortunes sur la pacotille dénigrée. Vite fait bien fait est le secret des affaires. Les sachets passent de main en main, franco de port. On regarde sans voir, mais on devine l'affaire du siècle, on subodore ce qu'il a fallu de complicités pour en arriver là, on s'émerveille de tant d'habileté, on est payé de ce qui nous a manqué tout au long de la vie comme relations et autres passe-droits. On imagine la tête du gabelou s'escrimant sur des papiers truqués et celle du receveur des impôts perdu dans ses fausses adresses. Tiens, fume ! Plus un système est fermé, plus il y a de petits génies pour y percer des trous. On se plaît à penser que lorsqu'il est totalement verrouillé, il est entièrement ouvert ; c'est formidable ! On se sent blessé d'être loin de tout ça, faible, innocent… neuneu pour dire les choses par leur nom.

C'est l'heure de nourrir les passagers, ils ne tiennent pas en place. Le signal interdisant le cannibalisme en cabine s'allume in extremis. Les plateaux arrivent comme lancés au tir aux pigeons. Un cellophane les habille d'une vague légende sur les microbes. C'est la nouvelle coquetterie de la Compagnie. Son légendaire laisser-aller va en prendre un coup. Le code-barres cache de sombres magouilles dans les circuits de distribution des vivres vers le Sud. Cuisine algérienne ; c'est bon mais il faut s'en méfier avant.

J'ai fait la connaissance d'un trabendiste, le premier de ma vie, une vie réglée par un quartz scrupuleux. Quel honneur ! En quelques bourrades au flanc et une averse de postillons au visage, il m'a tout appris. L'Europe, l'Asie, l'OMC, Interpol, le contrôle de qualité aux frontières, ce que mangent les douaniers, ce que boivent les agents du fisc, le hobby des généraux dans les colonies, le mauvais esprit du consommateur algérien, la filière suisse et ses relais sétifiens n'avaient plus de secrets pour moi. Le tout raconté à la mode algéroise, un brouet dénué de subtilité formé d'un tiers de secrets de Polichinelle, un tiers de tartes à la crème et un tiers de sous-entendus hilarants à faire pleurer un éléphant. J'ai regretté de ne pas être du cru pour tomber comme pomme pourrie dans ce jeu débile. J'aurais aimé jouer la comédie avec ces bandits, alternant airs de tartufe à qui on ne la fait pas et mines de bon Samaritain surpris dans sa logique. « C'est d'accord, j'appellerai Salim 22 Long Rifle si j'ai besoin de lui, merci beaucoup. — C'est un flic en congé de maladie. Il se soigne des tueries en faisant dans le taxi clandestin pour les étrangers. Il tourne dans les grands hôtels, il quitte jamais sa jaquette Adidas et ses Ray-Ban mais son vestiaire a de quoi intimider tous les milliardaires du monde, musulmans, athées ou chinois. J'y suis pour quelque chose… je voyage, tu comprends… Okay ? Avec lui, le départ c'est déjà l'arrivée, dans une totale sécurité… enfin, il lui arrive d'écraser un gosse ou deux… Okay ? Dis-lui que tu es le frère de Messaoud le Gitan. Et puis, il est sympa, tu verras, il te dira tout, les terroristes, l'émir d'Alger, les enquêtes secrètes, les coulisses du pouvoir, la chanteuse du président et ses musiciens, les maîtres chanteurs, les receleurs des Affaires étrangères, les commanditaires ayant pignon sur rue, les désertions de militaires et ce qu'il en est des alertes à la bombe, tout, je te dis ! Okay ? Seulement, tu les tousses en devises, hein, pas en dinars, il en a de trop. Avec les amis, il marche au crédit, repose-toi sur moi pour tirer le max… Okay ? Si tu as besoin d'un petit truc pour ta maison ou ta bagnole, tu as ma carte… Okay ? Je passerai te voir à Avallon, tu me montreras tes ordinateurs et ton appartement, je te les achète si tu me fais un prix… Okay ? » Puis s'endormit du sommeil du juste sans attendre de moi la contrepartie de son amitié.

…

Quel était ce détail ? Mère a dit… quoi donc ?… ai-je réellement entendu « le motard l'a tué ». Une moto de banlieusard mal réveillé nous aurait-elle troublés en ce moment douloureux ? Non, je rêvais, je me débattais, je cherchais un sens à l'impossible… elle mourait sous mes yeux… Ah ! Dieu, comme elle tenait ma main, elle voulait son amour plus fort que la plus grande vérité du monde… j'étais cet amour, j'étais cette vérité, pourquoi me suis-je fermé quand elle s'ouvrait à moi... elle attendait mon... mon... Pardon, maman, pardon...

...

Il faut tout lire, les papiers du gouvernement et ceux de la Chambre de commerce, et le bouquin en faux papier sur le millénaire d'Alger offert intentionnellement par l'ambassadeur. Vite, vite !

L'annonce de l'arrivée provoqua la panique en classe éco. Des sardines tassées par trois, maintenues en vie artificiellement. On vérifie ses papiers, on réorganise ses paquets, on échange des conseils de prudence, on supplie Allah que tout se passe bien, on se démaquille, on avale sa cravate. On recommence pour se calmer. Le manège s'emballe lorsque l'avion taillade le béton de ses ailes. Fiers de leur réputation de meilleurs pilotes du monde, colportée par une population habituée à ingurgiter des couleuvres, les conducteurs ont fait dans la douceur. Réussi. Une aile décollée n'est pas la fin du monde. On applaudit avec le sentiment que la prochaine sera la bonne. L'état de l'avion, qui rebuterait un ferrailleur malgache, le chahut des Français, la malchance endémique promettaient un plongeon brutal dans le feu de l'actualité.

Un vent brûlant balaie la piste. Il est chargé de kérosène mais pas seulement. Il porte une tristesse de fin de règne, une mystique de trou noir, le silence d'une vie brisée par mille années de solitude. Des militaires partout et pas âme qui vive, seulement des papiers gras avec lesquels le vent fou de la Mitidja s'amuse en pleurant ses vergers riants et ses potagers grassouillets disparus dans le béton. Tout cela est nonchalant mais plus regardant qu'un rayon X. On se sent brutalisés, mal pansés, gangrenés déjà, emportés vers un lointain charnier. Les ambassades devraient s'installer à l'aéroport, près des avions. C'est là qu'on a besoin d'elles. Le mal se prend à la racine ; et être présent au départ, chapeau bas regard en berne, est un devoir envers ses compatriotes.

La nervosité fait dire n'importe quoi.

Soudain, un déluge de gyrophares, de sirènes, de limousines noires, de jeeps fonçant sur le mur, et un bus à la traîne, étonnant de rusticité. Surpris, les sentinelles se posent deux trois questions avant de réagir selon le bon vieux réflexe du bidasse : regarder pisser le mérinos. Le ballet avec lequel Alger accueille ses invités de marque est un pur scandale. C'est à voir, une fois dans sa vie, on prend un recul de bonze pour un siècle. On se découvre heureux et splendide dans sa nudité. On les débarque mains en l'air, on les compte à l'index, on les coche au stylo bille, puis on les embarque dans des bus lessivés, le président du groupe (il en faut un, Alger déteste les sous-fifres) dans la limousine des services de la présidence. L'impression de terreur installée pour l'éternité est une impression passagère mais on peut la traîner sa vie durant. Personne ne leur dira un traître mot, chacun son métier. Moins il y a de travail, plus on le divise. C'est la division du travail, leçon numéro un. Décollage sur les chapeaux de roue, direction le salon d'honneur. Doré et chamarré à point, c'est beau. Il y règne une atmosphère de première d'opéra. Un monde fou attend les Français. Bouffe gratuite aujourd'hui. Citons les détenteurs d'une position prouvée : de hauts scribes portant le costume de cérémonie des esclaves du roi, le président de la Chambre de commerce d'Alger (puce à l'oreille : ses yeux larmoyants sont une botte secrète infaillible dans les négociations internationales), des journalistes affichant des mines de fomentateurs de troubles, et des zigs maigrichons et survoltés censés s'occuper de choses capitales sans lesquelles la Terre ne tournerait pas : transborder les bagages, rafler les passeports, actionner les portes, aligner des chaises, rabrouer les curieux, secouer les serveurs, cocher des listes, veiller au timing…

« Bonjour et bienvenue », répété mille fois. « Merci et encore merci », répété mille fois. On se malaxe les mains à réveiller ses cloques. Les discours, c'est pour demain, dit le programme auquel nul ne peut déroger sous peine d'avalanches. On nous l'a dit et répété. Motus et bouche cousue. Il faut donc dire : le PROGRAMME.

La suite fut un ballet parfaitement huilé. Le 20 heures le montrera au peuple comme l'exhibition du siècle : des portières manœuvrées comme à la parade, des photographes immortalisant des gestes, des perchmans pêchant tous les mots synonymes de coopération, des zouaves plantés en haies d'honneur, des drapeaux battant la cadence, des zigs courant bras levés vers des zigs ballant des bras. Une voix off spécialisée dans la démesure lui parlera de coopération à cœur ouvert à lui tirer le sang par les oreilles. On abandonne l'aéroport à ses problèmes. S'ensuit une course-poursuite dans les faubourgs d'Alger et les venelles du centre-ville. Objectif : rejoindre l'hôtel El Aurassi, au sommet d'une butte verdoyante au cœur de la capitale. La façade du palace regarde la mer pour donner à rêver aux clients. Le palace flambe dans une blancheur inouïe. Pas besoin d'un phare pour secourir les bateaux en perdition. On fonce à deux cents à l'heure entre deux bolides de la police. Le bus a suivi comme il a pu, tiré de l'avant, poussé de l'arrière.

Hôtel, chambres, bar, restaurant. Le prospectus du palace est un régal pour l'imagination. On y croit d'emblée : Dieu y habite avec ses saints. Il a été rédigée par le plus grand menteur d'Alger, ouais ! nous a dit, cramoisi, un voisin de palier en pyjama ; un Allemand fort en gueule et radicalement raciste. Il tenait par la queue un superbe surmulot de trois kilos. Comment a-t-il pu l'assommer ?

Autour du couscous officiel, une atmosphère saugrenue à couper au laser. On parle avec le sentiment de jouer au tennis avec un mur contre lequel on a fusillé tout un village. La règle est de faire bonne figure quand on ne sait pas de quoi il retourne.

— C'est beau, Alger.

— Oui, c'était.

— Zeroual va bien ? À Paris, on dit qu'il est mort.

— Non, il se porte comme un charme mais ses amis poussent le bouchon. Vous voulez dire mort mort... ou mort pour fini ?

— Il y a une différence ?

— Oui, mort est une chose, fini une autre.

— Et Ouyaya, il fait quoi ?

— Euh...

— Dites-moi, tous ces gens dans les bureaux, vos amis je suppose, ils roupillent ou ils jouent à la pétanque ?

— Détrompez-vous, ils se tuent au travail.

— La main tendue du président... c'est un jeu ?

— Vous êtes loin de la vérité.

— Qu'est-ce que vous faites dans la vie ?

— Pas grand-chose, on attend que ça passe.

— On peut avoir des adresses ?

— Oui si vous me dites lesquelles.
— Les Algériens et les Français sont des amis.
— Oui mais il faut pas le dire, les temps sont assez durs comme ça.
— Le dinar vaut quoi en euro ?
— En dinar, il vaut rien, l'euro vous pensez !
— Vous parlez quoi en Algérie... français, turc, russe, ou chinois de Mao Zedong avec beaucoup de tournures ronflantes ?
— Qui sait... on ne s'écoute pas, ça dérange personne.
— Je croyais que boire à ce point, c'était une spécialité française.
— Et vous, vous savez de qui vous la tenez ?
— Vous avez combien de femmes ?
— Et moi je vous demande si vous avez une sœur ? La quatrième, je l'ai égorgée avant de venir, hi-hi, ha-ha.
— Vous plaisantez ?
— Oui mais combien dans ce pays ne plaisantent jamais...

Ah les dîners officiels d'Alger !
Les gardes se défoncent comme des dingues, la note du bar sera salée. Bonne continuation et à demain.

Enfin la chambre ! Douche dans le seau d'eau et hop au lit. Ne pas oublier de souffler les bougies dans la bobèche, merci !... ah oui, régler le sablier sur sept heures, l'heure des braves.

Ah misère, quelle journée ! À quoi ça rime tout ça ?

C'était une nuit noire. L'enfant dormait dans le creux de son arbre, les pieds dehors que le vagabond de Lambèse léchait à petits coups en jouant de la queue. Il y avait de la sérénité dans l'air, de la musique dans les cœurs... même si d'incroyables menaces obstruaient l'arrière-plan. Aux humbles les mains pleines, les petits riens offrent d'immenses compensations. Liberté confisquée et rêve libéré marchent ensemble, clopin-clopant. Ainsi va le monde, demain sera toujours une promesse de dénouement heureux. Quelquefois, on aime croire au Père Noël. Le bonheur prend les formes qu'on veut, le malheur seulement celle de la tristesse. Les enfants s'amusent de tout. En enterrant ses erreurs à l'instar des médecins, on se rassure, mais les ressusciter est un plaisir inégalé. C'était une nuit à se laisser aller aux confidences. Hermétique elle était, mais le jour l'habitait en filigrane, c'est magique. Rien de tel pour réveiller les ombres du passé. Il en est de lumineuses avec de jolis papillons autour. Ainsi en est-il de ce jour où nous fîmes croire à Grand-mère qu'elle était aveugle. La pauvre se portait comme un charme, rien n'échappait à ses lunettes de lynx. Nous étions en cet âge que l'on surveille de peur de le voir subitement eventrer quelqu'un, et Grand-mère nous gardait, moi Pierre dit Magic Boy, Goulou que sa maman abandonnait tous les mardis à la même heure, Zembla aux yeux roux, un malade avide de nougats et de nouvelles fraîches sur l'art automobile, et Merdax notre nouveau souffre-douleur. Prenant à cœur sa besogne, Grand-mère tricotait ce millième châle qui allait consacrer sa collection. Entre deux mailles, elle nous jetait de mystérieux sourires. Nous torturions Merdax à tour de bras, le malheureux beuglait à fendre le cœur. Trop c'est trop, elle finit par s'endormir. Il était dix-huit heures, et la nuit profonde à souhait. L'occasion rêvée, nous la guettions depuis l'été ! Nous éteignîmes et nous continuâmes de jouer, l'air de rien. Grand-mère se réveillant et voyant le salon aussi noir que le cul d'un nègre s'affola un tantinet. Puis nous entendant disputer de choses et d'autres visibles seulement dans la lumière, elle tomba dans une vraie panique. Elle était rendue où nous voulions, à la seule conclusion imaginable à son âge : elle était aveugle. Elle hurla : Marie, Mère de Dieu, je suis aveugle, je ne vois plus, je me suis réveillée aveugle ! Nous mîmes notre art de l'embrouille au service de sa découverte. « Mémé, qu'est-ce que t'as, tu vois plus la lumière ? t'es miro ? Vite, appelons le docteur ! Donne-lui à boire, la vue va peut-être lui revenir ! Essuyons ses besicles, elles sont peut-être dégueulasses ! Attention qu'elle se plante pas l'aiguille dans l'œil ! Pourvu qu'on ne nous accuse pas de l'avoir estropiée ! » On fit durer le plaisir jusqu'à ce que maman, se doutant d'un drame sous son toit, fît irruption dans le salon. Le choc de l'obscurité la renversa. Elle alluma d'un geste réflexe. Silence glacé. Mémé était muette devant l'étendue de la supercherie dans laquelle

elle se débattait et maman ne vit rien à ajouter. Restait à se carapater en douce et laisser Merdax bouffer de la torgnole.

Il est des ombres merveilleuses. On aimerait les pleurer sans fin, en rire, les revivre. Pourtant nous fûmes méchants et l'âge ne nous a pas arrangés.

Il en est de tristes, de tordues, de honteuses, de fugaces comme un baiser volé, de celles qui s'incrustent et vous crient encore aux oreilles, et toutes celles, ignorées, oubliées, esquivées, au fil des ans, au gré des jours, au hasard des circonstances, en fin de compte. Il en est d'étrangères à notre vie, qui pourtant nous accompagnent. Ce sont elles, mystères errants accrochés à nos basques, qui font de nous des êtres hésitants, des bougres ridicules, des phénomènes incompréhensibles, des types louches. Dieu, d'où me viennent ces souvenirs ? Je suis né en Algérie mais j'y ai vécu douze mois, pas un de plus, neuf dans le ventre de ma mère et trois dans ses bras à téter le sein. Pourtant, ma tête est pleine de sable, de siroccos, de koubbas, de palmiers, de flûtes enrhumées, d'ânes braillants et de chameaux assis en tailleur, d'arbres poussiéreux baîllant d'ennui au-dessus de mendiants faisant semblant d'être morts depuis longtemps. De Mohamed, d'Ali et de Kadour, enturbannés comme des momies. De Fatma, de Zineb et de Khéïra, allant de prosternations en révérences parce que l'imam l'exige et parce que le Caïd ne badine pas quand il est sur son cheval. De Pérez, de Martinez, de Garcia à chaque comptoir, dans leur sempiternelle tenue de brousse : liquettes auréolées, sombreros et bretelles basses ; toujours gênés par leurs roubignoles qu'ils déportent d'un flanc à l'autre, toujours à se gratter le cul, à se jeter à la figure du « con de ta mort », du « fume c'est du boudin », du « tousse pas, l'olive va ressortir ». De Josiane, de Josette, de Maria-Dolorès, des garces coulantes de sensualité, béantes de provocation, la bouche échancrée jusqu'à l'aine, papotant de vedettes américaines, de tombeurs italiens, de tapettes de là-bas, mamma mia, de plage au clair de lune, de bouffa sur la corniche, de pique-nique à Yacourène, de troubles vaginaux, jamais de ce qui pousse les enfants au crime et le pays à la guerre. Qu'ai-je à voir avec cette guerre qui voulait libérer les uns au détriment des autres et vice versa alors qu'une partie de cartes bravement arrangée pouvait les calmer tous et de surcroît les sortir de leur statut de pauvres types ? Qu'ai-je à voir avec ces gens, leurs histoires de colonisés, de colonisateurs, leurs héros, leurs traîtres, leurs serments, leur slogans, leur 13 mai, leur 19 mars, leur 26 décembre, leur 5 juillet, leur 16 novembre, comme si c'étaient là des références inscrites dans la Révélation ? Rien, mille fois rien... Dieu me pardonne... sinon cette inquiétude accélérée que j'apercevais dans les yeux de maman quand soudain la télé se mettait à saigner sous le choc des nouvelles d'Algérie. Une inquiétude pas banale, une alerte désespérée, une crispation électrique, une angoisse de mère pour son enfant vadrouillant en des pays incertains. Mais le chagrin va bien avec la retenue et mère n'en manquait pas. Tout cela passait trop vite pour en faire une histoire... la terre tourne, le JT n'attend pas, il en est déjà au sport, côté coulisses ; l'amuseur de la météo arrive avec ses moutons errants et son épée de Damoclès. Et puis, je ressentais comme une vérité soudaine qu'on ne peut pas affronter ses pressentiments quand on n'est pas préparé.

Avallon va son chemin depuis des siècles, ses familles

n'ont jamais eu d'autre souci que de le suivre et de ramasser ce qu'offre la succession des saisons. Ses hommes ne sont pas des héros, ses femmes ne cultivent pas l'excès, et ses enfants, raisonnablement peu nombreux, sont loin d'envisager de faire la guerre à quiconque. Et moi, je n'ai jamais rêvé de malheurs, ni agi contre la raison. J'ai mené mes affaires en dilettante et si j'ai vécu de dettes, ce dont je souffrais, d'autres ont escompté et affacturé sur mon dos sans se gêner le moins du monde. J'ai aimé les blondes et les brunes au détriment des rouquines qui sont des oiseaux plus rares, c'est regrettable ; il m'importe, malgré la difficulté, de me corriger en toute occasion. J'ai aimé les ordinateurs et leur métaphysique glacée, ce n'est pas un crime. J'ai quelques chats sur la conscience mais on ne fait pas procès de tout, la vie m'a aussi laissé des bleus, des cicatrices et des taches sur le hile pulmonaire droit.

Sait-on où commencent et où finissent les choses ? Dire les limites de l'air, par exemple, n'est pas facile. De la naissance à la mort il y a plus de chemins à prendre que de secondes à vivre, et celui sur lequel j'ai marché était le destin de quelqu'un d'autre. Quand et comment cela s'est-il produit ? Que serait-il advenu si l'inverse s'était imposé à nous ? On marcherait sur ma ligne de vie et je serais une ombre au royaume des absents. Il me fallait en avoir le cœur net et, à défaut de savoir qui tue qui dans ce foutu pays, trouver qui vit au nom de qui, et pourquoi.

Lambèse est le prix de ma témérité.

« Farid, y en a marre de cette pagaille ! »

— Quoi encore ?

— Mourir n'est pas une raison de se foutre de tout. Ton rat commence à me les gonfler, vos questions me mènent droit à la folie. Je veux que ce trou soit net, je veux qu'il y ait de l'organisation dans nos élucubrations et que nos occupations ne soient plus seulement réglées sur les appels du muezzin.

— C'est du kofr ! Mon rat a ses droits et le muezzin tu l'entendras nous chercher partout sur terre. Et puis d'abord, où tu le vois, le désordre ?

— J'attends de la visite, putain ! S'ils nous trouvent dans cet état, ils vont nous prendre pour des sauvages et nous liquider en toute bonne conscience.

— Ya dini, tu te fais des rêves de là-bas encore ? Pour les gens d'Alger, le problème c'est justement l'ordre et la propreté. Le désordre, ils l'ont dans la tête. Si on est propres, on va les choquer.

Nous étions au troisième appel du muezzin de la journée, soit très exactement dans les eaux mortes de 15 h 32-16 h 17 à cette période de l'année, si la lune n'a pas dévié de son orbite. La visite, différée de jour en jour depuis trois semaines, était pour tout de suite. Il y avait une certitude d'ordre supérieure dans les voix d'outre-tombe qui nous téléphonaient par les tuyaux. « Hé Hadjra... Oh Bier ! la visite arrive ! Prends des airs de chef pour les recevoir... Ce sont des petits, ils se couchent facilement. » Nous en étions à déployer un bordel digne d'un Négus lorsque tomba le silence d'avant l'épreuve.

Brouhaha dans les escaliers. Des gonds gémissaient, des portes geignaient, les courants d'air se bousculaient dans les sas. Branle-bas de combat chez les condamnés à mort ; on écoutait à pleins tubes, on sondait à toute pompe, les miroirs captaient fébrilement... Des pas de gardes, le toc-toc-tac habituel, accompagnant ce qui semblait être des civils dépaysés, déroutés par le remugle d'une ménagerie mal nourrie, le zonzon affolé des mouches et les couinements rageurs des rongeurs. Tintamarre de clés. Farid se terra sous la couverture. Deux matons le saisirent, hop dans le couloir. Entrée d'un homme, de ceux que l'on voit promener les Mercedes Taïwan de l'Algérie en guerre. Taurin, court sur pattes, gueule barrée d'une moustache à la Sadam, encarnavalé d'un costume vert rayé de rose, le cerne des yeux nécrosé par l'accumulation de méchanceté. Le maquignon national reconverti dans l'importation, le fric-frac fiscal et la traite des députés.

— Je m'appelle Si Abdelkader. Je suis l'ami du chef suprême des prisons, je parle et j'agis en son nom. Je représente aussi d'autres gens plus importants, mais de ceux-là je ne peux parler. Je viens te proposer un marché.

— Quel est-il ?

— Discutons d'abord de choses et d'autres. La France est loin, on ne peut nous entendre de là-bas. Les patrons d'Alger ont du souci, rien ne marche comme d'habitude, tu as foutu la pagaille dans leurs combines. Le président n'en dort plus. Cela dit, chacun fait à sa manière, et le meilleur gagne. Tu manges bien ?

— Euh... on est gâtés, merci. Et vous ?

— J'ai des gaz, avant de manger je suis obligé d'ouvrir la valve. Sinon ça va, j'honore Allah cinq fois par jour et je compte bientôt m'acquitter du pèlerinage à La Mecque. Si tu as besoin d'un petit quelque chose, tu le dis, je donnerai des ordres. À un homme sur sa fin, on peut pas refuser une gâterie. Il fait froid dans les Aurès, tu t'en doutais pas avant de venir chez nous, hein ?

— Je me doutais de beaucoup de choses, de celle-là, non. Pour dire vrai, j'ignorais l'existence de Lambèse et de ce qu'on y fait. Mais bon, la soupe est à l'eau chaude et nous sommes assez de malheureux pour nous réchauffer les côtes.

— C'est gentil votre trou. Qui fait le ménage ?

— Euh...

— Assez parlé. Pourquoi tu as tué Si Mokhtar ? Tu sais quoi au juste ?

— Vous avez les minutes du procès, la vérité s'y trouve si le greffier a tenu bon. Je crois l'avoir assez répété : je n'ai pas tué ce monsieur. Comme dit le sage, je sais que je ne sais rien. Mais certainement vous en savez beaucoup.

— Tu peux le dire. Je suis de ceux qui savent tout, peuvent tout et ne craignent rien. Pourquoi tu as visité la vieille Aïcha à l'asile des fous de Tiaret ? Nous avons appris, cela te montre l'ampleur de nos moyens.

— Dans le temps, elle était... euh... femme de ménage chez mes parents. Ils l'aimaient bien, je me sentais le devoir de suivre leur exemple.

— Et bien sûr tu ne sais pas où elle est passée ni qui l'a achetée ?

— Je ne sais pas où vont les vieilles disparues et je ne mange que du pain du boulanger, payé rubis sur l'ongle.

— Et cet ancien cadi, il est quoi pour toi ? Nous l'avons un peu secoué, il nous a dit que tu cherchais des nouvelles du fils de la folle, Khaled de son prénom. Pourquoi ?

— Aïcha était proche de mes parents, il est normal que son fils le soit pour moi. Je voulais faire quelque chose pour lui, l'aider, lui donner un peu d'argent. Le Cadi connaissait mon père... il m'a appris... euh... que l'enfant était mort en bas âge.

— C'est du sentiment, quoi ! Ya zébi, pour ça tu fais toutes ces courses à travers le pays sans autorisation ni escorte ?

— Je suis un homme pacifique, je ne véhicule de complot ni contre l'État ni contre la raison. Mon voyage était un pèlerinage, j'avais le cœur transi par la mort de ma mère, je voulais remonter à la source des choses.

— Sache-le, ton copain Salim, on l'a retrouvé. C'est un peu grâce à lui que le soleil va peut-être se lever pour toi.

— Comment va-t-il ce brave garçon ? Est-il en vie ?

— On peut le dire. Il va aussi bien que possible.

— Pourquoi tes parents sont-ils venus à Vialar durant

la révolution, si loin des villes côtières ? Ils cherchaient quoi ?

— Si vous connaissiez Avallon et le gémissement de ses entrailles, vous sauriez combien s'en éloigner est une démangeaison qui vous prend avec les dents de lait. Ils avaient vingt ans, pouvaient-ils tenir plus longtemps ? En ce temps, on périssait d'ennui, de froid et d'indigestion de marrons. Et même aujourd'hui que la lumière ne manque pas, on a peine à tenir en vie dès lors que pointe la saison des questionnements.

— Et c'est qui, ce Jeannot Lapin dont tu as pris le nom ?

— Un ami d'enfance.

— Sacré farceur de Français, va ! Nous avons décidé de te libérer si on trouve le moyen de le faire en douce... il nous faut la certitude que tu ne parleras pas sitôt en sûreté à Paris... cela dit, on se torche de vos discours, la caravane passe sur les chiens. Maintenant, si nos plans ne marchent pas comme prévu, couic, tu passes à la casserole.

— Merci beaucoup. Je vous prierai de les étudier avec soin pour qu'ils réussissent du premier coup, sinon je ne serai plus là pour pleurer votre insuccès.

...

Gaston fut le premier à venir me féliciter de m'en être si bien sorti. Le mystérieux visiteur était déjà son cauchemar de la nuit. Et de mon exploit, tenir tête à la Bête, Lambèse et ses pénitents allaient fignoler une légende pour la postérité. Farid en pleura d'apprendre ma probable prochaine libération arrangée. Qui allait manquer à l'autre était la question à ne pas poser.

Dans la cour, le vagabond aux mille maladies aboya à

foudroyer un mur. C'était la première fois ! Un cri de terreur, un hurlement de dingo, une explosion brutale, mais un aboiement ! Ouaouuuh ! Un pur attendrissement envoûta le pénitencier. C'était aussi la première fois que le brave toutou, le bon Rantanplan, se faisait écraser la queue par la Bête. Il est sourd, aveugle et peu sûr de son odorat mais il pense comme un chef. On reconnaît le mal à sa douleur.

Il me faut reprendre le fil du récit et rester clair. Nous étions à Alger pour répondre à l'estime du gouvernement et engranger de l'argent. Ces deux jours compteront dans ma vie aventureuse. On a emprunté des voitures blindées, des ascenseurs incertains et l'on a transité par des antichambres opaques, cachant sous de puissants déodorants des odeurs de chien mouillé ou de pigeon pollué ; ou de chat moisi ? On nous reçut dans des bureaux de vizir où luxe et pauvreté cohabitaient dans une formidable débauche. Nous nous asseyions côté débarras, face à l'hôte, heureux dans son écrin, pour en prendre plein la vue. On but du thé à ne plus voir les marches ; on écouta à oublier l'usage de la parole ; on a souri à choper la jaunisse ; on s'est gavés de questions ravalées, n'étant pas sûrs de leur parfaite stupidité pour les balancer sans risques pour nos vies ; on se saigna les mains à applaudir des gens insensés, encensés par la propagande ; on fit bombance chez l'un chez l'autre, d'un palace à un autre plus oppressant, sous le regard stalinien de la télé nationale, appelée l'Unique par les indigènes. Les malheureux captent soixante-dix chaînes de quarante pays et s'en crèvent les yeux douze heures par jour pour échapper au massacre mais le bouche-à-oreille les rattrape toujours : ils savent tout du délire de l'Absente. Comment l'expliquer ? Une solution finale ? Plus bas, plus faible, plus lent, serait-il sa devise ? On se demande à quel jeu elle s'adonne toute seule dans son coin.

Lorsque nous retrouvions nos chambres et les bruits étranges des silences d'hôtel, nous nous revoyions au JT de 23 heures, souriants en chœur, alignés par des zigs d'une minutie absurde, recevant en guise de cadeaux d'État de pleines brassées de calepins et de stylos de couleur (pour mémoriser nos intentions d'investir ?) et, face à nous, en gros plan, un dignitaire bardé de certitudes seriner les plus gros mensonges de l'hémisphère Sud. On sympathisa avec nos gardes ; charmants, des saute-mouton tenant de l'éléphant dans un magasin de porcelaine et de l'âne dans un bric-à-brac. Entre deux portes, ils nous dirent quelques mots sur leurs gouvernants. Nous les bûmes avec horreur et délectation. Puis des conseils : « Ils ont la tête près du bonnet, saluez bas. Hochez la tête sans vous arrêter ; applaudissez-les de temps à autre, ça les émeut ; mettez-y la gomme comme si vous étiez infiniment reconnaissants. Dites inch Allah ou Amin quand ils réfléchissent en regardant le plafond, ils adorent mêler Dieu à leur business. Bon, c'est l'heure, on vous amène chez le ministre de la Faillite industrielle. Faites attention à vos appareils, mettez-les en panne, vous éviterez des réparations coûteuses sans résultat. » Chez l'émir du tourisme : « Plaquez vos fesses au mur, le morveux tire vite, c'est un islamiste, du clan des modérés, il se fait les dents. » À propos des barons de la décennie noire reconduits dans la décennie rouge, ils nous adjurèrent, après avoir éloigné les curieux : « Bouchezvous les oreilles, ne parlez en aucun cas. Ils sont anti-Français que c'en est fatigant et laborieux dans leurs discours. » En nous rendant chez les ministres proches du pouvoir occulte : « Gaffe, c'est des coriaces ! S'ils vous proposent moins de quatorze pour un, faites l'échange avec nous, vous aurez des filles en bonus. » En route pour rencontrer des cadres, ils se montraient peu loquaces, voire renfrognés ; ce n'est pas avec eux qu'ils prendraient le thé. « Ces gars parlent chinois, ils sont froids comme des croque-morts, ils n'ont aucun esprit de famille. Des ânes déconnectés, ils croient réussir dans la vie avec un stylo. Si vous les écoutez, vous êtes bons pour l'hosto, mais n'ayez crainte, on a quelques blouses blanches sous la main. » Avec ces renseignements, nous pouvions avancer sans risques. En fin de compte, nous avons réussi la tournée des popotes sans déplorer de pertes, sinon un doigt arraché par un ascenseur moribond. Pour ma part, j'ai promis à tous que j'investirai en Algérie tous mes biens jusqu'à ma montre. Croix de bois, croix de fer !

La soirée d'adieu fut une apothéose. Le PROGRAMME l'avait gardée par-devers lui. Personne ne l'attendait. Par le chef des zigs, nous apprîmes, émerveillés, qu'il en va ainsi et seulement lorsque les invités se sont tous très bien tenus. Heureuse nouvelle. Nous étions fiers de notre président, lequel se frottait les mains depuis sa rencontre secrète avec l'émissaire d'un grand général. La fête pouvait commencer et au diable les mauvais coucheurs ! Nous étions vingt-deux, ils étaient une centaine. Nous avions sur nous des regards et des regards, tous correctement habillés ma foi, à l'occidentale, sauf deux trois bureaucrates de l'espèce islamiste, pas trop démodés si l'on tient compte de la valeur du dinar, et tous prêts à boire leur poids de whisky : des méchants, des racistes, des curieux, des gentils, des esthètes, des sportifs, des laborieux, des envieux, des cupides, des atrabilaires, des prêts à mordre, des prêts à lécher, des prêts à fuir loin, des qui ont tué père et mère, des qui ont survécu à toutes les purges, parlant arabe, français, kabyle, chaoui, mozabite, anglais, russe, malgache, et d'autres langues tant nordiques que sudistes. La proximité linguistique n'est pas le premier trait de caractère de la nomenklatura algérienne. Mais bon, l'essentiel est qu'ils furent unanimement enthousiastes de notre visite et de nos promesses d'investir en force. Nous leur devions ça pour les marchés grassement… euh gentiment octroyés. J'avais enfin trouvé acquéreur pour mon dernier-né, le logiciel à créer le vide à l'écran.

Si la Terre avait une face cachée, l'Algérie officielle en serait le joyau. Mais la Grande Bleue tourne dans la lumière et là est le malheur.

J'avais la tête au carré, le dos en marmelade, le cœur en feu, les pieds en sang. Tout me démangeait. Et j'attendais l'aube à venir comme la première du monde.

L'après-midi, déclaré libre par le PROGRAMME (il ne nous avait laissé de répit pas même pour une petite sieste), fut consacré au tourisme sous escorte dans les palais de la Casbah et le Bastion de l'Amirauté. Les businessmen s'équipèrent du dernier cri de la quincaillerie nippone pour photographier les mosaïques ottomanes sous toutes les coutures. À les voir si excités, on était assuré que leur passage dans les fastes du passé serait ruineux pour le budget des restaurateurs. J'ai prétexté des calculs importants et je suis resté à l'hôtel. J'ai erré de la cave au grenier en passant par les écuries. Sur la terrasse du palace, j'ai admiré la baie d'Alger à en oublier de respirer. J'ai arraché une fleur de plastique dans un vrai pot de terre cuite kabyle et je l'ai jetée dans un cendrier en faux marbre de Carrare ; les faux avec les faux, les vrais avec les vrais, ainsi le veut la raison. Dans le hall, la pavane battait son plein ; des m'as-tu-vu, des dindons glosant à haute voix, des députés gloutons, des espions fiers de leur carrure, des fils de notables jouant du mobile, des célébrités étonnées de ne pas être reconnues. Des hirondelles et des pique-assiettes surveillaient le mouvement des séminaristes ; on parle médecine au premier étage, pharmacie au deuxième et convalescence à la terrasse. Le palace est un centre de formation continue, une usine quoi, qui tourne pour tourner. J'ai caressé du regard une plante qui tortillait des yeux comme la Méduse en quête d'un héros. J'en suis tombé amoureux fou à la seconde mais voyant la réciproque vraie, je me suis méfié. Ce type de créature demande à être approché de nuit. J'ai fui dans le parking. Soleil et trottinettes. Les Peugeot d'un côté, les Daewoo de l'autre, conformément au deal passé entre les superintendants de l'armée ; sur la ligne de démarcation, des herses montraient des dents. Des types bizarres planqués sous des arbres ébouriffés façon punks californiens. De faux gabelous aux portes, tripatouillant ostensiblement des sacoches en simili. Des grisettes arpentent les allées comme si elles se baladaient nues dans leurs kitchenettes ; trop légères pour être bonnes cuisinières. Juché sur un mirador planté au milieu d'un parterre de fleurs, un soldat briquait gentiment sa mitrailleuse en chantant à tue-tête le tube de l'été. Entre le portail et le nid de mitrailleuse, un attroupement de tacots, les uns de couleur jaune (ainsi est la robe du taxi algérois), les autres d'un gris difficilement repérable (teinte préférée des clandestins). Les chauffeurs se réchauffent au soleil. Ils tuent le temps en sifflant les étudiantes. C'est l'heure pour elles de courir étudier à la bibliothèque nationale, mitoyenne de l'hôtel (leurs amoureux les attendent en ville, mais chut ! quand les parents sont tranquilles, les filles vont danser). On ne se lasserait pas du spectacle. Hein... quoi ? serait-ce lui ? est-ce possible ? Il était là, parmi ces frères ! Comme je l'imaginais ! l'image de la gouaille, de l'arnaque, de l'amitié des quartiers populaires, de l'honneur des sœurs à fleur de peau et de la reconnaissance pour les ancêtres plein le gosier. Omar Gatlatou en chair et en os ! La preuve me sauta aux yeux lorsqu'il se retourna : jaquette Adidas, lunettes Ray-Ban, et aussi... mais oui, l'air de les porter depuis toujours. Salim 22 Long Rifle en personne ! ce cher et sympathique complice du trabendiste de l'Asie et de la Turquie réunies, mon frère Messaoud le Gitan ! Pourquoi l'ai-je reconnu lui et pas un autre, mystère et boule de gomme. L'instinct de l'aventurier que j'étais devenu, peut-être. J'en suis tombé amoureux à la seconde. Dix minutes me suffirent pour l'entreprendre, échanger les mots de passe, l'accabler d'accolades, le pousser au bar et découvrir au premier verre de Chivas que nous étions frères depuis l'origine de la Terre. Ses sœurs étaient mes sœurs et mes ancêtres les siens. Au fond de la bouteille, nous n'avions plus de secrets pour le barman, interloqué de voir le conflit algéro-français tourner aux embrassades. Son rapport tétanisera les Services et vaudra une pluie de sommations aux agitateurs endormis.

Il est des plans qui naissent d'eux-mêmes. S'ils sont le fruit de l'idée et du calcul, ils le sont tels ces enfants nés d'un accès de fièvre ou d'un coup de foudre dans des endroits impossibles. Au fond, on porte ses projets à venir sans le savoir. En marchant, on les rencontre devant nous, attendant de pied ferme, comme décidés à se montrer pressants. Quand ils nous savent égarés, ils viennent toquer à la porte. Il y a du vrai dans l'astrologie lorsqu'elle suppute par-delà les contingences, tout ce monde de projets virtuels demandant preneurs sérieux. Les grandes décisions se prennent sur les chapeaux de roue ; ça vient tout seul. Voilà, c'est dit. Je pars sur Vialar ! Je vais gravir la colline oubliée et, de retour au bercail, regarder Avallon et ses familles avec des yeux nouveaux.

« Salim, un trésor est caché à Vialar. Trouvons-le. Nous ne creuserons ni ne bêcherons la terre pour cela. Nous fouillerons de vieux souvenirs et nous remuerons de la merde. Mais nous reviendrons riches, crois-moi. Es-tu partant ? » Je n'ai rien demandé de plus.

Nous allâmes chuchoter dans un coin de l'hôtel, sous une ombrelle de faux palmiers ayant participé à la conception de crimes fameux. C'est mal, pourtant Alger s'enorgueillit sans modestie. Les chauffeuses s'impatientaient. Nous nous plaçâmes dans la position du comploteur assis, genoux contre genoux, les oreilles tournées vers le centre, le chmilblic en alerte. Adorable sensation ! On imagine le pire, on sue à grande eau, on est dans un nirvana au cœur de l'enfer. Nous discutâmes de l'heure du départ, des papiers à prendre, des vêtements à porter, des médicaments à emporter, des airs à décliner aux barrages, les vrais, les faux et ceux des fuyards en quête d'un transport de la dernière chance. Nous avons examiné tous les itinéraires inventés par la géographie et la main de l'homme. Celui que nous adoptâmes était un chef-d'œuvre de complications, les unes indispensables, les autres sciemment inutiles. Il tenait compte des mouvements de troupes, des revers de bataille et du terrain cédé aux mines, et des innombrables inconvénients propres aux pays ruinés, administrés par des manchots, au climat des plus instables. Nous n'avons pas oublié le tourisme, la famille et les amis de Salim à saluer au passage, et quelques filles possédées un temps qui valaient encore le détour. Il s'occupa du reste, c'était sa partie. Je ne voulais pas en connaître, ou d'une oreille, par respect pour l'hospitalité du gouvernement : les faux papiers, les armes, les guetteurs pris sur les polices locales restées fidèles à une certaine éthique humaine, les messages à porter aux uns et aux autres, planqués Dieu sait où, qu'aucune poste au monde n'accepterait de véhiculer. D'une cabine de l'hôtel, il téléphona dans les quatre directions puis disparut comme une fusée dans une voiture époustouflante, inconnue dans cette vieille Europe coincée dans le classicisme. Elle tenait de la calèche arabe, du minibus russe et du bolide expérimental. Je le sus plus tard, c'était LA bagnole, la première du monde. À chaque marque elle empruntait le meilleur. L'hybride étant par définition le résultat d'une sélection sévère et d'un mariage à tâtons, elle ne ressemblait à rien, ni à ses parents ni à leurs amis. Seule l'essence, du super, et les plaques, clairement fausses, étaient du cru. Il me le certifia en me regardant droit dans les yeux : « Le mot panne lui est inconnu. Si quelqu'un le lâche devant elle, je le tue. » Bon, si elle s'arrête, on dira qu'elle dort. « Elle a un châssis antimine, des carreaux pare-balles, un réservoir de camion et même, tiens, un cric pouvant soulever un immeuble », ajouta-t-il en se remontant le bazar. L'ennemi n'a qu'à bien se tenir. À ce stade, j'avais tant de choses communes avec lui, nos sœurs et nos ancêtres, le goût de la perfection dans l'invention, mais aussi une aventure infernale à mener. Pas un instant, nous n'évoquâmes le prix de la course. Logiquement, nous avions à le négocier âprement et à en arriver rapidement aux poings.

...

L'amour par ici est dans la dureté, pourvu qu'elle soit incommensurable, incompréhensible et incontournable, et que nous sentions comme une évidence implacable que nous allons nous battre à perdre la raison contre un monde de chimères et de sombres réalités. En France, j'allais en tout point, en voiture, en avion, en train, sans me bouleverser la tête de questions oiseuses. Avallon n'a pas changé de place depuis l'invention des cartes, la destination ne fait doute pour personne. Et nous savons tous la SNCF définitivement insensible aux changements de gouvernement. Regarder à l'heure corrigée des grèves suffit pour partir et arriver à point. En Algérie, la chose est insoluble. Le puzzle est en miettes, les montres réglées sur l'âge d'or, échelle mobile par excellence, et les agents absolument pas sérieux. En France, berceau de la contradiction soutenue, accomplir un pèlerinage est affaire de penchant personnel. On prend son baluchon et l'on va son chemin, récitant Jéhovah, Vishnou ou Maître Moon. Non, par ici, l'hérésie est mortelle. Il faut être d'un parti armé et croire avant tout en la violence de sa stratégie de conquête du pouvoir. En terre de France, on se vêt selon la saison, pour plaire ou déranger, voire simplement se couvrir. Ici, on joue sa vie sur la couleur d'une cravate, s'il en faut une ce jour. L'impondérable est le soubassement de tout et la contrainte le vecteur de l'unité. L'amour de ma mère, l'appel de Vialar, l'escalade de la colline oubliée, l'amitié de Salim, le bristol du Gitan pouvaient à tout instant me perdre.

...

Je pris la peine de semer à travers l'hôtel mille indices innocents : une veste accrochée à la patère des W.-C. du sous-sol, une calculette allumée sur le guéridon du salon, un calepin ouvert sur le lit, une brosse à dents prête à l'emploi, un billet de cent dinars sous le cendrier du bar, la télé de la chambre branchée sur les exploits du président, etc. J'ai mis du négligé dans la mise en scène ; les pickpockets et les monte-en-l'air de l'hôtel s'y laisseraient prendre. Mon absence au rassemblement du matin sous le regard de la télé et des zigs tenus pour responsables de la marche de la planète, devrait passer pour une broutille dont le PROGRAMME s'accommoderait sans déclencher une nouvelle crise internationale. Diable, est-il si difficile de dire : « Tiens, monsieur Pierre a décidé de rester quelques jours de plus pour sa santé », ou : « Tiens, monsieur Pierre est tombé dans une histoire d'amour à l'algérienne. Ne le dérangeons pas, allons voir ce qu'il a déniché, le veinard » ? Non vraiment, il est temps que tout redevienne simple. Et que les États cessent de s'immiscer dans les affaires des peuples.

...

— Mon cher Farid, il est temps pour toi de comprendre à quel point le facile est compliqué si on y regarde de près. Je te vois vivre et agir comme si mourir de mort violente allait de soi. Il y a longtemps que l'humanité ne vit plus dans l'Éden, mourir est une longue agonie maintenant.

— Je te dis, à ta place j'aurais pas fait pareil. Tu vois le compliqué où le facile t'échappe. Les Français sont des cons et je commence à le croire, bien que tu sois mon premier Gaouri en chair et en os et que ta langue ne soit pas parlante. Et puis...

— T'aurais fait quoi, petit génie arabe ?

— J'aurais fait venir à Paris ta Aïcha et ton Khaled s'il existe pour de vrai. Tu te serais évité ces histoires à la con. Ça t'aurait coûté un certificat d'hébergement, une pincée de sucre aux intermédiaires, deux billets d'avion et quelques jours de pension. T'aurais fait deux heureux et on serait content de toi. Là, pour le coup, je vois des perdants sur toute la ligne, une folle dans un asile, un enfant disparu, un taxi mal en point, un condamné à mort... et moi qui perds mon temps à éduquer un naïf.

— C'est pas bête en vérité. Mais il fallait que Vialar me soit conté sur place et que je gravisse la colline oubliée. J'avais aussi trente-sept années de retard sur mon train...

— C'est quoi cette histoire de colline oubliée ? tu en parles tout le temps... t'es amnésique ?

— Un souvenir prénatal, plein de soleil, de figues et d'olives, et de femmes bariolées qui te font chanter les montagnes. À Avallon par temps d'hiver, tu peux pas imaginer l'effet que ça te fait.

— Tu pouvais aussi les inviter à Alger, c'est à mi-chemin, et t'éviter l'expédition avec ce Salim 22 Long Rifle... tu ne sais rien de ce type.

— Le problème n'est pas de savoir quoi faire, mais de faire ce qu'on doit. Cela, tu ne veux ou ne le peux comprendre.

— Yakhi Hadjra, t'as un caillou dans la tête.

— Un jour, tu me diras quel rocher alourdit la tienne. T'es pas à Lambèse pour des vacances ?

— T'es pas d'ici, tu peux pas comprendre ce qu'est l'honneur arabe quand il te chatouille le nif d'un Algérien.

— Je ne connais pas cet honneur-là, ni d'ailleurs le pourquoi de la chose, mais tu me montreras comme je t'ai laissé voir la connerie française et la naïveté de Pierre Chaumet, Français de souche par le plus pur des déshonneurs.

...

Lambèse est un lieu extrême. Il fait penser à Cayenne, aux forçats de l'Empire lorsque sous la brume de l'aurore et le cri de la foule on les embarquait pour l'enfer. Un enfer du bout du monde. Ils partaient à l'état d'épaves, ils ne revenaient pas. En route, ils perdaient la raison, à l'arrivée la vie et dans l'au-delà l'envie de s'accrocher, fût-ce au souvenir de Dieu.

Lambèse est une tare historique. Il est l'histoire de ce pays, une histoire de guerres, allant et venant, de hères abasourdis, naissant enchaînés, mourant ligotés, sans avoir rien vu de la marche du monde. Le temps ne passe pas par ici. La guerre est une pensée immuable, une donnée brutale et définitive de la nature. On la vit en silence, dans la hâte ou la résignation, même si, bravaches que nous sommes, on en parle, on la soutient et on meurt à grands cris.

Lambèse est une fin en soi. Il est hors du temps, hors normes, hors des routes. Définitivement inamovible.

Chaque point de la terre est un monde en soi, la continuité étant l'essence de la vie. Lambèse est un point aberrant, une fin certaine.

Si le nif arabe est à la base de tout ça, alors il y a un os quelque part. On n'est pas seulement prisonniers des murs.

...

Moi, Pierre, sain de corps et d'esprit, déclare ici et maintenant : Je ne suis pas venu faire la guerre à l'Algérie, ni à son roi ni à son peuple. Je suis né dans ce pays, j'y ai tété le sein de ma mère, j'ai respiré le sable chaud de son désert et l'air rugueux de ses campagnes. Mon père, Hector Jean, médecin au grand cœur, y est mort à l'âge de trente-deux ans sur une mine égarée. Apprenez qu'un grand secret m'enchaîne à ce pays. Je m'y suis introduit à la manière des fourbes mais je veux son bien et si mes intentions d'investir sont de la guimauve, mes actes sont ceux d'un homme épris de vérité. Comme je l'ai vu, et m'en suis assuré, ça vaut bien la nationalité, la religion, la race, la Constitution de 1996 et l'honneur arabe, toutes choses fort honorables par ailleurs, dont se prévalent certains pis que forcenés en cage. Je ne les vois s'enflammer pour sa gloire et sa prospérité que pour le détruire. En vrai, ce sont des bandits. Cela est une déclaration sur laquelle je ne reviendrai pas. Mort au tyran, vive la république !

Du fin fond des Aurès que les montagnes enneigées glacent la vie durant, écrasé par les murs éternels de Lambèse, un parmi des bagnards en nombre croissant, des prisonnières de toujours, reines d'une nuit sanglante et irréparable, des sentinelles comptables de notre souffrance, des familles errantes portant l'injustice du monde, des troupeaux encore dociles et des corbeaux avides de cadavres, mais aussi un chien infiniment malade, un rat bordélique et un enfant fou dont on ne sait si les pleurs nous font le plus grand mal ou un bien merveilleux, ce que je dis est la vérité.

Nous eûmes droit à un beau charivari pour ce que la semaine s'était passée sans casse. Avant que l'aube ne vienne nous attrister sur notre sort, alors que le gel verrouillait nos articulations et le sommeil nos paupières, nous fûmes réveillés comme si la révolution avait éclaté. La vermine, les rongeurs, les courtilières couraient dans tous les sens pendant que nous sautions au plafond. Les sifflets sifflaient, les sirènes ululaient, les fers ferraillaient, les portes claquaient, les ordres fusaient. Enfin le bruit vint à bout du désordre. En trois minutes, nous étions devant les cellules, prêts à mourir, prêts à vivre l'impensable. Lambèse était debout pour partir à la guerre. On défila dans les couloirs sous les matraques tournoyant à la cadence de six coups seconde. Rassemblement à l'air libre. Dans la courette des condamnés à mort, des loques se découvraient pour la première fois. Un vieillard translucide hurla de frayeur à la vue du soleil et de cette foule bigarrée d'inconnus rébarbatifs. « Je suis aveugle, je suis aveugle », criait-il. Le pauvre l'ignorait, ça faisait longtemps. On lui banda les yeux afin qu'il retrouve son chemin. Dans la cour des sans-grade, ils étaient des cents et des milliers, et chez les femmes un nombre indéterminé tant leur affolement était une grande panique. Le cantonnement des Chevelus demeura impunément silencieux. « Pour combien de temps ? » chuchotait-on, ici et là.

Dominé par la clameur, l'appel du muezzin ne rencontra aucune oreille disponible pour venir saluer l'aurore d'Allah. Cette prière nous sera comptée en moins.

Dans les prisons comme dans les casernes, on attend au pied levé. Ça prend toujours un air grandiose une population hiératiquement alignée dans la brume. Dans les rangs, on se harcèle de questions puis, de guerre lasse, on y va de son idée. Le murmure devint assourdissant, cinq mille voix tentaient de se couvrir. On entendit de tout un peu : l'Empereur est mort, le Régent nous a graciés ; de Gaulle a chassé Pétain, on va nous amnistier ; França réoccupe, les rats quittent le navire ; la guerre est déclarée à quelqu'un, ils vont nous enrôler pour les premières lignes ; la peste s'est emparée des villes, on va ramasser les cadavres et les brûler ; les Chevelus ont pris le pouvoir, ils ont besoin de fossoyeurs ; les frères ont écrasé l'Impie, ils viennent nous armer pour achever le travail ; ils veulent reverdir le Sahara, on plantera des arbres à s'arracher les mains ; le wali a besoin de main-d'œuvre pour agrandir sa maison, on va reluquer ses femmes et se lécher les babines ; les militaires bougent, ils vont nous massacrer ; il y a eu des élections libres, on est sauvés, ils vont nous libérer…

On va, ils vont, on va, ils vont… et va le vent.

Les faux espoirs sont la chienlit de la vie. Nous étions tout bêtement appelés à la corvée.

Nous reçûmes en dotation un attirail hétéroclite : bidons, chiffons, branches de palmier, papier, filasse, tutti quanti, et l'on nous mit au travail. Mission : briquer Lambèse. On avait oublié l'eau et la poudre. « Faut qu'ça brille et qu'ça sente le propre. Exécution ! » On peut exiger l'impossible d'un condamné sauf de nuire à ses dernières habitudes. La longue corvée laissa Lambèse aussi peu reluisant que jamais. Elle permit du moins aux prisonniers de voir l'air frais et de se connaître. Ils couraient à petits pas hésitants, de-ci de-là, ivres, goulus ; incompréhensibles aussi, chacun devançant l'autre, pressé par le manque. On découvrit des épaves d'antan, embastillées par des juges antiques, incapables de se remémorer leurs fautes passées. On écouta l'aveugle dire la Guerre et la Victoire, puis encore la Guerre et encore la Victoire, et leurs promesses de renouveau. Que de batailles, que de héros, que de maréchaux ! On se sentait penauds avec nos luttes intestines, nos matons sans pedigree, mais ventrus à souhait, nos maladies incurables, nos craintes quant à l'avenir des enfants. On voyait des jeunes mal sortis de l'école faisant bande à part dans un mutisme explosif. On ne voyait comment les approcher sans déclencher une bagarre générale. Des victimes de putschs et de révolutions de palais tombèrent nez à nez. Il y eut des mots mais en définitive une joie certaine de voir ses tombeurs, loin de l'avoir emporté au paradis, finir à leur tour dans le tombeau de l'ambition. Des mercantis, amis de longue date, le cœur encore avide, se mirent à deviser comme des satrapes. Ils profitèrent de l'occasion pour planifier un joli coup à leur sortie de taule. Avant de tout se dire, ils convinrent d'oublier la période où ils se jetaient des bombes, ils ne savaient pas ce qu'ils faisaient, ils étaient sous l'influence d'un politicien véreux, imam à ses heures perdues donc assassin à l'occasion. Des frères retrouvèrent des frères disparus, des pères des fils enlevés, et des sœurs des cousines kidnappées qu'elles imaginaient chez leurs maris suffisamment heureuses pour concevoir des enfants et tricoter des fichus pour les vieux jours. Des familles se reconstituèrent, mais également des ligues dissoutes et l'on vit des zizanies révolues s'embraser de nouveau. Bref, beaucoup de retrouvailles et autant d'histoires inédites, l'Algérie offrant autant d'occasions de se rencontrer en prison que de circonstances pour y entrer à son tour.

C'est précisément le reproche adressé au gouvernement qui explique la venue d'une commission d'enquête internationale. Le monde entier voulait en être, tous firent des pieds et des mains pour voir pareils bandits de près. Il y eut douze élus, pas un de plus. Une campagne publicitaire mondiale précéda l'expédition dans le but de prévenir le pire. La commission avance. Elle aurait visité Serkadji et la Maison-Carrée au centre de la capitale et quelques lieux de détention disséminés dans l'arrière-pays. Elle aurait gardé Lambèse pour la fin. Ce sont des gens avisés, ils savent. Avec certains, il faut avancer pas à pas pour atteindre le but. Nous avions le devoir d'être propres, confiant en la justice du pays, et raisonnablement satisfaits de notre situation. La pièce était à jouer en deux actes, nous a-t-on expliqué : embobiner la commission puis la retourner. Il nous incombait l'essentiel de la tâche, à nous, pauvres déchets de l'humanité.

Nous apprîmes l'agression internationale et notre rôle dans la défense de la patrie par le discours que nous fit un homme venu spécialement d'Alger. Le directeur l'écoutait avec de grands calculs dans les yeux, annonciateurs de représailles. Elles seront pénibles et certainement injustes mais elles nous aideront à passer l'hiver. Il craignait une enquête d'Alger sur ses trafics, voilà du nouveau : l'ONU veut y regarder. Il avait raison de craindre la présence du Français. Entre frères, ça baignait, ça ne sortait pas, ça n'avait pas de conséquences. Il est urgent de verrouiller avant que ça gagne. Mieux, pousser à son évasion.

On fit des répétitions. L'homme venu spécialement d'Alger, le directeur et dix fins matons à la peau claire, jouant à la commission d'enquête internationale, firent le tour du pénitencier en assommant les détenus de questions : Hé, toi le lascar, ton nom ? Matricule 12704, cellule 412, place 74 quand c'est mon tour de dormir. Pourquoi t'es au trou, voleur ? J'attends qu'on me le dise, Chef. Tu es bien traité, pédé ? Euh. Répond avant que je perde patience, imbécile heureux ! Quand je dors, je sais pas ce qui se passe, Chef, je vous jure, Dieu est témoin ! T'as eu un avocat, bandit ? Euh. Accouche, pourri ! Peut-être, je l'ai jamais vu... pourquoi, m'aurait-on déjà jugé, Chef ?

Mille fois sur le métier on remit le fil, tant qu'à la fin il se présenta ainsi : Bonjour, nous sommes une commission d'enquête internationale, parlez sans crainte. Comment vous appelez-vous ? Kadour ben Kadour, j'habite au 412, deuxième à droite, au fond du couloir. Pourquoi êtes-vous en prison ? J'ai bafoué la loi, pardi ! Avez-vous été jugé ? J'ai honte de me présenter devant le juge, c'est au-dessus de mes forces mais on est patient avec moi. Êtes-vous bien traité ? Mes droits et ma dignité sont respectés mieux que dans le civil. Avez-vous un avocat ? Le meilleur du monde. Merci beaucoup de votre témoignage.

« Allons par ici. Non, venez par là. Il n'y a rien. On verra bien. » L'homme venu spécialement d'Alger avait l'expérience des commissions d'enquête, il ne se laissa pas distraire. Quand on répète, on le fait sérieusement.

Et vous, comment vous appelez-vous ? Pierre Chaumet, je viens d'Avallon. Un Français, ici ? diantre ! Allons dans le couloir, on sera plus tranquilles. Pourquoi êtes-vous là, mon ami ? Je suis venu investir dans le cadre des réformes économiques, j'ai été reconnu coupable de crime contre la vie d'un haut dignitaire. Au même moment je faisais du tourisme dans une autre ville, j'ai appris mon forfait au tribunal. Vous nous raconterez en détail, êtes-vous bien traité ? Je ne manque de rien. Un avocat ? Oui, maître Laskri, un homme de cœur que la raison d'État ignore...

— Ça veut dire quoi ?

— Maître Laskri est un romantique, la vérité le perdra.

— Monsieur le Français, vous êtes intelligent, vous comprenez à demi-mot. Nos ennuis peuvent devenir les vôtres et pour vos compagnons un poids écrasant. Adoucissez-les ou aggravez-les, c'est à vous de voir.

— Je suis venu apporter la paix, pas l'épée. Mon but est le pèlerinage, non la persécution. J'adoucirai vos soucis. Je vais mentir à faire hurler un dentiste, la Commission n'y verra que du feu.

— Vous en serez récompensé. Faites-le savoir autour de vous, on vous écoutera mieux que nous.

...

« Moi je dirai tout, le ciel peut tomber », tonna Farid en m'accueillant comme un traître à la patrie.

Mon air tranquille m'avait trahi.

— Tout cela est de la comédie. Ces gens se foutent du monde et le monde se fout de vos souffrances. Ce qu'ils veulent, c'est les épingler à la première page du rapport annuel de l'ONU sur les droits de l'homme. C'est de la politique. Dans l'affaire, mentir est plus efficace. Vider ses entrailles comme on retourne une poubelle sur le trottoir amène mépris et réprobation...

— La vérité, c'est la vérité, sinon c'est du mensonge...

— Réfléchissons. Si tu me dis : « El-Harrach me manque, mes aïeux faites que j'y retourne », je t'écouterai d'une oreille distraite. Il va de soi qu'on regrette la puanteur de son quartier et le regard lointain de la brunette après laquelle tes puceaux de copains cavalaient la bite en l'air, mais si tu me dis : « J'y pense pas, j'ai mieux à faire », mon attention sera éveillée; je dirai : il ment! pourquoi? Alors j'écrirai dans mon rapport : le gouvernement d'Alger est un ramassis de vauriens qui fraude sur tout et va jusqu'à travestir la souffrance de ceux qu'il opprime en cachette.

— Je dirai tout même si El-Harrach doit disparaître! Et puis, les filles de chez nous n'attendent pas, l'heure du mariage c'est l'heure du mariage, avec ou sans toi. La salope doit en être à son deuxième enfant de bâtard.

— Seul compte le rêve.

— Alors parle-moi de Vegas... ou de Paris, si tu y tiens.

Ce n'était pas un voyage dans l'espace. Vialar est à trois cents bornes d'Alger, ce n'est pas le bout du monde. Je crois que par les temps anciens on y allait d'un jet d'oiseau. Aujourd'hui qu'elle a pour nom Tissemsilt et se veut partie indissociable de l'Algérie réformée, elle se cache au fond de l'abîme. Nous fîmes de longs et fastidieux détours, et nous eûmes souvent à imiter la taupe, laissant derrière nous de quoi intriguer les fellahs au retour de leur exode, et le caméléon, quelque part dans le paysage, immobile dans ses fausses couleurs. Nous avancions à l'indienne. Nous traversâmes des oueds au-dessous de ponts détruits et des ponts au-dessus d'oueds taris, écopant du sable du plus profond de nos poumons. Les routes s'arrêtaient sur des éboulements et dans les crevasses s'accumulaient les restes de maelströms antédiluviens. Les mains en visière, nous surveillâmes des douars qu'aucune carte ne donnait pour vivants. Nous restâmes ainsi figés, de peur de bouleverser un ordre voulu par des dieux dangereux. Nous errâmes tant, comme si nous étions perdus depuis toujours. Je me tracassais, peut-être à tort, je paniquais sans raison, comme ça à l'improviste. Point de bruits, ni de mouvements, nulle nonchalance dans la marche du temps, mais un vide poignant, un ciel écrasant, une tension grandissante, une rumeur déchirante, inconnue des citadins, peut-être cosmique, signes annonciateurs d'apparitions fabuleuses, de face-à-face dantesques, d'empoignades effroyables. Sous des airs casse-cou, Salim cachait une infaillible méticulosité. Il menait sa barque en ahanant à s'en péter les cordes et en s'arc-boutant de tout son poids sur le gouvernail. Un vrai navigateur bataillant au milieu des récifs par une mer déchaînée. Toujours une idée d'avance sur les mauvais coups, et l'air d'être prêt à se faufiler à la moindre faille. Ses origines « pirate des mers » et « pilleur du désert » avaient de beaux restes. Le progrès ne détruit pas tout. Les réformes ne changent rien à rien lorsque le vieux se targue de neuf et le neuf d'éternel. Quand on a été socialiste un jour, on est débrouillard à vie. Partout, on traîne sa musette de métallo, ses rations de survie, ses adresses utiles. D'un rien, on fait un feu et on sait l'entretenir indéfiniment. Bref, on est toujours fort occupé à chercher et on a le sens du détail. On ne jette rien, tout sert, s'échange, se monnaye, alimente le bric-à-brac de la dernière chance. Il avait une clé pour chaque os, une bricole pour chaque machin, des blagues, en veux-tu en voilà pour remonter le moral le plus déglingué. Jamais il n'était à court. Je l'aidais comme je pouvais, je scrutais l'horizon à la recherche d'une terre providentielle, je lui passais les outils quand la bagnole piquait un roupillon. De guet en trou, de barrage en cavalcade, d'oued en pont, d'un promontoire à une butte en tout point semblable, l'espace perd de son fil. Et puis la nature tremblait, on ne pouvait être plus téméraire. Le soleil tape dur quand le Sud vient par l'avant. Lorsque tout indique la fin, la distance est une dimension de la vie à aborder de préférence à reculons.

Ce n'était pas un voyage dans le temps. Sous un autre ciel, quelques heures comptées d'une main viennent à bout de l'expédition. Au sortir d'Alger, nous étions sous le coup de l'émotion et de l'optimisme. La ville a son charme, ses morts ne sont pas aussi nombreux qu'on le prétend, ses jours coulent dans un agréable laisser-aller même si les bombes sèment souvent la panique dans ses rues. Ses hommes se lamentent sans y penser ; une habitude amenée par l'ingratitude du climat, une réaction mécanique aux agressions, à la débandade, à la cherté de la vie, à l'occupation, au marché noir, à la folie ambiante. La peur de perdre ses enfants n'est pas facile à vivre, aussi. Il faut cependant considérer le reste, positiver est un devoir de fraternité : Alger est une grande ville, c'est la capitale, elle a mille ans d'âge, elle recèle des atouts, des niches à exploiter, des investissements ont été réalisés, des recettes sont à l'œuvre pour tout arranger, son peuple déborde d'énergie ; on le lui reconnaît volontiers, il a la liesse facile. Et puis quel malheur dure éternellement ? Après El-Harrach, quartier et oued confondus, nous empruntâmes des autoroutes futuristes à faire aimer Dieu. L'envie de pédaler est irrésistible, le ruban est aspirateur. Je le vis à temps, il leur manquait la clarté et un peu de précision pour être praticables sans danger de perdre la vie ou la raison. Elles commencent pourtant sur de belles indications mais voilà, le conte est truqué, le ramage et le plumage se séparent au premier virage quand Alger se fait halo misérable sur son rocher vacillant. Les mécanos du long des routes cultivent des vérités simples : il n'y a pas de futé sans niais et pas de réparation sans casse. En pères tranquilles, ils vivent du rescapé, semant d'un côté clous, huile de vidange et fausses indications, et ramassant de l'autre la gratitude des éclopés et le dernier souffle de leur ferraille. Que de carcasses, que de fumée nous vîmes ! L'important n'est pas de partir, mes frères, mais de freiner à temps. Nous avons chevauché des routes qui étaient des pistes, des pistes qui étaient des chemins et des chemins qui finissaient en culs-de-sac, et jamais nous ne rencontrâmes de muletiers sains et saufs. Nous aperçûmes au loin des villages momifiés, des ombres pétrifiées, des murs calcinés, et des bêtes achevées ayant vainement appelé au secours. Le malheur les avait saisis dans ce dernier sursaut. Hébété j'étais. Rien ne semblait avoir un âge mesurable avec une montre et même au pif. Sais-tu ? je viens d'un pays où la mesure est au cœur du débat. Où que tu sois, qui que tu sois, on doit savoir quelle heure il est à ta montre, quelle distance te reste à parcourir, où tu en es de ta santé, de ton travail, de tes amis, de ta maison et combien ça coûte tout ça. Tu comprends combien ça me dérange de tout ramener au muezzin, au président et à leurs ennemis.

Salim me le disait à chacune de mes insurrections : Point le cœur ne saigne quand les yeux sont clos. Dors et rêve d'une houri aimante ; imagine-toi dans ses bras au hammam des gens heureux, une canette à la main, une cigarette à l'oreille. Prends tes aises, le rêve n'a pas de limites connues.

Sacré Salim, hardi navigateur et sage philosophe par-dessus le marché !

C'était un voyage comme je n'en connaissais pas, une errance dans la poussière, la désuétude et la mort lente.

Jamais Avallon n'a été si proche de ma folie. Je la voyais sous une cascade chantante, folâtrer dans une symphonie de vert et de touches multicolores, grouillante de chérubins, de demoiselles froufroutantes aux chevilles nerveuses, de colverts et d'écureuils, sous le regard onctueux d'un collège de moines tirant le vin de tonneaux d'une prodigieuse beauté, et de pâtissières enfarinées jusqu'au cou, entourées de napées en petite tenue, distribuant des poupées de sucre aux voyageurs. Moi qui étais le souci même et souvent casanier, j'étais heureux de chiner cette vieille Europe et de vivre à merci de sa bonne chère. C'était un plaisir de saluer ses pâtissières, flatter ses saints, goûter ses fruits, déboucher ses bouteilles. J'étais tombé dans un pays fatigué de vivre. Mes intentions d'investir jusqu'à ma montre me parurent atrocement vaines, le trésor de Salomon ne pourrait le réveiller. Seul le rêve vient à bout de la léthargie. Alors je me remis au rêve, le voulant débridé au possible, un peu paniqué quand même à l'idée d'y rencontrer monsieur le président de la Populaire et Démocratique République Algérienne. J'étais chez lui, avais-je le droit de contrarier son ménage ?

Puis, je revins à moi. Il est des états où il ne faut pas traîner. Nous sentions le Sahara monter sur nous avec une violence inouïe. Je le croyais plus bas sur la carte, quand d'Avallon je mesurais le chemin à parcourir. La désertification n'est pas la chose rampante des Cassandre, elle galope, mugit et soulève des montagnes. Vialar était un village des steppes, un enfant du Tell, on y élevait le mouton, on tissait le tapis, on taquinait l'alfa entre deux moissons, on se nourrissait de couscous et de méchouis ruisselants de graisse, et on fêtait les saisons comme le prescrivaient le Coran, la Bible et le Talmud. Pour tout dire, nous étions de la Djoumouâ, du Sabbat et de la Messe dominicale. Qu'importe la mosquée, la synagogue ou l'église pourvu que nous ayons la fraîcheur était la devise de l'été. Yahvé, Dieu, Allah, c'était pour nous la même planche de salut. L'hiver, chacun restait chez soi. Le quant-à-soi existerait-il si le Créateur avait un seul et unique logis ? L'habitude de biberonner dans la même gargoulette donne une vision commune et fraternelle du cosmos. À cette époque, riche en hérésies me suis-je laissé dire, on se fichait comme d'un clou des tirs de barrage des vicaires. Le rabbin, le curé et l'imam étaient une bande d'emmerdeurs, toujours à chipoter sur l'organisation de l'alphabet, mais, à l'heure de l'apéro, Sabras, Bédouis et Gaouris pratiquaient le même langage. À l'heure dite, coulaient franchement le lait et le miel, le vin et l'anisette, le thé et l'eau fraîche des puits. Si les esprits chagrins ruminaient c'était que la coupe n'était pas pleine. Si la réalité est autre, alors mes souvenirs ont été empruntés à des mécréants ou peut-être mes sensations procèdent-elles du parti pris. N'empêche, retrancher ceci de cela et trouver tout le contraire est un calcul d'épicier malhonnête.

Tissemsilt est une halte de désespoir en un point du désert que le désert lui-même craint à la folie. Au tournant de Sidi Khaled, un lieu-dit composé d'un palmier et d'une koubba dédiée à un miraculé des temps jadis, et alors que nous venions de perdre pas mal de plumes dans ce camp de la mort donné par ma vieille carte pour un havre de sommeil tranquille nommé Bourbaki, Tiaret nous apparut dans toute son horreur. Nous nous étions tant dépensés et voilà que nous y parvenions par hasard !

Des jeteurs de boue rompus aux pérégrinations, des semi-remorques brisés par le poids de l'âge et de la cargaison l'encerclent comme un fort en flammes, eux-mêmes entourés de multitudes gesticulantes ne sachant à quels saints se vouer. On veut remonter au nord, s'enfoncer dans le sud, fuir à l'ouest, repartir à l'est. Nul n'est chez lui dans le coin. On parlemente, on marchande, on prend à témoin le ciel, on implore les frères, on les trouve aussitôt bizarres, on crie des mensonges criants de vérité pour passer son message en fraude car en toutes circonstances il importe de désorienter les mouchards. Tous quêtent des nouvelles, les multitudes sur leurs familles restées en rade plus loin, les routiers sur ce qui se dit par-ci par-là. Personne ne veut s'engager sans vérifier ; les dires sont des paroles, le mensonge en plus. Tiens, les maisons sont plus hautes que dans mes souvenirs ! Dans notre album de famille, un homme à dos d'âne dominait tout sur son passage. On vivait au ras des pâquerettes, plié à l'orientale, allongé à la romaine, accroupi à la turque, assis à la française, soucieux à la juive. Seuls le minaret et le clocher atteignaient les nids des cigognes. La modernité aurait donc agi ? uniquement dans le sens de la verticalité ? On fonce vers les cafés, on porte des couffins vides, on frappe aux portes de l'administration comme on se jette dans la gueule du loup, on accourt à la mosquée, la tête fourmillante d'anathèmes, le cœur pétri de sentences, on colle aux murs, on s'agrippe à des cars environnés de mouches et des taxis bondés, sans savoir d'où ils viennent, s'ils sont de ce monde, s'ils vont un jour revenir. La misère est bruyante jusqu'à la conflagration. Ceux qui la gèrent pour compte et ceux qui la subissent rivalisent d'ardeur.

C'est à qui flanchera le premier. Les nababs regardent de loin. N'y aurait-il rien de nouveau sous le soleil ? Des Mercedes, recherchées par Interpol dans tous les ports d'Europe, courent dans la ville. Les flics les connaissent bien, ils saluent bas. Des enfants sauvages, tapés des enjoliveurs et des relents mazoutés, les poursuivent en essaim. Quel rêve les hante : devenir ingénieur en mécanique à Tissemsilt ou voleur de Mercedes en Europe ? Des chiens nomadisent de rue en rue en bégayant des messages de détresse ou des contes à dormir debout. Ils apparaissent un jour, ils disparaissent un autre, mais rien dans ce jeu n'indique si de nouveaux malheurs se sont abattus sur la ville ou si les vieilles misères vont repasser finir le travail. Il y a dans le désert de Tissemsilt plus de grains de sable que de place pour les contenir et dans la médina nettement moins d'espoirs que de dos aptes à les porter.

Un changement de nom implique-t-il un tel bouleversement ? Je crains pour moi qui cherche quel mystère recouvre ma vie. Si règne la folie, qui incriminer, le pays ou ses habitants ? On sait la nature hostile, que savons-nous des gens ? Si l'hostilité est la règle, pourquoi tant de faux-semblants ? Ne plus appartenir au temps, à l'espace, et tout accepter de leurs injures, est une calamité infiniment complexe, inventée en une nuit à Tissemsilt. Le sortilège doit être brisé aussi vite qu'il a été machiné. Le succès est dans la fulguration. Il faut s'armer de courage et d'une foi inébranlable dans le ciel et partir à la recherche de l'agent de l'état civil en poste au gouvernement, concepteur du maléfice, pour le tuer d'un coup de pieu dans le cœur, avant le lever du soleil.

...

— Où en étais-je ?

— On parlait de Vegas.

— Oui retournons à Vegas ! On sera déplumés mais on a toutes les chances de mourir heureux. À Tissemsilt, rien ne va plus, les jeux sont faits.

Ce fut encore une journée pas banale. Qu'en est-il à Lambèse ? L'armée a donné l'assaut contre le quartier des Chevelus. Le combat fut âpre mais, comme de juste, l'armée des souterrains échappa à l'armée de terre. Beaucoup de boucan pour rien dans les tunnels. Balles, bombes fumigènes, grenades lacrymogènes. Le monument résonnait sourdement, la fumée nous en fit voir de toutes les couleurs. Qui tirait sur qui ? se demandait-on entre deux sanglots. L'entrelacs des boyaux est si confus. Au plus fort de l'emmêlement, on se voit soi-même de dos. L'officier s'en avisa lorsque, dans un nœud serré, il sentit son Beretta sur sa nuque. À Lambèse, la moquerie est le passe-temps par excellence. En vrai, la rixe tourna court. Les Chevelus s'étaient enfoncés si profond dans la terre qu'il fut en définitive considéré comme génial de les y enterrer. On mura les tunnels, on mina les gravats, on plaça des mouchards à tremblement, on retira les toque-feu, et on remonta à l'air libre du fort, débarrassé de sa vermine. Farid, parmi d'autres, demanda à être engagé dans l'œuvre de nettoyage. Il avait perdu tant d'amis ces dernières années, enrôlés par les uns, enlevés par les autres, tués d'un côté ou de l'autre. Il restait quand même sur l'idée que sans les Chevelus, ils seraient en vie à El-Harrach ou sous d'autres cieux, heureux comme des papes. Fiérot à l'excès, il se mettait facilement en avant. C'est bête, les coups arrivent plus vite.

Lambèse reprenait son souffle. On appela le Français au bureau du directeur. Pris de court, celui-ci pensa à Si Abdelkader, à la Commission, à l'homme venu spécialement d'Alger. Il pensa à maître Laskri. Le pauvre quêtait avec une rare conviction, il bataillait avec les greffiers, se heurtait aux murs, fouillait la poussière, sermonnait des girouettes, sollicitait audience auprès des loubars du palais, suait sang et eau. Bref, il jouait sa vie. Il pensa à sa famille, là-bas, à Avallon, imaginant le pire : elle courait d'un bout à l'autre de la sainte semaine, entre deux trains, deux taxis, deux huissiers ; oui c'est ça, elle remuait ciel et terre, elle cherchait l'introuvable ambassadeur d'Algérie, harcelait l'inébranlable Quai d'Orsay, écrivait à la presse, toute au Kosovo, implorait l'archevêque de Paris, pour en définitive retourner pleurer de désespoir chez monsieur le curé d'Avallon. Il pensa à Alger, enfermée dans sa logique meurtrière. La démocratie apprise par la méthode Assimil a fini de la décérébrer. Elle ne pardonne rien, ne comprend rien, ni les nécessités de l'humanité, ni les conseils d'amis, ni les appels à la mesure de l'ONU, ni même qu'on regarde dans sa direction. Pour ne rien oublier, il pensa à une grâce présidentielle. On a vu la providence emprunter ce chemin.

Le prévôt l'accueillit la bedaine à l'horizontale, un pied sur l'autre, un crayon entre les dents, les yeux mi-clos.

Le regard, oscillait entre l'amıtié surprise et la haine mal contenue. Un atrabilaire la jouant belle. Il chiquait le shérif de Santa Fe, amène mais pressé d'en finir. Pierre crut bon de chiquer le voleur de bétail vaincu par l'intelligence du shérif. Il s'acagnarda au coin, jambes arquées, bras ballants, front bas, regard buté.

— Alors monsieur le Français, on se la coule douce dans notre jolie maison d'arrêt ? Ça t'a plu le rodéo de l'armée ? Non bien sûr, la France soutient nos ennemis, on le sait.

— Monsieur le directeur, je suis un spectateur désintéressé, ce qui vous plaît me convient, c'est égal.

— Encore heureux ! Soyons bref ! Veux-tu t'évader ?

— Euh...

— Bon, voilà ce qu'on va faire...

— Vous allez trop vite pour moi. Qui me veut tant de bien ?

— Moi, ton directeur.

— Et Alger ?

— On s'en tape ! D'ailleurs, ça les arrangerait. N'est-ce pas ce que Si Abdelkader t'a proposé ?

— Comment on procède chez vous ?

— C'est mon affaire. Toi, tu attends le signal et tu suis les instructions à la lettre.

— Puisque négocier il faut, je demande que Farid s'évade avec moi.

— Hors de question ! C'est un bandit de la pire espèce, son crime est impardonnable.

— J'ai tué un Symbole, lui un petit juge corrompu... allons... faites un geste...

— Son évasion ne me rapporterait rien.

— Alors il nous faudra beaucoup parler avant de nous

entendre. Est-ce important, je ne sais… je crois, me semble-t-il, avoir fait des confidences à mon avocat… peut-être les a-t-il transcrites et mises en lieu sûr. Cela dit, je suis venu en Algérie pour investir… si on m'indique un projet solide, je suis partant. On signe quand ?

…

— C'est Alger, on te sort de taule aussi facilement qu'on t'y jette. Ça m'est arrivé à deux reprises de me retrouver hors de prison sans autre forme de procès. La première, parce que je les enquiquinais à me taillader les veines tous les matins. J'étais jeune, j'en pinçais pour une chatte du bâtiment 12 cage C convoitée par les gros commerçants du quartier. Ils la demandaient en mariage au pied de l'immeuble, à coups de klaxon, de fleurs en plastique et de pâtisseries turques. J'étais coincé, j'avais même pas une bicyclette pour la balader. J'en étais malade. Ces putains de filles adorent le luxe. Faut dire aussi que le gouvernement se portait mal, on parlait des morts en prison en insinuant des choses sur deux trois ministres qui refusaient de céder la place aux copains… et puis il y avait les télés étrangères. H 24, ya khô, elles balançaient des conneries sur la dictature, le massacre des jeunes, le viol des femmes, le détournement de l'aide internationale, la traque des journalistes. On ne dormait plus. Elles ne citaient pas de noms mais les chefs se levaient d'eux-mêmes pour crier à l'intox. Il y avait des rafles à chaque coin de rue pour soi-disant prévenir les émeutes, dissuader les casseurs. Un jour, j'ai remis ça… je ne sais plus pour quel motif, la fille je l'avais rayée de ma vie. Ils m'ont traîné à l'hosto et oublié. Je suis sorti en pyjama. Je me suis payé une petite balade à El-Harrach pour épater les copains et je suis retourné à la taule réclamer ma feuille de libération et mes vêtements. La troisième, c'est tout bête, y avait plus de place en cabane. Ils ont vidé les moins de seize ans arrêtés par erreur ou par vengeance. Les jeunes sont des prétextes tout trouvés. On se demande ce qu'ils nous veulent.

— T'inquiète pas, si je sors, tu sortiras avec moi. Je suis un investisseur ou pas ?

— Si ton Dieu le veut, le mien y a longtemps qu'il m'a tourné le dos.

— Un jour tu me diras pourquoi. Allah aime les musulmans.

...

— À propos de jeunes, combien êtes-vous en Algérie ?

— Pas mal. Les autres sont des cons. Ya khô, dans ce pays, y a pas de juste milieu. Notre folie dépasse les limites.

— Et les autres, les chefs, ils sont combien ?

— Va savoir ! En tout cas, ils sont là pour longtemps.

— Vivre de certitudes et mourir d'une idiotie chronique, c'est kif-kif bourricot, je dis ça en passant. Pour nous enlever la migraine, parlons un peu de ce qui est beau, ce qui est vrai et ne coûte pas cher.

— Les femmes, tu veux dire ?

— Tiens, pourquoi pas !

— Chez nous autres, les Têtes Noires, on s'amourache à la vitesse de la lumière. Ton esprit de Français nourri au porc ne peut pas imaginer comme le soleil s'immisce dans nos affaires de cœur. Ça mène pas loin d'aimer sinon à se taper dessus mais bon, se suicider est interdit par la religion et puis ça ferait trop de mal aux mamans. Je regrette pas de m'être loupé les veines.

— Aimer sous le grésillement du soleil n'est pas éloigné de l'amour par mobile, les parasites sont les mêmes. Chez nous, plus les gens se téléphonent, moins ils se voient. La France, c'est pourtant pas le Texas. Ça te fout la chiasse de penser au jour où l'on mettra les bébés au mobile en même temps qu'au biberon. La solitude démarrera au berceau.

— Nos filles sont un problème. Elles sont belles sous le coup de l'urgence mais une fois réveillé, tu te découvres pris dans une nasse à laquelle ont travaillé ses tantes, ses cousines et tes propres sœurs.

— La vie est vache.

— Faut pas croire qu'on passe ses journées à aimer, on a le stade pour se défouler et le café des amis pour discuter à bâtons rompus.

— Je passe du coq-à-l'âne. La question est bête mais elle se pose de New York à la Nouvelle-Zélande : pourquoi êtes-vous aussi tordus ?

— Ya zébi, vous les Français, vous êtes drôles, on vous prendrait presque pour des saints. Vous nous avez enculés pendant un siècle et demi et maintenant, les mains dans les poches, vous nous demandez pourquoi on marche de travers. On vous a fichu la pâtée, une fois, ça suffit pas ?

— Ma copine Allison disait : dur le bâton, beau le bleu. Dur dur le beau, beau beau le bleu ! Elle dégoisait d'autres choses, mais bon c'est comme ça, il faut aussi travailler pour vivre.

...

V'là le vagabond ! Il fait sa tournée mensuelle. Cinq à six semaines pour la boucler, quand il tient la forme. Tu parles d'un calendrier ! Il navigue de cage en cage pour dévisager les bagnards comme un idiot de chien quémandant un susucre. Qu'a-t-on à lui offrir, il est drôle. À le voir, on pense à des trucs auxquels on ne songerait pas si on avait sa raison. Dormir le jour et travailler la nuit changerait quoi aux affaires de l'humanité ? Dans les îles, il y aurait des généraux sympas. Les cons, ils le seraient davantage s'il n'y avait pas dans leur cercle des généraux mal famés. C'est vrai quoi, on peut pas être innocent et mal accompagné.

Crotte ! On pense bête à dévisager ce chien pas comme les autres. C'est à se mordre la main.

Salim trouverait de l'eau dans une pierre. Il nous en donna une démonstration au pied levé. Le bricoleur ne doute pas de son art. Je dis nous pour mes fantômes et moi. Je les trimbale et il m'en arrive de nouveaux à chaque bouleversement. Il nous avait dégotté un appartement dans un immeuble inconnu à l'endroit indiqué. Nous cherchâmes. Vivre caché ne suffit pas, il faut savoir où. Il héberge une petite douzaine de familles ayant toutes la particularité d'avoir pour chef un haut gradé de l'administration, et des garçons d'une morgue rare. Sécurité et discrétion marchent ensemble, comme impunité et arrogance vont leur chemin la main dans la main. Un passage en forme de boyau y mène. L'entrée est cadenassée par une garde communale solidement armée, d'une nonchalance redoutable. Le nid, un F3 royal, précédemment occupé par un receveur des impôts, est vide. La petite tribu s'est tirée en Andalousie, laissant derrière elle une atmosphère de flamenco, une détresse pesante remontant au Calife, mais aussi des femmes rêveuses, des hommes pensifs et des garçons prêts à tenter le tout pour le tout. La porte fracturée signifiait que nous étions attendus depuis l'appel de Salim, lancé à partir de l'hôtel Aurassi. Cela remonte à loin, la poussière dégageait le mystère englouti dans un lointain séisme.

Nous aménageâmes dans la fête, quoique discrètement. Tous mirent la main à la pâte, balayant ici, dissimulant là, tentant des questions à double sens pour obtenir la bonne réponse. Salim esquivait d'un clin d'œil salace ou esquissait un geste de la main, genre couci-couça. Peur de décevoir. Les forts en calcul espéraient une histoire d'amour, quelque chose de graveleux, ce qui était sinon vrai du moins approchant. Salim et moi faisions la paire, pourquoi pas un couple. Matelas, couvertures, vaisselle, torchons et serviettes abondèrent. Une fillette en saroual et pompons apporta du halva sur un plateau en roulant des fossettes et un garçonnet timide la mitraillette de son père. Il y avait dans l'offrande ce regard chargé de suppositions troublantes qu'on jette aux mariés lors de la présentation des vœux. Ça dit le bonheur et le malheur dans la même galère, ça dit les félicitations et les condoléances dans le même panier, ça dit la foi dans le miracle et la marche inexorable des lendemains déchantants. Nous eûmes une télé et des cendriers pour la mater à l'aise. Salim me présenta sous un faux matricule, Jeannot Lapin. Ça lui est venu comme ça. Restait à broder. Il fit de moi un pied-noir sympa venu respirer l'air du pays et investir quelques sous dans son développement si l'administration consent à un dessous-de-table raisonnable. On était entre amis, on pouvait se mentir. Le QG fin prêt, il était l'heure de partir en guerre. Personne ne l'entendait ainsi ; il fallait boustifailler encore et encore, picoler encore et encore, et visiter les putes de Tissemsilt les unes après les autres. Je me suis attardé chez Zoulikha. C'est une bonne fille rejetée par la société. Elle a fait quelques études pour son malheur et s'est accidentée dans un amour à sens unique. Le chauffard était son prof d'éducation religieuse, l'ami de son frère, le mari de sa voisine, le cousin du proviseur et le compagnon de beuveries des pontes du village. On lui connaît aussi un neveu dans les maquis et un oncle dans la filière suisse. Une fille en sang ne peut que fuir face à tant d'ennemis. Elle se réfugia à Tissemsilt, aux portes du désert. Elle ne se sentait pas la force d'affronter de plus grands dangers. Une sienne amie, une bannie elle aussi, l'a accueillie et, petit à petit, lui a mis le pied à l'étrier de la prostitution. Car c'est de cela qu'il s'agit : échapper à la folie des juges et tenter de vivre. Après l'amour, c'est un moulin à paroles. Elle cause de ces choses faciles à dire qui font du temps un animal domestique, d'une illusion un compagnon de route, d'un rien le cœur du débat, d'une poussière une montagne, d'un ragot un feu de bois pour la nuit. C'est magique, on se prend au jeu. Le passager est éternel. Comme quoi, la vie heureuse est une suite ininterrompue de petits instants. Avec un beau brin de fille, les jours passent tel un train. Vu de dehors, c'est bête comme chou ce défilement à la queue leu leu, mais dedans c'est beau, c'est doux, c'est reposant. La relativité est toujours une chose par rapport à une autre, le tout est de le voir. On se fit un peu d'argent au passage et une pile de tapis chacun à se faire marchand ambulant pour le reste de sa vie. L'hospitalité algérienne est un poison.

En bivouaquant entre hommes autour d'un butin de bonnes bouteilles et un narguilé déboussolé à mort, nous eûmes des discussions nocturnes endiablées, entrecoupées de débats d'une profondeur à couper le souffle. Ça débouchait sur un invraisemblable vague à l'âme. C'est terrible, le néant n'a pas la même profondeur partout dans le monde ! Par ici, on part loin, on atteint le fond. Le caniveau du poivrot, le bas-fond du sniffeur, les abysses du suicidaire, broutilles, sinécures de petit dépravé. Je voulais tout ignorer de nouveau, l'alpha, l'oméga et les rouages du monde. Et encore nous n'avions pas parlé de tout. Les compagnons avaient le cœur au bord des lèvres. Adieu, la foi ! Taquiner le destin, maquer des femmes, violer les filles, taper dans la caisse, beurk ! Comment après cela s'investir et renchérir ? Vivre sous le soleil d'Allah et la dictature des nains était au-dessus de nos forces. À la réalité nous devions pourtant revenir nous soumettre. Déjà, nous avions peur du lendemain. Et même d'hier ; comment avons-nous pu en réchapper ? Nous étions entre policiers et bureaucrates, véreux sans plus, et un investisseur en peau de lapin, sûrs de notre fait, mais nous tremblions à l'idée de tomber entre les pattes de la police politique, les dents d'un imam, les griffes d'une marieuse, ou dans les filets de l'administration en charge des intentions économiques. À l'aube, le halètement martial du muezzin venait nous voler nos dernières illusions. Du balcon, nous regardions des hommes en djellaba sortir de leurs souricières, honteux de leurs rêves, courir cupidement vers les mosquées. Nous suivions le gab-gab haletant de leurs sabots. Il se dirige sur le minaret mais il prendrait par l'enfer que ça ferait le même bruit de bois mort sur terre battue. Nous urinions à l'unisson sur les suppôts de Belzébuth et quand l'astre magnifique mettait à nu la ville nous allions vomir nos tripes. Tout compte fait, je m'endormais heureux comme un pinson, pressé de me rêver à Avallon, infidèle pour le restant de mes jours, investissant à tort, à travers et à crédit, dilapidant ma santé d'homme libre avec la première femme venue, à la condition expresse qu'elle ait évité de me parler de l'Algérie et de ses miracles. Combien d'années avais-je déjà perdu ?

J'appris quelques rudiments d'arabe des rues et à me laver les pieds en les frottant l'un contre l'autre comme je vis faire Salim. Pour paraître viril et coléreux, j'évitais de me raser, de me repasser, de boutonner ma braguette. Je me suis arrangé à l'ancienne : de la suie sur les joues, de la cendre dans la tignasse, quelques fétus de paille dans les oreilles. Il me fallait aussi paraître soucieux, voire abattu et même fini, je cessais de m'intéresser à ce qui fait de la vie une douce peine, à consommer lentement, entouré de sa marmaille, de ses amis et de son chat. En deux jours, je n'étais plus visible. J'étais un Algérien, un chaâbi, un homme du peuple bourré de complexes, environné de haine, une ruine irrécupérable, une névrose ambulante.

Et nous partîmes enfin en guerre.

Avec Salim, tout est simple. J'étais heureux.

...

— Le sais-tu, tu lui ressembles goutte à goutte. Il va d'un point à l'autre par la ligne droite, c'est génial ! En Europe, nous avons perdu cela depuis Gutenberg. Il n'y a que dans l'agriculture de papa et la construction du logement social que nous procédons ainsi. Pour tout le reste, on voit d'abord.

— Moi, je me fie à mes copains d'enfance, c'est tout. Tu ne me l'enlèveras pas de la tête, ton Salim est des moukhabarate. Sinon, pourquoi il tournerait dans les grands hôtels, hein ? Je les connais, va, ils font pareil avec nous, les jeunes du quartier. Ils s'infiltrent dans nos rangs, font semblant d'arranger nos projets puis coulent nos bateaux. À la fin, on se retrouve dans les services parallèles, à casser des marches, distribuer des tracts, espionner des fils de bourgeois, fermer et ouvrir des grèves, dénoncer les meneurs et les récalcitrants.

— La méfiance est mauvaise conseillère. Du jugement, voilà la clé. Salim est un enfant de Bab el-Oued comme toi tu es le fils d'El-Harrach qui te doit de n'être pas seulement un oued nauséabond mais un quartier haut en couleur où ce qui manque donne à la vie des émotions et aux enfants des ambitions fracassantes. Sans vous, Alger serait une réserve de richissimes nababs esseulés et son phare un totem sans âme. Vous n'êtes ni des truands ni des saints mais des oiseaux rares, et comme tels on a envie de savoir de quoi vous vous nourrissez et quel prix vous valez.

— Tu connaîtras jamais l'Algérie, je te dis, et c'est marre !

...

Nous fîmes le tour de la ville parce qu'il le fallait. Le Moyen Âge n'était pas passé dans la steppe s'acquitter de son rôle historique : préparer la Renaissance et les Temps modernes des nomades et de leurs troupeaux. La ville périclitait dans une parenthèse d'avant l'écriture. Il y avait dans son ciel une atmosphère de science-fiction à rebrousse-poil bouleversante. Je baignais dans l'impression qu'un monstre mythologique nous avait happés par le cul. Où étions-nous ? Notre langage, nos habits de couleur, nos billets de banque nous trahissaient à chaque pas. C'était l'évidence, je n'étais pas préparé à vivre à rebours. Nous procédâmes aux ajustements nécessaires afin de coller à l'époque. Je me suis courbé un peu plus, dégageant ainsi l'horizon de ma tête. Je pouvais passer inaperçu et me gratter les genoux avec les coudes comme tout un chacun. Qu'est-ce encore ? Ma montre suisse toquait d'une manière indécente, je l'ai jetée dans un trou à lézard. Salim dut cesser de fumer à l'américaine et se mettre à la chique, et ne plus regarder les filles comme des week-ends langoureux sur la plage de Padovani. Le sable de Tissemsilt ne sait rien de l'iode mazouté de la capitale et l'amour dans la citadelle est réservé à ceux qui ont une table bien garnie.

À la mairie, il en arriva à brandir son arme de service pour obtenir réponse à son « Salam alaïkoum », fraternellement lancé à la cantonade. C'est vrai qu'il se passait des choses dans l'édifice. Un vent de panique soufflait. Sur les murs, des placards terrifiants. La mobilisation générale ? Non, la liste des pièces à fournir pour obtenir des papiers. On commence par où ? La date butoir est en rouge et le numéro des guichets en vert. L'assaut a été déclenché à l'aube. Nous avions à nous battre doublement et nous ne savions même pas quelle pièce nous manquait. La foule hurlait par-dessus les têtes. Elle réclamait des choses invraisemblables : un abri, du travail, un kiosque, un truc communal à garder, un bout de terrain a creuser, une aide pour services rendus durant la révolution, une contrepartie pour services rendus lors de la dernière fraude électorale. Cantonnées derrière la ligne rouge, les femmes pleuraient pour ne plus s'arrêter. À Alger j'avais vu les mêmes, massées sous la guérite de l'observatoire des droits de l'homme, brandissant des photos de disparus. La protection rapprochée les avait désignées d'un mot : « Ce sont les folles du mercredi. » C'était un mercredi effectivement, nous allions au Palais du Peuple écouter un discours original. « Mais encore », avons-nous cru devoir insister. « Elles sont manipulées. — Quand même, un fils est un fils. — Non, c'est des terroristes, nous le savons bien. » Affaire classée. Elles ont autant de patience dans le pleur que le pouvoir n'en a dans le sourire. Des gosses déchiffrent les affiches pour les vieux en se tordant le cou, montrant par là combien l'éducation fonctionne bien sur le principe : celui qui sait lire traduit pour les autres. L'arabe des bureaux, c'est kifkif le latin d'Église, c'est dur. Sur un pan de mur, une toile de vingt pieds carrés, peinte par le fils du maire si l'on en croit la griffe. Un cavalier debout sur un cheval cabré sur ses sabots sabre le ciel d'un geste sûr. Le burnous vole au vent. Une colombe à l'arrêt dans le ciel semble murmurer des versets à l'oreille du héros. À ses pieds, des soldats décapités, des avions en feu, des tanks calcinés, des torpilleurs éventrés, des jeeps en fumée, des drapeaux déchirés. C'est vrai, là où un cimeterre et un peu de magie suffisent pourquoi tant de canons ? Il y avait aussi trop de couleurs. La bucolique originalité montrait l'étendue du désastre frappant la progéniture des élites. C'est du niveau de Tintin chez les Fous. Des mains articulées aux guichets offraient à la ronde des certificats sur toutes les étapes de la vie, la naissance, le mariage, l'indigence, le décès, et des formulaires d'une complexité inouïe, car en tout il faut commencer par constituer un dossier, sans oublier les photos, les témoins, et toutes les bonnes quittances prouvant ses dires, et le traîner partout avec soi. Nous étions mal barrés. Je voulais remonter au Nord. Salim m'expliqua combien la chose était simple : « Trouvons la filière menant chez le maire et le tour est joué. » Il appela à la rescousse les confrères et, en trois pas, nous étions chez le premier magistrat, introduit en son antre par un ancien bandit, appelé El Plantou, assis comme de vieux complices, à siroter du thé, à dénigrer le wali et ses affidés, à loucher sur les pneumatiques de la secrétaire. Le maire l'avait choisie tout-terrain pour toujours parvenir à ses fins.

— Ne cherchez pas, mes amis ! Ce dont vous avez besoin il est entre mes mains, sinon je l'inventerais. De quoi s'agit-il ?

— Tu es le meilleur des hommes. Le wali ne t'arrive pas à la cheville. Avec dix comme toi le pays serait un paradis, dit Salim avec une conviction sidérante. Mon ami Mohamed, ici présent, est un émigré de retour au pays pour le congé annuel... c'est un mois de l'année consacré au repos, les seuls morts sont ceux de la route. Ce n'est pas sa faute, il ne parle pas notre arabe national et son français de contrebande est une torture pour les analphabètes. Dès qu'ils émigrent et découvrent le soleil, ils oublient d'où ils sont sortis. Qu'est-ce tu veux, mon frère, c'est ainsi. Voilà, il a une vieille tante, il aimerait la retrouver ; elle l'a un peu élevé quand il se suçait le pouce.

— Je demande à comprendre.

— Tu veux comprendre quoi ? Tu veux respirer du cumin, dis-le clairement !

— Non, les pépites j'en ai de trop. C'est que... je construis en ce moment et mon voisin me gêne. J'ai besoin de son jardin pour bâtir une boutique au nom de ma secrétaire... tu comprends... les vieux jours, les enfants à caser, le repos des jambes. Tu peux pas demander à tes collègues de m'en débarrasser ?

— C'est tout ? Ton vœu est exaucé. J'en ai réussi de plus compliqués. Ton voisin va se trouver de nouveaux horizons dans pas longtemps. Si tu le veux comme maçon, tu le dis, on lui fera faire le reste, acheter une truelle et une brouette.

...

Aïcha n'était pas morte, Dieu soit loué. C'est tout ce que nous apprîmes des registres de la mairie. Pas mort, est-ce un gage de vie ? En quelques heures à Alger, j'ai su qu'à côté des morts et des survivants, il y avait les disparus. Au dîner officiel, un haut responsable de l'institut, chargé de collecter les intentions d'investir, m'a révélé qu'à part les Constantes nationales tout foutait le camp dans le pays. Je ne lui ai pas demandé quoi ni pourquoi il avait l'air si triste. Ce que nos yeux voient serait illusions, ombres, reflets, et ce que nos oreilles entendent le vacarme lancinant des vagues dans le crépuscule. La mer est un univers de silence incommensurable, précisa-t-il, craignant sans doute de me voir prendre l'écume pour la vase. Je m'apprêtais à le rejoindre dans son délire lorsqu'il me dit : des arbres sans oiseaux est un grand malheur et je n'en vois plus depuis... oui c'est ça, depuis l'automne... depuis le 16 novembre pour être précis.

Bon, vivants ou morts, les disparus doivent être retrouvés et à ma Aïcha je tenais plus que tout.

Nous reprîmes notre errance. Tissemsilt offrant ce seul loisir, nous en profitâmes deux jours sans fin comme d'un dernier voyage. Dans les rues, les cafés, dans les boutiques encombrées d'âmes en peine et les bureaux de l'administration attirants comme des attrape-mouches, nos regards butaient sur cet être incomparable, égal à lui-même depuis des siècles, ce chaâbi qui peuple l'Algérie avec ses frères et ses sœurs et leur incalculable progéniture sans jamais se départir de sa résignation. On se demande si la patrie lui sera reconnaissante. Rendre à chacun sa peine est le début d'une sagesse partagée. Mais encore. Il y a un phénomène à rendre cinglé un morceau de plomb dont pas un officiel ne m'a parlé à Alger. Il mériterait pourtant étude approfondie de leur part : l'errance, mal absolu des êtres de chair et de sang, frappait tout autant les objets inanimés. Les murs avancent ou se volatilisent, la terre disparaît, les bornes excèdent les limites, les trous s'agrandissent à mesure de leur comblement, les gravats se multiplient à perte de vue, l'on se demande ce qu'il en est des cieux. Tout bouge au pays de l'immobilisme. Le temps de revenir sur l'avenue de l'Indépendance, dont les transversales réfèrent à la Liberté, à la Jeunesse, à l'Unité africaine, et à ce que la révolution a produit de mieux, des martyrs, des dates et de grands penseurs, nos repères avaient changé de camp. Tel muret s'est effondré, tel autre qui paraissait adulte a pris quatre mètres de hauteur d'un coup, celui-ci a ripé d'un empan, celui-là de deux, des portes ont disparu, des fenêtres ont changé de façade, des balcons se sont envolés, la gargote qui préparait son midi vend de la pièce de casse deux magasins plus bas et son local héberge un boucher descendu du maquis. L'atelier du plombier honore une clientèle qu'il prenait de haut à l'aller pour lui offrir au retour des produits d'épicerie recyclés. On ne tarda pas à relever une anomalie de taille : la rue de la Liberté s'était transformée en impasse. Pas de bruits, pas de couleurs, pas d'odeurs. Renseignement pris, un potentat en avait ainsi décidé au lever du jour ; il était fatigué de freiner pour rentrer chez lui. Mais était-ce bien la rue de la Liberté que nous avions empruntée à l'aller ? Rien ne le dit. Où est passé le jardin public ? Et le vieux qui le défendait contre les attroupements ? Misère, nous étions piégés, nous étions pris dans une hallucination parfaitement réelle. Comment sortir d'un cauchemar pareil ? Salim avançait infailliblement, je suivais en aveugle, avec l'espoir d'un avenir moins aléatoire.

— Te casse pas la nénette, ces gens-là savent où ils vont. Ils passent leur temps à changer de local, de métier, de fournisseurs, sans parler de leurs noms empruntés aux chômeurs, aux veuves, aux défunts et à l'orphelin. Le fisc ne s'y retrouvera jamais.

— Et ces murs qui vadrouillent, c'est quoi ?

— T'inquiète pas, ils vadrouillent pas gratuitement. Ce que l'un perd, l'autre le gagne et c'est pas plus mal.

Dans un café sentant la chique macérée à jeun, la meute fatiguée et ce que la canicule mitonne sous le poil, nous étudiâmes le bristol de maman. Je le portais comme une relique, je le lisais à genoux à chaque saignement du cœur. S'il y avait une vérité en ce monde, c'était ce bout de carton. En professionnel du mystère vite éclairci, Salim y vit un pense-bête griffonné à la hâte. « C'est ça les bouts de papier, quand tu les trouves dans une vieille poche t'as l'impression d'avoir égaré une partie de ta vie. J'en ai plein les tiroirs... je les lirai un jour... mais je m'affole pas, une fille de perdue, dix de retrouvées. » J'expliquai qu'il s'agissait de maman, d'une promesse sacrée, une quête essentielle, une urgence génésiaque. Il me dit son étonnement en un mot : « Ya zébi, et on a fait tout ce détour pour ça ! je croyais que tu cherchais un trésor ou quelque chose d'approchant. Excuse-moi mais une maman, chacun en a une, sinon on ne serait pas là. » L'avantage avec les amis est qu'on peut les convaincre sans avoir à leur expliquer. « Salim, tu es mon ami et le cousin de mon frère de sang Messaoud le Gitan que j'ai connu dans le ciel, aide-moi sans poser de questions et Dieu t'aidera à comprendre. Retrouvons Aïcha. Ce qu'elle dira sera pour nous le point de départ d'une ère nouvelle, elle nous verra grandir, peut-être mourir mais elle donnera un sens à notre passé. » Que dire de plus ? Haussement d'épaules. Un acquiescement ne dit pas toujours son nom. Les héros n'ont pas de raison mais de l'impatience à foison.

Et voilà de nouveau nos cœurs unis dans le pire des mondes.

...

— Un homme ne se raconte pas. Chez nous, les Arabes, on laisse le baratin aux femmes, ça vaut rien. Vous les Français, vous n'êtes pas intelligents pour deux sous, vous parlez trop. Si tu te confies, tu débloques forcément... et l'autre, il dit rien, il court te trahir en se frottant les mains. Tu piges ?

— Le silence est certes plus éloquent qu'un discours et certainement plus riche de méfiances. Quand il est têtu comme le tien, nos oreilles saignent de son fracas. Tu ne dis rien de ce qui t'a amené ici, au pied de l'échafaud, mais j'entends tout un monde en colère clamer ton innocence. Aucune femme ne peut jamais l'être à ce point. Si tu es coupable, alors la loi est mal faite ou un témoin a décidé de te prendre pour quelqu'un d'autre. Cela dit, mon cher monsieur, le monde entier le sait, l'intelligence est née avec les Arabes, mais il se demande pourquoi ils sont les derniers à s'en servir. Vous devriez peut-être vous poser la question et cesser de trop comprendre les autres.

Nous en étions là, face aux contradictions, aux faux débats, aux incertitudes, aux coups bas, aux injonctions, aux ultimatums, aux diktats, à la moquerie en bout de chaîne. Le pire nous a été compté, rien ne nous a été épargné, nous sommes encerclés, engourdis jusqu'à la moelle. Tout bougeait autour de nous, l'immobilisme gagnait les profondeurs de nos membres, le mensonge répondait au mensonge, la violence à la violence et la mascarade ne finit pas. Les jours inlassablement se suivent et se ressemblent. Comment reconnaître sa route quand les frères sont tous pareils, les sœurs voilées à désespérer leurs mères, les enfants indistinctement brouillés dans le désordre des rues ? La prière est une trêve de courte durée, s'y fier est l'erreur à ne pas commettre. Secouons-nous, demain n'attend pas. Armons-nous de foi et de témérité, et partons à la recherche de la vérité. Lambiner nous a coûté cher.

Est-il possible qu'il en soit ainsi ? Je suis fou de vouloir démêler pareil mystère. Par quoi commencer ? Une malédiction me frappe. Maman, pourquoi m'as-tu parlé pour me laisser seul ? Était-il nécessaire de m'apprendre que je ne suis pas ton fils mais celui d'une Arabe ? Tu ne savais rien de cette femme, ou si peu, cela valait-il la peine de tout déranger ? Comment rebâtir ma vie, avec quoi, pour qui ? Les lois qui gouvernaient ma vie de Français m'ont tourné le dos, je suis tombé sous la coupe du mektoub et dans la tourmente de l'aventure sans lendemain. Merde, voilà du nouveau, je cause comme un chaâbi névrosé par la religion et la dictature des nains ! Mektoub, mektoub, mon œil, un agencement de coïncidences, de vérités après coup, d'axiomes hérités, ouais ! Il y a aussi cette satanée droiture chez nous, les Chaumet, elle nous étrangle, nous la portons envers et contre tout, de père en fils... compte non tenu de l'aïeul de Carré-les-Tombes qui nous l'a faite grosse... et avec les Prussiens ! Maman, tu as soulagé ta conscience, me laissant avec un poids écrasant ; je ne peux le porter et vivre le cœur léger. Je ne t'en veux pas, je n'en veux pas à Dieu, je suis heureux de mon sort. « La douleur grandit le pénitent », disais-tu en ces jours d'Avallon quand l'écho de mes frasques parvenait à tes oreilles. Et moi de te rétorquer crânement « Alors pourquoi le martinet ? » Cela me valait double ration. C'était déjà mal nous comprendre.

Quels mystères m'attendent ? J'aurais dû me poser la question à Avallon et partir par le premier vol sur l'Égypte millénaire. Qu'y risque-t-on ? Quarante siècles de silence minéral et de chaleur cosmique contemplent ses touristes sans en avoir jamais écrasé un seul. Où en est l'Algérie après quarante années d'existence seulement ? Un désert dans un désert et pas un touriste en vue.

Les hommes ronflent par bêtise, c'est admis, mais comme Salim, c'est pas permis. Il braille du nez, de la bouche, des oreilles. Laissons, peut-être se pétera-t-il un poumon. Je me suis réveillé en nage au cœur de la tornade. J'avais à penser, à aller au bout du problème. J'avais à comprendre ce que je manigançais avec tant de légèreté, si loin d'Alger où les recherches ont atteint le paroxysme sous les hurlements d'un gouvernement aux abois, si loin d'Avallon où le courrier amoncelé devant ma porte affole les voisins, laissant peser tout le soupçon sur cette abominable pipelette des mauvais jours. Nous l'aimions malgré tout. Elle nous battait, nous arrosait, nous rabrouait mais elle était le scrupule même. Elle menait l'immeuble comme s'il lui appartenait de droit divin. Aucun doute, ils ont arrêté et torturé les serveurs de l'Aurassi et peut-être aussi la femme d'étage. Ne m'a-t-elle pas souri avec le désir impudique de me voir l'enlever à Paris ? Et, horreur et sombre bêtise, je crois lui avoir donné l'envie de s'accrocher ! Que lui ai-je proposé en échange ?... Bah, j'étais rond, je tournais dans les couloirs, je parlais tout seul. Songe-t-on aux jeux de ferme quand on a été foudroyé dans un palace par la réincarnation de la Méduse ? Les amours ancillaires ont leur gîte et d'autres modalités. Qu'est-il advenu de ces cadres désespérés par la criminalité de leurs ministres ? Ils nous ont dit des choses, nous les avons encouragés et quoi encore. De nos anges gardiens ? Entre deux cuites, deux courses, ils nous ont parlé et, au risque de se mettre mutuellement en danger, gratifié de deux trois secrets dépassant l'entendement. Quid de la Méduse ? Nos routes se sont croisées, je l'ai aimée, son dos a gardé l'empreinte de mon regard ; peut-être est-elle enceinte. La belle résistera-t-elle au chalumeau, au supplice de la bouteille ? Non bien sûr, ils se mettront à plusieurs. À cette heure, Alger est en état d'alerte. Les bolides de la police pulvérisent des records dans des ruelles croulant sous le poids d'une enfance éreintée et de vieilles qui, sauf le respect dû à leur âge, n'apprendront jamais à traverser sans se faire ramasser. Les Rambo manœuvrent comme à l'exercice sous le regard admiratif de leurs supérieurs. On improvise des réunions sur le pouce, un peu sur tous les sujets ; l'heure n'est pas à la parcimonie. La pression monte, le ton aussi. Les rapports tombent à un rythme endiablé, les estafettes sonnent au milieu de la nuit, les factotums s'égarent par centaines dans le dédale des services, coordonnés par une cellule de crise enragée. Et toujours, toujours, cette lumière crue, cette poussière électrisée, cet air de braconnier heureux brillant dans le regard des ministres, cette odeur de poudre noire racontant la triste histoire de l'argent du pétrole mal utilisé, ce gémissement lancinant des petites gens. Quoi de plus ? Rien, la vie prise entre deux barrages, des mecs coincés, des gosses perdus, des bagnoles échappées d'un cirque, des bolides ruant sur tout ce qui bouge, des murs écroulés, des chiens écrasés, des trottoirs défoncés, des horloges affichant l'heure de leur décès avec une exactitude surprenante sous telles latitudes, mais aussi des banderoles esquintées annonçant des victoires et des écrans lumineux aux carrefours égrenant avec une précision toute militaire les derniers jours du millénaire. Entre l'amertume et la satisfaction, il y a un monde de nuances pour l'hésitation. Pourquoi s'entêter ? Pourquoi fanfaronner ? La vérité est simple : tout commence demain et finit comme les choses du passé.

Paris est informée et, à cette heure, ma fiche de citoyen blanc comme neige est sur le bureau du ministre des Voyages à l'étranger. Son regard montre assez qu'il ne m'aime pas, je le dérange avec mon aventure chez les Bikbik. « ... Aller investir en Algérie, je vous demande un peu !... et dans le logiciel, voyez-vous ça ! » « Monsieur le ministre, la DST n'est pas loin de penser qu'il a été enlevé par le GIA. Le gouvernement d'Alger affirme ne rien savoir de cette affaire et, bien sûr, il nous a engueulés. Il a vu de l'ingérence dans notre inquiétude pour notre compatriote. Il serait bon de réactiver le plan 92-B-27. Pour le moment, *Le Canard enchaîné* se lisse les plumes, il ne dit rien, ça nous laisse du temps pour négocier. Reste à savoir quoi, avec qui et quel canal emprunter. »

...

Où en étais-je ? Aïcha est ma mère, elle m'a donné la vie et maman m'a recueilli. J'allais sur mes trois mois ; cinq tétées par jour, vingt plombes de dodo, ça ne laisse pas de place aux jeux de la suspicion. Elle avait un fils,

Khaled, et ce fils, c'est moi. Je ne sais pas si aujourd'hui nous aurions le même âge. Je suis là, bien portant, hier encore propre comme une savonnette, ma vie est pleine de filles, de plaisirs satinés, d'histoires gratinées, de repas arrosés, de livres à moitié lus, de voyages bon enfant, d'anniversaires passés avec succès. J'ai une série complète de diplômes et une solide expérience de ce qu'ils valent dans le vacarme des jours. Je le dis sans honte ni façon : à Avallon nous sommes restés simples, on ne s'embarrasse d'aucune complication excédant la règle de trois. Ce qui nous dépasse, le temps s'en occupe, pour le reste on se débrouille comme on peut. On se console en se disant qu'il y a pire. J'ai une entreprise, elle me donne du souci, c'est vrai, mais je ne suis pas le seul à m'en plaindre, cela me soulage un peu. J'ai des arriérés derrière les fagots que les fournisseurs me réclament à feu continu, et mes clients refusent de me répondre ne serait-ce qu'une fois l'an, aux étrennes ou à la Valentin, arguant de ce que mes logiciels ne valent pas un clou. L'acrobatie était mon régime en haute comme en basse saison. Tout cela était bel et bon, les jours coulaient pépères, je mangeais à ma faim dans les meilleurs restaurants de France où je courais soudoyer des cadres d'entreprise épris d'efficacité en temps réel et je dormais dans des rêves à la portée de tout Français sachant lire les bandes-annonces. Bref, je naviguais à vue, je brassais du fric virtuel et le fisc me le volait comme un ouragan. Une mauvaise affaire, en somme.

Si Khaled était à ma place, quel âge aurait-il ? La vie est brutale par ici, le chômage est un avenir posté au sortir de l'enfance, et au dire des gens d'Alger, confirmés par nos amis de Tissemsilt, le gouvernement aime à faire souffrir les petites gens et enlever le pain de la bouche des innovateurs. Et puis il y a cette errance usante à grincer des dents, ce soleil de plomb, ces nouvelles abrutissantes, ces pénuries accaparantes, ces marchands assoiffés, et ces dieux en surnombre à honorer matin et soir. Oui, il serait mal en point, la bouche corrompue par la chique, les mâchoires démantibulées, les mains craquelées, le dos brisé, le regard battu comme chien de rue. Il serait inculte, sûrement, sans emploi, sans abri, menacé, probablement recherché. Oui, il serait infiniment plus vieux, sans avoir commencé à vivre.

Les apparences sont ce qu'elles sont, elles ne disent pas tout.

...

Mère se mourait mais, je le sais, elle avait sa tête. Ce qu'elle murmurait, des bribes, des hoquets, des mots étouffés, des phrases en miettes, était terrifiant. Les choses se sont-elles passées ainsi ? Ai-je bien entendu ? Une nuit, des hommes sont venus appeler celui qu'il me faut appeler mon père. Selon la coutume musulmane, ils se tenaient à distance de la maison. Il les a rejoints, inquiet, cependant décidé à affronter une adversité longtemps évitée. Ils ont discuté une heure après l'autre puis il y eut des cris et par-delà l'obscurité les aboiements des chiens. Le silence est tombé subitement, une chape houleuse que la nuit grignotait à petites dents. Au premier frisson de l'aube, Aïcha est dehors, son bébé dans les bras, prête à remuer ciel et terre. Elle trouve son mari dans le fossé, gisant dans une mare gluante, la gorge tranchée. Elle voit combien la trahison peut aller loin dans l'infamie et combien l'innocent est puéril. Maman avait dit « le motard l'a tué », je suis sûr de cela. Elle a ajouté « des hommes l'ont tué ». Il y a contradiction.

Les monstres ne s'en étaient pas retournés cuver leur crime. Ils guettaient non loin du douar. Deux morts de plus les mettraient définitivement à l'abri, avaient-ils décidé.

La voilà !

Empoignades à l'ombre d'une haie. Aïcha se dégage ; elle rejoint le village par les venelles tortueuses des faubourgs, labourées par les chèvres et les chômeurs. Pourquoi s'est-elle rendue à la maison des Chaumet au lieu du commissariat ou de la gendarmerie situés sur le chemin, c'est un autre mystère. A-t-elle reconnu ses agresseurs ? A-t-elle vu en cela un empêchement à recourir aux forces de l'ordre ?

...

— Arrête de radoter, tu me rends malade ! Une condamnation à mort ne te suffit pas ?

— Mon cher compagnon de cellule, radoter est un verbe à double tranchant. Peut-être n'es-tu pas assez fin pour bien entendre. L'oreille du sot s'énerve quand la langue du sage va au fond des choses. J'essaie de deviner quelle serait l'attitude d'un homme doué de sens s'il savait l'avenir. Aurais-tu commis ton crime si l'on t'avait conté Lambèse et sa pourriture, ta mère pleurant ton absence en se demandant ce que tu manges, tes sœurs prises dans le collimateur des rabatteurs, Gaston, ce rat de rêve, rongé d'inquiétude pour toi ? Ajoutes-y mes fantômes, des tueurs surgis de la nuit, Khaled revendiquant de son abîme des droits tombés en poussière, mon bel ami Salim qui a le chic de te mettre hors de toi, et, pardessus tout, la Commission. Elle nous arrive à grands pas, elle va nous tomber sur le râble et nous arracher les vers du nez, tu vois le désastre et ses funestes conséquences. Moi, j'ai agi sur la base de mon ignorance et de ce que j'apprenais à mesure que je n'étais plus moi-même. C'est déroutant de vivre au point mort bas de deux vases communicants. Tu te vides et tu te remplis dans le même temps, ton esprit se divise, tu participes de l'une et de l'autre pensée, si différentes, si antagonistes. Ah merde, quel amphigouri ! Comment comprendrais-tu ? tu es la plus simple des gentillesses et la plus folle des insouciances. Laisse, parle-nous d'El-Harrach. Il y fait mauvais vivre mais y mourir doit être un rêve de roi.

— Je t'ai dit, t'es pas un Algérien… pas encore, tu peux pas comprendre. Aimer son quartier et sa misère, c'est comme aimer son père et sa mère, cela va de soi. C'est pas l'oued qui pue, mon frère, c'est la merde qu'il charrie. Et cette merde, elle est pas de chez nous, elle vient de ces gens qui nous boivent le sang et nous méprisent par-dessus le marché. Les petits ne se révoltent pas par plaisir, ils ne tuent pas par jeu, ils rompent les amarres. Les riches font sortir Dieu lui-même de ses gonds. J'ai tué et je recommencerais même s'il y a deux Lambèse au bout de la corde.

— Ah, tu es un drôle d'ami, tes mensonges ont les accents de la vérité et ta vérité porte la marque des choses impossibles. Tu as raison, savoir ne sert de rien, seule compte la volonté de se dépasser et de prendre de vitesse ses assassins. On devient sentimental à rien fiche. Se blottir dans le souvenir n'est pas de notre âge. Oui, cessons de radoter.

…

La nuit s'annonçait longue. Par la meurtrière, je regardais les ténèbres se mélanger aux ténèbres, les trous s'ajouter à l'abîme, les bruits mourir un à un. Le ciel s'inondait de silence et de somptueuse gravité. Le calvaire s'estompait. J'étais fasciné, je décollais sur un nuage, je m'évadais. Vaste est le monde, piètres les apparences. L'aspiration du vide pourrait engloutir l'univers et laisser place à d'infinies rêveries. Je sentais une présence, des yeux me fixaient quelque part, une lueur, une respiration, un frôlement, et j'entendis une vieille lamentation indienne monter dans mon cœur. Je n'osais respirer, je m'agrippais à l'immobilité. Un mot me vint à l'esprit, le premier mot de notre chienne de vie : maman.

L'enfant de l'arbre creux se mit à geindre… on dirait un bébé malmené par un mauvais rêve.

Un robinet gouttait quelque part dans la forteresse. L'eau arrivait… ou partait… ou alors le supplice du jour avait commencé plus tôt.

Qu'est-ce là ? Merde ! une araignée m'a piqué l'œil puis, à toutes jambes, est partie s'installer dans mon oreille pour se tisser une toile. Et puis quoi encore, je ne suis pas mort !

Dieu que le chant de la vie est étrange !

Il ne faut pas se leurrer, on se trompe toujours. Comme on ne se voit pas marcher, on ne connaît pas ses errements. L'erreur précède l'humain. Le paradoxe de la tromperie est qu'elle est toujours vraie. Nous les disions monstrueux, nous les découvrîmes anges de sucre et de crème. Bons enfants, nous cessâmes de les harceler et de voir en eux la réincarnation des Thénardier et nous leur restituâmes l'identité tranquille, et irréfutable, constitutive de leur bonheur originel. Nous les détestions, donc ils nous intéressaient. De fil en aiguille, nous en vînmes à nous poser en ennemis irréductibles sur leur route. Au départ, la mère Thénardier était notre cauchemar. Pour d'obscures raisons cérémonielles, elle s'habillait de noir et d'un châle dont l'ombre en queue-de-pie sur les murs était celle d'une chauve-souris. Dans le quartier, elle se disait Mme Viviane Cadot. Stratagème grossier. Les gens lui passaient le mensonge sans regarder. Nous voyions plus juste. Nous avertîmes les copains : l'enfer va vous gober, bougez-vous, elle est Viviane comme Carabosse et Cadot comme empoisonné. Ce sont des trafiquants d'enfants, des pilleurs d'église, des vampires de cimetière ! Sa fille portait le nom antique d'Aglaé. Jamais nous ne l'entendîmes chez les vivants. Il évoquait les cités englouties et les sacrifices d'enfants, intolérables à notre époque. Elle avait un petit visage de fourmi terrorisée qui inspirait la pitié. Cosette ayant servi, nous l'appelâmes Clapote en considération de son infirmité, un pied bot pris dans une armature nickelée qui lui donnait l'air de patauger dans le vide. En classe, c'était un petit génie énigmatique ; nous le regardions avec insistance et compassion. Pour en savoir tant, elle devait bûcher tous les jours, la malheureuse. Un jour, il nous vint à l'esprit de la sauver des griffes de ses parents. Nous prêtâmes aussitôt serment. Nous envoyâmes Merdax procéder aux reconnaissances, puis nous formâmes siège autour du logis, Goulou à l'est, Zembla à l'ouest et moi, Magic Boy, au nord parce que le danger vient de cette direction. Il dura une moitié d'été comptant double, les journées étaient longues et l'ennui sévissait sur Avallon à grand renfort de bâillements. Merdax était aux provisions. Nous cernions la demeure sans désespérer d'en voir sortir le Diable en personne, lorsque les Thénardier nous surprirent par-derrière. En deux mouvements, nous étions matés. Leur souffle accéléré était celui du loup passant à table. Une sainte trouille s'empara de nous. J'ai récité le Pater, Goulou le gémissement vaudou de la fin ; Merdax ânonna un obscur kadisch en balançant du buste. Zembla continua de pousser des cris pour quatre. L'heure de mourir avait sonné, nous n'en menions pas large. Ils nous traînèrent par les ailes dans le logis maléfique. Point d'explications ni de messes basses, ils nous mirent à table et nous offrirent chocolat et pâtisseries à crier fixe. Un merveilleux bien-être s'empara de nous. Ils nous apparurent sous leur vrai jour, gentillets, pas fatigants, et Clapote la plus heureuse des filles et la moins mystérieuse de toutes. Nous lui rendîmes sur-le-champ son joli prénom. Mme Cadot décida d'adopter sa fille sous ce sobriquet ridicule de Clapote car, nous dit-elle, il est affectueux tout plein, bien que peu catholique.

Cette folle aventure te le montre, nous sommes programmés pour accumuler les erreurs. On les reçoit en pleine poire lors même que nous croyions aller de l'avant. Quand nous avons raison, c'est que personne n'est venu nous dire que nous sommes dans le faux. Ainsi, pour toi et tout chaâbi habitué à manger des couleuvres, Salim est le pire des chiens, un produit du système comme vous dites, un profiteur, un corrompu, une âme damnée au service de la Causa Nostra qui gouverne ce miracle institutionnalisé appelé la PDRA. En France où nous sommes restés fleur bleue malgré deux guerres mondiales et des crises à répétition des plus idiotes, on le dirait vaurien à la petite semaine. Garder un œil sur lui suffit pour le voir passer son chemin sans même songer à déranger une poule. Si tu tiens compte qu'au sommet de votre hiérarchie sociale, il y a des gradés ventrus qui alignent vos morts par bataillons, le pauvre Salim fait figure de deuxième classe Schweik. Tu lui fais un mauvais procès.

— Ce que je dis est la vérité, ton baratin n'y changera rien !

— Avoue que c'est sympa de sa part de m'avoir aidé sans barguigner. Si l'on en croit ce Si Abdelkader, l'ami du chef suprême des prisons, il a même payé le prix de sa gentillesse.

— Qui te dit qu'il t'a pas trahi ?

— Je crois te l'avoir dit un jour que nous mettions de

l'ordre dans tes idées : il y a plus fort que nos vérités, nos mensonges et nos agissements.

— J'écoute quand je veux...

— Retiens-le, pauvre innocent de Lambèse : il est une force supérieure à nos doutes, elle pulvérise les apparences, enjambe les obstacles, brise les tabous, pisse sur les frontières. Elle se rit de nos préjugés, n'entend rien de nos certitudes, méprise souverainement nos calculs. C'est l'instinct. Il n'y a pas que le vent qui nous rentre par les oreilles. C'est par ce chemin, dit-on, que Dieu parle aux hommes.

...

Hé, faut que j'te dise... Nous avions un hymne national. Ça me revient... il est tiré par les cheveux, ça rime de travers, mais ne t'y trompe pas, il dit tout ce que nous avions à dire... écoute ça, Toto :

Avallon, lon-lon
Avallon, la-la
C'est là qu'l'on va.

Avallon, la-la
Avallon, li-li
C'est là qu'l'on vit.

Avallon, li-li
Avallon, lé-lé
C'est là qu'on l'met.

Avallon, lé-lé
Avallon la-lère
C'est là qu'lon se perd

Avallon, la-lère
Avallon, lu-lu
C'est là qu'on s'tue.

Et on en avait pour parcourir des kilomètres.

Après avoir sacrifié à l'errance, nous reprîmes la route. Il fallait faire vite, la besogne n'attend pas. Et nous en avions sur la planche. « La gare ? L'usine à gaz ? » disait le bristol. Il parlait aussi du douar de Béni Slimane. En avant donc pour Béni Slimane ! En bas de la rue, un vieillard qui se confondait avec le mur de son écurie où un vieux cheval rachitique attendait le retour de son maître pour mourir, nous le dit d'un geste las : C'était à quelques kilomètres de Vialar, jadis. Il n'en fallut pas plus pour le délier. Il parla longtemps, signe qu'il avait gros à reprocher à l'ignorance du présent. Ah Béni Slimane, où es-tu ? On y allait par un chemin fleurant bon le crottin, l'ambre et le thym. Et les femmes qui avaient de grands yeux noirs pour fixer le soleil portaient de magnifiques tatouages. En les dépassant sur nos montures, on entendait battre leur cœur et leurs bracelets d'or et d'argent chanter la richesse de leurs pères. Nous les saluions avec des rimes forgées par des siècles de courtoisie et de bravoure. Les chevaux en frémissaient, passant d'amble à trot en levant fièrement la queue. Les champs étaient un régal, les bosquets une poésie, l'air une ivresse. Vous ne le croiriez pas, les oiseaux parlaient et nous les comprenions ! Comment ne pas être exaltés ! On élevait le barbe, la fierté des Béni Slimane et l'amour fou des cavaliers du désert. Son haridelle hennissait de plaisir de l'entendre si joliment étriller le passé. L'étable bruissait comme au bon vieux temps de la fantasia et des histoires à dormir debout. Je m'impatientais. Comment rejoindre ce paradis ? Salim me le dit avec étonnement : Nous y sommes à Béni Slimane ! Quoi, ces galetas sont à lui ? Ces gens, ces loques ? Euh… les choses ont changé. L'anarchie a gagné et effacé la trace des coins de paradis avoisinants. En ce temps, ils signalaient Vialar comme la couronne désigne le roi. On les traversait avec la dévotion du courtisan pressé de rejoindre son maître. De Béni Slimane le bienheureux, Tissemsilt fit son appendice le plus infect et tirait fierté des innombrables maux qu'il proposait comme un pari insurmontable à sa sagacité. Il attend ses égouts depuis qu'il en a su l'existence et l'électricité depuis l'apparition de la TSF. On y meurt par-dessus les normes en vigueur chez les mouches et les increvables archaïsmes qui rythmaient ses jours ont été remplacés par les fièvres importées de la grande cité où la Houkouma cultive ses vices. Et de femmes aux grands yeux noirs, portant tatouages, on n'en voit plus, sinon des petites, atrocement jeunes, maculées de boue, jouant à la marelle avec une boîte de chique entre marigots et gravats. Quelle tristesse ! On le pria de nous parler d'un homme de son époque, aujourd'hui disparu, Omar El Madauri. Il fouilla sa mémoire, cherchant non pas des mots mais comment les dire. Il se souvenait, on le voyait à son trouble. « Comment oublier, nos vies sont indissolublement enchevêtrées, le temps est un liant pour l'éternité. Ce qui n'existe plus, la mémoire lui redonne vie, il suffit de... — Vieillard, parlons clair ! D'où nous venons, le temps est ce qui manque le plus. » Voilà, c'était dit. Nous avions besoin de concision et de savoir quel sens prenait ce mot par ici. C'est une histoire étrange et pitoyable. Elle a fait du bruit en son temps. Puis un jour, c'était au lendemain de l'indépendance, il a été ordonné par des Ombres, parcourant la ville déguisées en mendiants, de ne plus en parler, même entre amis, sous peine de perdre sa vie et ses biens. Nous lui offrîmes ce que nous possédions qui fut un gage de paix, une assurance de sécurité, une promesse de reconnaissance. On baissa le ton, on l'invita à prendre le thé, on lui parla avec respect et mille sagesses dans la voix. Il accepta notre amitié et pour montrer qu'il en goûtait le parfum, il nous raconta cette parabole qui, de temps immémorial, fait le tour du désert.

Il était une fois, deux hommes liés par une indéfectible amitié. Un jour, l'un d'eux vint voir son ami et lui dit : Es-tu toujours mon ami ? Je le suis. Alors apprends que j'ai tué un homme. J'ai besoin de toi pour l'enterrer selon la religion car c'est un musulman. Je te suis. Arrivé sur les lieux, l'ami découvre en la victime son père. Tout autre se serait vengé sur-le-champ, mais en ce temps l'amitié était le plus noble des sentiments. Il lui dit : L'homme que tu as tué est mon père mais tu es mon ami, je vais t'aider à l'enterrer selon le rite et je mourrai avec ce secret lorsqu'il plaira à Allah de me rappeler à lui. Et ainsi fut fait. Des années après, l'homme, orphelin de son père, vint trouver son ami et lui dit : Es-tu toujours mon ami ? Je le suis. Alors apprend que j'ai tué un homme. J'ai besoin de toi pour l'enterrer selon la religion car c'est un musulman. Sur les lieux, il vit dans le gisant son fils.

Tout autre se serait vengé sur-le-champ mais en ce temps l'amitié était encore un très noble sentiment. Il lui dit : l'homme que tu as tué est mon fils mais tu es mon ami, je t'aiderai à l'enterrer selon la religion et je partirai avec ce secret lorsqu'il plaira à Allah de me rappeler à lui. Et ainsi fut fait. Et parce que tout a une fin, ils se retrouvèrent un jour devant Allah. Il leur dit : Pour avoir donné la mort, vous méritez Gehenama mais parce que vous avez honoré l'amitié, supérieure à mes yeux aux liens du sang, je vous envoie dans la Djina. Voilà mes enfants, méditez cette parabole et faites-en votre profit. Allah vous pardonnera tout, sauf de manquer à l'amitié.

...

Pourquoi ai-je pensé à la vendetta, tu peux me le dire ? La Corse est loin et à Avallon on règle au bistrot plus de problèmes que la ville n'en connaît. Et pourquoi ai-je vu dans le hasard qui nous a jetés sur un poète rescapé d'un lointain pogrom, le mektoub drapé dans son imperturbable burnous ? Décidément, l'air du pays corrompait mon esprit cartésien. Derrière les apparences, ô combien figées, je subodorais d'infinis calculs, et par conséquent des chicaneries définitivement inextricables. Je m'inquiétais de rien, l'invisible nous enserrait, j'envisageais des sagas à mille pattes. Bref, je me posais des questions, avec toutes leurs décimales et leur transcendante imprécision, et je n'avais pas même les mots, en arabe ou en équivalent agréé, pour les dire sans trahir quelque détermination supérieure. Heureusement, Salim, renégat à sa culture sur les bords, était là pour me tendre la perche. Qui mieux que le gris fait trait d'union entre le noir et blanc ?

...

« Omar était un homme de bien. J'ai servi le couscous à son mariage avec Aïcha... Elle était la fille de la cousine de l'oncle de la femme de mon jeune frère... enfin, je crois. La fête dura sept jours et sept nuits... je me le rappelle... son père avait un lien de parenté par les nièces avec un de mes cousins, mais je ne saurais te dire lequel. Il était généreux, il a égorgé trois fois sept moutons et convié aux noces les plus riches bédouins. Le baroud a parlé à illuminer la nuit et les femmes ont poussé plus de youyous que nos oreilles ne pouvaient en supporter. Omar était forgeron, un art béni des dieux... aux sages, il enseigne une vérité incompréhensible par le regard, nos ancêtres le tenaient des pharaons et ceux-là l'avaient hérité des premiers magiciens de la terre. Bref, il savait ferrer les chevaux comme pas un. Quand la révolution a éclaté, il a mis son art au service du Front. Il réparait les armes, fabriquait des outils, des ustensiles, des pièges. Le voyant honnête et apprécié de tous, le Front lui confia le soin de collecter l'impôt du djihad auprès des frères. On le respectait, on était fier de lui confier l'argent de notre libération. Il manquait à son bonheur un enfant, sa femme était stérile. Mais Allah remédie à tout, il est le Rahman, le Rahim. Il mit sur sa route un vieux Hadj doué d'une science prodigieuse. Il allait de ville en ville prêcher la droiture chez les musulmans et guérir les femmes de leurs verrues et de leurs souillures. Le brave Omar eut enfin ce bonheur, un mâle par la grâce du Seigneur. Sa joie illumina le douar à faire pâlir le soleil... nous étions pourtant au cœur de l'été et tout vibrait de sa force. Nul ne sait quel chemin mène à Dieu, le brave forgeron a été assassiné, une nuit faite sienne par le Chitane. Dans le bonheur, sa ruse réussit infailliblement, la joie nous éloigne de la prudence. Sa femme n'eut pas le temps de se consoler et de s'en remettre à Allah ; le Diable l'a frappée de sa folie. Le fils disparut dans la foulée du père, l'ange venait à peine d'ouvrir les yeux. Vous êtes trop jeunes pour le savoir, mes enfants, une mort non suivie d'un deuil n'est pas une mort mais une fin. Dieu n'aime pas cela. Un jour, quelqu'un devra porter le deuil de ces malheureux. Ainsi, Allah les accueillera dans son paradis et indiquera aux éplorés la voie à suivre. La pauvre Aïcha est partie du douar, mendiant son pain par les routes, réclamant justice aux vents, parlant d'amour à un sabi visible d'elle seule. Ils ont dû mourir comme meurent les errants. Voilà l'histoire de cette pauvre famille. La mort par la main de l'homme amène des questions dans le cœur de tout musulman. Or, les questions sans réponses sont un poison, elles corrompent l'esprit. Le douar bruissait de mille insinuations. Nous n'entendions plus rien sinon leur écho dans nos têtes. Elles ont gagné le village et sont venues grossir ses propres rumeurs. »

— Grand-père, parle-nous de ces rumeurs, et des insinuations qui les ont précédées. Tes oreilles ont beaucoup entendu et ton sens du bien est incomparable pour distinguer le grain de l'ivraie. Nous les citadins, on aimerait être comme vous, les éleveurs de chevaux.

— Omar rassemblaient de grosses sommes d'argent pour le Front. Il les comptait et recomptait scrupuleusement avant de les remettre au commissaire politique de la zone, un certain Derradji, le maudit. Nous en avons gardé le souvenir parce qu'il servait la Cause. Il était vilain de cette vilenie que nous reprochions au colon. Il avait pour acolyte un certain Gourari, un enfant du Derb, une bête sauvage. Avant le Djihad, nous le poursuivions de nos chiens lorsqu'il traînait ses guenilles par ici. Ces enfants du malheur se tenaient par la main pour abuser les musulmans, obligés par la loi de Dieu à croire en la vertu de leurs frères.

— Et il se disait quoi, noble vieillard ?

— Cela a-t-il un rapport avec la tante de ton ami ?

— Qui peut dire que sa tante n'est pas cette Aïcha ? La vie va de surprise en surprise, pourquoi nous en offrirait-elle toujours de mauvaises ? Si cette Aïcha dont tu parles avec cœur est la tante de ses rêves, nous aurions enfin dans ce pays une merveilleuse nouvelle à nous mettre sous la dent. Alors permets que ce miracle se produise. Ton visage est doux et ta langue si droite, alors ton savoir doit être immense.

— Pour un garçon habillé de cette façon, tu parles beaucoup. À ton âge, j'avais seulement le droit d'écouter les aînés et jusqu'à ce que je devienne ce chibani abasourdi par l'évolution des choses, seulement celui de trembler pour mes enfants. Et maintenant que je ne crains plus rien des hommes, j'ai peur de mourir sans mon cheval. Je sens en vous un besoin de savoir qui n'est pas le premier pas vers le mal, je vous dirai tout… si ma mémoire y consent… Mais d'abord je dois nourrir mon cheval et boire le thé de l'amitié…

Nous dûmes ronger nos mors, son cheval meulait son avoine un grain après l'autre et lui buvait le thé plus lentement que le soleil assèche la mer. Ton rat aussi n'use pas ses dents très vite. Si tu continues à le gaver, bientôt il aura besoin d'une chaise électrique pour sa petite balade du soir. Mais c'est ça la vie, plus on avance moins il y a du bon… et pourtant on part de rien.

— Plus ça va, plus tu parles comme nos vieux. En dehors du conte, ils vivent dans la peur de Dieu et la crainte du Hakem. Avant de te dire un mot de leur cru, ils t'en récitent dix de mémoire, tirés des Écritures comme par miracle. On ne sait jamais quelle leçon ils veulent donner aux jeunes qui font semblant de les écouter.

— Il y a des moments où la poésie passe avant tout. Quand tu cherches la vérité et que tu sens venir la déchirure et le premier cri, ou tu fermes les yeux et tu te tais ou tu laisses venir les mots pour te soulager, panser tes blessures, te bercer afin que le baiser du jour nouveau soit une bénédiction.

— D'accord, et cette histoire de gare et d'usine à gaz, c'est quoi ? Si le chibani a déchiffré ça, il est fortiche.

Oui, il s'agit bien de ça : déchiffrer, comprendre qui nous sommes, d'où nous venons, où nous allons à ce train, et pourquoi les parents font tant de mystères autour de nos origines.

…

— Que penses-tu de la dernière ? Extraordinaire, non ?

— Non, banal.

— L'homme s'avoue coupable, la justice l'innocente et tu trouves ça banal ? Pourquoi est-il en prison, alors ?

— Bogogo va ! Si on l'avait reconnu coupable, on aurait vu du coup sa complice, son associée, la femme du conseiller du président… tu imagines ? En le déclarant innocent, on ferme la porte aux curieux. Et d'un. Deux, l'homme tient à rester en vie. En se chargeant, il pousse le juge à le retirer du circuit pour la première babiole venue. Tout le monde il est content. Capito ?

— Ça me fait penser à Tiberi. Mais lui court toujours… la démocratie a ses défauts.

La Commission est enfin arrivée, accompagnée d'une armada de pisteurs officiels. La population hétéroclite, voyant là la main de Dieu, suivait le train, poussée par les vents de la vengeance. Les femmes lançaient des youyous, les vieillards brandissaient des papiers iniques, les enfants des gourdins, et les corbeaux, revendicatifs par nature, croassaient à tout va. Les animaux de ferme, un instant incrédules, emboîtèrent le pas en menant même grand tapage. Tout cela était mal jambé et par trop cacophonique. Au pied du monumental portail, la Commission leva les yeux pour toiser le bagne et prendre le ciel à témoin : elle a bravé la Dictature ! elle s'est rendue à Lambèse, symbole répugnant de la plus horrible dictature de l'hémisphère Sud ! Le moment et le geste ont été immortalisés dans une photo prise par une sentinelle. En refermant son Instamatic comme un reliquaire, elle s'est juré de léguer le document à ses petits-enfants pour qu'ils en rient à leur tour et, surtout, que jamais ils n'accordent foi aux billevesées des étrangers.

Disons-le simplement : la Commission est repartie la queue basse, une main devant, une main derrière, sous les huées de la foule hétéroclite et dépenaillée. Et les bagnards, qui attendaient le miracle de sa croisade, sombrèrent dans de nouvelles ténèbres. Ils croyaient avoir visité la nuit de fond en comble, ils découvraient combien on peut se tromper dans le noir.

La Commission parlementa à perdre ses mots. Le gardien du portail resta de bois. Il n'avait reçu de consignes ni de son brigadier ni d'un quelconque messager venu au galop délivrer le coupe-file. Le directeur avait filé dès potron-minet à la chasse aux lapins en laissant dire derrière lui qu'il ne reviendrait pas tant que les chiens rôderaient autour de sa table. Le mur resta clos et les sentinelles là-haut aussi peu loquaces qu'une tombe. Excédé, le portier menaça de son arme un membre signalé de la Commission, connu dans le monde libre et dans le monde enchaîné comme faisant commerce de son agitation. Il parlait toutes les langues en vrac, comme s'il avait fait Babel. La Télé le montra tel en soi sous tous les angles dès l'instant où la délégation posa pied en la terre sainte des martyrs. Elle n'avait pourtant d'œil que pour le président, un Français de vrai, une vieille souche toute en nuances, un roublard rompu aux accommodements, un député ayant traversé toutes les coalitions de la Quatrième et de la Cinquième sans se brûler. Le Trublion, narquois et méchant, alla jusqu'à sourire et tourner le dos au protocole ; et bien sûr, d'entrée, il insulta le PROGRAMME. Une poignée de zigs ont payé de leur vie l'humiliation faite au drapeau. Le Trublion aura à le méditer. Puisse-t-il à l'avenir se montrer plus souple avec les durs. La manœuvre savamment pensée consistait à diviser la Commission, les accommodants d'un côté, le Trublion de l'autre. C'était la condition de l'ouverture du portail et la première étape d'un succès honnêtement partagé. Comme on le verra, il y eut un couac. Il ne tenait pas qu'aux corbeaux. Il y a ce qui n'est pas en notre pouvoir de comprendre.

Les négociations aboutirent au compromis ourdi par les Hommes d'Alger. Les accommodants furent reçus dans le bagne, en grande pompe, par la porte du Protocole, et le Trublion, refoulé par ses propres amis, livré à la population hétéroclite. Le pari était simple : son baratin de salonnard bien nourri provoquerait son lynchage.

...

Nous suivions leur progression par les mille murmures de Lambèse. Ils empruntaient le tracé touristique. Il évite les cuisines, les culs-de-basse-fosse, les salles de torture, la boucherie, l'infirmerie, les petites cellules réservées à l'essai des minets et des femmes fraîchement débarquées, les blocs d'avant-guerre, et les blocs trop récents, fissurés et noyés dans la pestilence. Pour des raisons religieuses, on évita le pavillon des femmes et le cantonnement des Chevelus. Le rayon des condamnés à mort était dans le circuit, il est assez sombre pour qu'on n'y regarde pas de près. Et puis, les condamnés à mort ont vraiment le goût de vivre et même du panache.

Les accommodants posèrent les bonnes questions à des prisonniers qui avaient les bonnes réponses. Le boulot avançait tout seul. Dans la section des condamnés à mort, ils parlèrent à voix inaudible. Ils ne savaient quoi dire à des hommes finis. Ils se tenaient là, à leur chevet, bredouillants, transis, confus. Ils arrivèrent à moi. Ils me firent de grands yeux, ils s'y préparaient depuis longtemps. J'étais une interrogation, une abominable surprise, un cas sérieux ; un investisseur naïf séduit par le gouvernement, emporté dans une machination subalterne. Dans leur regard, se lisait tout ce dont sont capables les bik-bik. Ils n'en connaissaient pas le quart du tiers, les idiots. Mais voilà, les élections approchaient, ils pétillaient d'intelligence. Quand on ne comprend rien, on embrasse tout. J'étais l'occasion rêvée, une carte à jouer. Le vieux président tenait là un coup politique fumant ; ses oreilles en frémissaient. Il me prit par la manche en guise de fraternité. Il me parla dans la langue du mitan d'avant 14, encore en vigueur sur les stalles de l'Assemblée.

— Si tu mouftes l'argot du mitan, branle du bonnet et ouvre tes esgourdes. On va dribbler ses empafés de bronzés. T'es au gnouf parce que t'as fait l'hurluberlu ?

— OMO comme bibi, ça court pas les rues.

— Le zèbre qui crèche avec toi, c'est quoi... un mouton ?

— Nenni, un agneau comme le ciel ne sait les faire qu'à El-Harrach.

— Les chimpanzés, ils carburent à quoi ?

— Au pourliche, pardi !

— Et le prévôt ?

— Au carat estampillé... Il a un mahousse baron à nourrir.

— Ton corbeau, il est blanc ?

— Ma tête à couper. J'suis pas un clille pour cézigue, on est frérots, du raisin a coulé entre nous.

— On va l'actionner pour faire du gringue aux intellos de Pantruche et du riffifi à travers les baveux d'ici, ils montent facile au charbon. On a un petit budget pour ça. Les parrains, ils débandent quand il y a du cinoche en plein air. Tes intentions d'engager tes éconocroques, c'était du pipeau j'espère ? Les paroles en bois sont pain bénit pour les pasteurs, ils voient rouge quand le pèlerin dit bono. C'est du vermicelle pour la soupe de l'internat. Les Crouilles n'encadrent pas les Visages Pâles dans leur harem. T'fais pas de mouron, on va sonner le tocsin pour épouvanter les malfrats. On te refilera nos fonds de fouilles en partant, tu t'améliores l'ordinaire avec les chimpanzés, hein ?

Le silence studieux du bagne fut soudainement rompu par un tintamarre du diable. La nouvelle arriva par les murs plus vite que par l'estafette qui avait mille marches à gravir. Le Trublion avait enrôlé la population hétéroclite et menait l'assaut contre le portail. Les tirs de sommation n'y firent rien, le bandit refusait de discuter. Il força le passage et à sa suite la horde sauvage. Qu'allait-il se passer ? Lambèse avait-il besoin d'une émeute ? Si Alger s'étouffe, nous sommes fichus. À Serkadji, deux années après la mutinerie, on compte encore les morts.

Alors que tout annonçait l'irréparable, le ciel bleu tonna. Dans la grande cour, un miracle se produisit. La vue de l'enfant fou de l'arbre creux cloua les envahisseurs. Le Trublion avait les bras en croix, la bouche ouverte, les yeux exorbités ; il ne se la ramenait plus. Un silence colossal avait tout figé ; envolée la comédie humaine, comme embrasée par le divin. On était musulman, on était chrétien, on était juif, avant tout, on a ses images pieuses en tête. La foule débraillée qui prend d'assaut le temple des hérétiques, la demeure des prostituées ou le palais du despote, baisse le regard et écoute de toutes ses oreilles lorsque soudain le Prophète se dresse devant elle. La raison chavire ; une musique céleste irradie le ciel, elle vient balayer les plans, les appétits, les mascarades, les souffrances, elle embaume les cœurs, illumine les jours à venir. Que réclamer après cela ? Que valent ses idées, que sont ses malheurs, qui accuser, quand l'inexplicable vous fait face ? Plus fort que les rodomontades des pitres, la révolte des gueux et l'assurance des méchants est l'image d'un enfant malingre enchaîné par la folie des hommes à un arbre sec.

On s'était trompé du tout au tout. Ce n'était pas d'une commission dont nous avions besoin, ni d'un Trublion malade, mais d'un homme éblouissant de simplicité, habillé de blanc, ceint d'une couronne d'épines, capable de dire : honte à vous, Hommes d'Alger. Je suis venu vous dire : qui manque à un enfant insulte Dieu ; qui tue une femme détruit la vie ; qui arrache un arbre démembre la terre. En leur nom, je vous ordonne de voiler votre face et de déguerpir.

Notre évasion est en route. La surveillance a été renforcée à nous empêcher de respirer. Un Judas nous indiquera le chemin. Le messager du directeur nous a assuré qu'on le reconnaîtrait entre tous ; il a pour nom : Double Face. Nous étions prêts. Farid avait emballé son rat, sa godasse, son peigne, et moi le reste. Et nous attendîmes que le temps fasse son œuvre, nous arracher les nerfs...

Un jour et une nuit passèrent. Nous avions du plomb sur les paupières, rien ne bougeait. Le jour suivant a vu la surveillance décliner pour disparaître au bout du couloir, pressée de regagner ses pénates. À quoi tient la vie de gardien dans les Aurès : sortir de prison pour rentrer à la maison. Et s'il tombait en pleine séance de sorcellerie ? Le chemin de la maison est une torture pour qui a le cœur étreint par le doute. L'horizon se referma. Nous étions finis. Gaston se brossa rageusement les moustaches puis disparut par son trou rejoindre ses frères ; il avait assez attendu avec les humains. Farid s'endormit pour chialer sans témoins. Misère, même dans le naufrage on craint pour sa dignité. Je pris sur mes réserves pour colmater le moral des compagnons ; ils avaient guetté notre évasion à se tourner le sang. Chez les condamnés à mort, la moindre faille prend des proportions colossales et produit des conséquences impossibles à contenir.

Farid se réveilla à minuit pour me dire :

— Oh galère... nous allons mourir, j'en ai rêvé, et mes rêves sont plus vrais que tes démonstrations.

— Je crois cette prison vraie, je crois que mourir est fondamentalement une surprise, que tes rêves te donnent pour mort ou pour vivant. La dernière minute vaut l'intégralité du chemin parcouru depuis la naissance. Tiens-le pour acquis et rendors-toi. L'espoir guérit du désespoir, tout est dans le tout, on ne va pas en sortir maintenant, si près du but.

— Si je meurs et si tu t'évades, va voir ma mère et mes sœurs. Elles seront heureuses de savoir qu'on a partagé des jours et le pain de la misère. Regarde la brunette avec des fossettes autour des yeux, c'est Zora. Demande-lui de te rouler le couscous et s'il est aussi bon que je t'ai dis, épouse-la. Occupe-toi des autres, elles pensent seulement à se nipper, cela les rend faciles à attraper. Ma mère t'en sera reconnaissante. Une famille sans homme est un troupeau sans berger.

— Je ferai cela et j'y mettrai l'ardeur du chevalier courant l'aventure au nom de Dieu. Il me vient soudain une idée atroce... le directeur se moque de nous, c'est un vicieux, son plaisir est de torturer les prisonniers en leur faisant croire à une évasion salutaire pour ses intérêts.

— Je le tuerais, ce fils de chien ! Ils doivent nous exécuter selon la loi, pas à leur caprice. Que veulent-ils de plus ?

— Notre fin ne suffit pas. Effacer la trace de notre passage sur terre est leur but. C'est contraire à toute philosophie, ça les perdra.

Farid craqua. Le cauchemar avait détruit ses défenses. La fièvre l'envahit. Il se mit à parler. Une confession à perdre la boule.

...

— Quand ils m'ont piqué à Oran, ils m'ont enrôlé dans un bataillon disciplinaire. Je te dis pas de quoi il s'agit, tu perdrais le sommeil pour une année. Les premières lignes, c'était nous. À l'époque où je te parle, nous étions en opération du côté de Chréa. Le coin est infesté de Chevelus. De là-haut, ils contrôlent la capitale, et surveillent tous les mouvements vers l'ouest. C'est un massif montagneux terrifiant avec ses forêts, ses ravins, ses grottes, ses tunnels courant sous les champs de mines. Et les brumes du matin sont un linceul qui te glace le sang. On crapahutait comme des diables. Chaque jour, on effaçait quelques monstres, ils tuaient quelques-uns des nôtres puis on rentrait à la base. J'en avais marre de ce cinéma trop routinier pour être un vrai combat libérateur. Tu parles, on manœuvrait la bride aux pieds. J'ai joué la comédie pour être affecté dans un coin pépère où tu te fais du gras en rêvant de liberté. Ça a payé, j'avais une place de roi, une planque chez le procureur de Blida. Le macaque n'arrêtait pas de tarabuster le commandant de secteur afin de disposer d'un garde du corps militaire. Ces gens se méfient de la police... ils la connaissent. J'aurais mieux fait ce jour de me casser une patte ou de mourir au combat.

— Parle, mon ami, parle. Si la parlote est de la femme, raconter le combat est une affaire d'hommes.

— Je me suis mordu les doigts. Le procureur avait une sale gueule de type jamais rassasié. Il n'avait rien d'un Béni Adam. Il me dicta ses ordres en me regardant du quinzième étage. J'ai compris ma douleur, j'étais une merde, je n'avais ni à dormir ni à manger, seulement à le suivre et à terroriser les gens. Voyant quelques exceptions dans mon regard… je pensais à ses compères, à sa famille, il a répété : tous, sans exception ! Je vivais sur le pied, les yeux brûlants, le doigt sur la gâchette. Ce que j'ai vécu à côté de cet homme ne se raconte pas. Le racket, les arrangements autour des procès, la hogra, c'était le sport quotidien. Je l'ai vu négocier son prix avec des groupes terroristes pour la relaxe des leurs… je l'ai vu abandonner une femme récalcitrante dans la forêt, pieds nus, vêtements déchirés… je l'ai vu pisser sur une autre, une fille de la bohème… une gosse… elle tenait son bébé en bouclier en chialant à s'étouffer. J'étais un voyou, c'est vrai, mais un fils de famille, le bien et le mal avaient du sens pour moi… j'ai perdu pied… j'ai dérivé jusqu'au bout de la pourriture. J'étais mort de l'intérieur.

— Le mal agit ainsi, en double détente. Il te cause une douleur facile à toucher, bénigne dirait ton charlatan, tu peux te guérir d'une cuite, d'une séance de flagellation ou deux… un peu de jeûne parfait la médecine et rehausse le moral. Mais si tu t'oublies, d'un coup il te prend les tripes. Un vrai cancer. Ton âme horrifiée te quitte, tu n'es plus une vie. On ne doit pas lambiner dans ces cas, tu t'arraches le cœur et tu le jettes aux chats.

— J'en ai pris conscience plus tard, après ma démobilisation. Je ne savais où aller. J'avais perdu l'innocence, retourner au foyer était un sacrilège. J'ai fait tête basse et je suis rentré quand même. Ma mère m'a accueilli avec des youyous pour cacher ses larmes ; mes sœurs dansaient en roulant le couscous... elles me servaient café sur café, elles arrangeaient les coussins, me lavaient les pieds. Les gens d'El-Harrach m'attendaient comme on reçoit nos émigrés aux vacances, héros d'un jour, zéros le reste de l'année. Je voyais venir. Toujours les pieds dans la merde, ceux-là, et la tête dans les nuages. Ils chantent Dahmane El Harrachi à t'user la corde d'un pendu. « El ghaïeb, tu es parti mais ne te fatigue pas, tu reviendras. » Ça me tuait de voir ces épaves se bercer d'illusions au pied de l'oued. Partir comment, revenir où, je te demande ? Qu'est-ce que tu veux regarder derrière toi quand t'as perdu le sens du regret ? J'étais un voyou de quartier, j'amusais les vieux avec mes folies, je me suis réveillé hurlant avec les loups. J'ai rencontré d'autres procureurs, d'autres juges, nous nous entendions comme pouilleux et teigneux au hammam. Gratte-moi le dos, je te gratte la tête. Ma famille avait honte. On frappait à la porte... un défilé de gens, chacun avec son histoire. Je battais mes sœurs... elles ne savaient où se blottir... j'ai levé la main sur ma mère... Elles me cassent les pieds avec leur morale de merde, me disais-je. Je redoublais de férocité... je... je ne me le pardonnerai jamais... je...

— T'arrête pas en chemin. La vérité est le remède par excellence. Si tu avais un psy, il te le dirait après t'avoir ruiné. C'est parce qu'elle a manqué à ce pays que ses habitants meurent à la pelle. Crois-moi, ce que tu dis, ta mère l'entend de son HLM où le vent de l'oued n'apporte pas seulement la puanteur de vos oppresseurs mais aussi des rumeurs fantastiques sur ce qui mijote dans la cervelle des gosses d'aujourd'hui. Ils sont câblés sur le monde de demain. Déjà il va son train d'enfer, il en sortira des vertes et des pas mûres. Ça ne fait pas un pli, elles ruineront les marchands du temple, les assesseurs et les placiers ne s'en remettront pas. En ce moment, son cœur est tout chaud d'entendre son fils y aller de sa première confession. L'instinct des mères a des oreilles à complexer un lapin. Crois-en un bon chrétien d'occasion, elle y voit la plus belle des déclarations d'amour.

...

Un jour, on a retrouvé une familia égorgée dans son gourbi... les chibanis, les sœurs, les frères. Seul l'aîné, Aziouz Gomina, a échappé au massacre. On ne l'a jamais retrouvé. On a crié à l'attentat islamiste, partout ça résonnait sur le même ton, avec des détails aux petits oignons : les Chevelus l'ont enlevé afin de le torturer à l'aise dans leur casemate, ils étaient armés de klach, ils se déplaçaient en J5, ils ont pris par le Gué de Constantine, ils fonçaient à tombeaux ouverts, bravaient les barrages ; ils se seraient arrêtés dans une gargote casser la croûte, sans dire laquelle... le coin pullule de faux restaurants. On a reconnu le chef, l'émir Momo lui-même, l'éventreur d'enfants, le buveur de sang de Lavigerie. Je fréquentais différents milieux, j'ai vite débouclé : c'était une expédition punitive organisée par les flics. Aziouz les avait doublés. Il était en cheville avec eux pour le casse d'une banque. Le coup était bien monté. La veille, ils ont agrafé un jeune drogué des mosquées. Dès qu'il cesse ses récitations, il perd pied, le pauvre. Après le casse, ils ont déclaré que le drogué avait avoué son appartenance au groupe Momo, l'attaque de la banque, sa participation à diverses tueries. Avec la torture, tu donnes ta mère et ton père, alors toi-même, tu penses. Le drogué a été abattu lors d'une tentative d'évasion, ont-ils ajouté. J'ai vu le massacre... c'était horrible... décapités, éventrés, énucléés, émasculés... les ornements des frères pendouillaient dans le sexe de leurs sœurs. Aziouz en avait marre de trimer pour ces vendus, il avait décidé de disparaître avec le butin et de rapatrier sa famille dans son exil. Il était dingue de Palma... il y a fait le trabendo à la belle époque... toujours une valise à la main. Il marnait dans un petit réseau discret, dirigé par un vieux Hadj tranquille, sousta. Il se la coulait douce ; dommage. À mon avis, il a rejoint le GIA pour se venger...

— T'arrête surtout pas.

— Je n'étais plus le même. J'avais vu trop de sang, trop de mal. Je me suis enroulé dans un coin, j'avais froid. J'ai pensé à ma mère, à mes sœurs, à l'avenir, j'ai pensé à Dieu, j'ai pensé à foutre le camp dans un autre bled, j'ai pensé au suicide. On ne sait pas ce qui se passe dans sa tête... je me suis persuadé que tout redeviendrait normal si je tuais le procureur de Blida. Il m'a plongé dans le mal, j'en sortirais en le zigouillant. Je suis allé lui proposer mes services. Moi aussi j'avais à gravir la colline oubliée comme tu dis en parlant de tes mystères de Français sans problèmes. Quand j'ai revu Blida, j'ai eu la chair de poule. Il y a tant de mal dans cette ville. Et dire qu'on l'appelait la Ville des Roses du temps où tes parents villégiaturaient dans le Sersou...

— Une malédiction a frappé ton pays, Farid. Ce ne sont pas des programmes politiques qui l'en sortiront, ni toutes les intentions d'investir du monde si elles se donnaient rendez-vous ici. Il a besoin d'un formidable exorcisme. Chaque homme de ce pays doit retrouver sa colline oubliée. Il lui faut l'escalader et d'en haut, sans peur du vertige ni du regard des prophètes, voir ce qu'est la vie des hommes : l'avenir, avec ses plongeons dans l'inconnu et ses paris dingues qui te donnent envie de flamber jusqu'à ta chemise. Moi qui suis venu par des chemins détournés, je peux proposer de l'inédit. Ignorez les grincements de dents du grand imam noir, demandez l'autorisation du pape, il vous enverra un de ces vieux pères en robe de bure qui savent terrasser le dragon par la seule opération du Saint-Esprit. Point de fusils ni de bombes mais le murmure apaisant d'une vérité plus ancienne que le monde.

— Je te comprends de moins en moins. Un jour, tu causes comme un devin de souk piqué par un scorpion et le lendemain comme un curé qui a une idée derrière la tête. Il n'y a pas d'esprit sain par ici. Si t'as quelque chose à dire, dis-le simplement.

...

— Il m'a reçu comme un bandit. Ses yeux roulaient dans tous les sens. « Quoi, comment, pourquoi, que veux-tu, qui t'envoie, t'ai-je sonné ? Sors ta main de la poche, avance que je te regarde bien. » Je n'étais pas tombé de la dernière pluie, j'avais fait mes classes, la tromperie était mon rayon. Je l'ai amadoué avec des promesses de le servir en roi. Des Arabes, tu peux tout obtenir avec le sourire de l'esclave... mais comme ils excellent dans cette composition, tu y laisses tes plumes, tu dois le savoir, toi Gaouri naïf qui veut te mesurer aux Arabes. J'ai tenu bon, plus il se méfiait plus je m'aplatissais. J'ai repris du service, enchanté de ma libération prochaine. Les mois ont passé, accumulant sur ma route les abominations du Diable. Et à chaque halte, j'imaginais une nouvelle façon de le tuer. Un jour, c'était le printemps, je l'ai conduit dans un centre d'accueil de filles du malheur... on les enferme pour les soustraire au couteau de leurs pères et à la hache des barbus. Ça pousse comme des champignons, mais on ne le dit pas... dans les pays musulmans le vice n'existe pas, tu comprends ? J'ignorais l'existence de celui-ci. Il avait un côté pimpant... et des rideaux aux fenêtres, tu imagines ! Le directeur l'a accueilli en nabab. Chemin faisant, il lui débitait crudités et crustacés à propos d'une pouponnière spécialement aménagée pour les amis. Nous arrivâmes dans une pièce où une poignée de gamines, blotties dans un coin, livides et tremblantes, attendaient la fin du monde. Je fus sidéré par leur beauté. Il me demanda de me tenir devant la porte, ceinturon à la main, et de massacrer celles qui montreraient peu d'empressement à ses jeux. Je ne suis pas un ange mais j'étais horrifié par tant de cruauté, et je dois dire admiratif devant une telle énergie. C'était un sac de sperme intarissable. En ses filles, je voyais mes sœurs, mais aussi le seul rêve qui nous reste, à nous autres les hommes brisés. Soudain, mon ventre se mit à brûler, la haine avait explosé en moi. L'heure avait sonné. Sur le chemin du retour, j'ai prétexté un échauffement du moteur et, sans attendre ses ordres, j'ai enfilé la première piste. Elle menait à un bois fait exprès pour les exécutions sommaires. L'idéal. Il m'a dit : Tu as raison, je vais m'allonger un peu pendant que tu répares. Dès qu'il a tourné le dos, je lui ai porté un grand coup à la nuque. J'ai résisté à la tentation de l'égorger, le porc geignait à t'écorcher les oreilles. Je l'ai ligoté à un arbre puis j'ai attendu qu'il recouvre ses esprits. Je lui ai dit : Juge de merde, ton mektoub s'arrête là. Ta vie est une insulte à

Dieu. Toi et tes semblables ne nous avez laissé que la folie à partager. Seulement voilà, fou ne veut pas dire sans couilles. Souviens-toi de tes crimes, peut-être la mort te sera-t-elle douce. Il me dévisageait avec de grands yeux. Il n'écoutait pas, je lui parlais de crimes commis sur une autre planète. Ressaisis-toi Farid, tu ne sais pas ce qui t'attend. Si je suis un monstre, les autres sont des maîtres. Je ne te souhaite pas de tomber entre leurs mains. Ils vont te torturer, vous découper en petits morceaux, toi, ta famille et les êtres qui te sont chers. Ils tueront toute la ville s'il le fallait pour que vous remettiez genou à terre. Sois raisonnable, libère-moi, je te pardonne, je te donnerai de l'argent, de la devise si tu veux. Pendant qu'il chillonnait sa merde, j'ai siphonné de l'essence, je l'en ai aspergé et j'y ai mis le feu. Il a cramé comme un vieux pneu, dégageant une puanteur inimaginable. J'ai prié Dieu, non de me pardonner, mais de recevoir cette vermine de pied ferme, et je suis rentré à El-Harrach. J'ai embrassé ma mère, j'ai mis en garde mes sœurs, j'ai demandé pardon à ceux qui ont bien voulu m'écouter, puis je me suis livré à la gendarmerie. Quand ils m'ont passé les menottes, je me suis senti libre.

— Ouais.

Que dire de plus à un homme qui vient de confesser la faillite de tout un monde ?

— Mon pauvre Farid, le drame est notre destin. Dormons maintenant, tout est accompli. Il nous faut honorer la nature, prier Dieu que nos morts soient en paix, nos amis et nos frères à l'abri, et que demain apporte à cette terre un peu de la bonne nouvelle.

...

...

Soudain j'entendis un bruit quelque part dans le bagne, lointain et dérisoire... des doigts griffant un mur... un pénitent dont l'heure était venue... une bête subitement prise dans l'angoisse... ou peut-être le vagabond ; de temps à autre, il aime à tenter l'impossible. Ou peut-être l'enfant grattait-il son vieil arbre.

Le vieillard ne comprenait pas nos questions. Que cherchez-vous à la gare ? De quelle gare parlez-vous ? La plus proche se trouve à Tiaret, à trente kilomètres. Quelle usine à gaz ? Il n'y en a point. Puisque vous en parlez, je peux le dire : la gare de Tiaret n'est plus ce qu'elle était. Quand le soleil aimait cette terre et que nos pères cultivaient le respect d'eux-mêmes, les trains en partaient lourds comme des chameaux en route pour de lointains voyages. Ils emportaient nos moutons, nos peaux, notre alfa et le merveilleux blé du Sersou. Ils revenaient vides car nous n'avions besoin de rien si ce n'est des nouvelles de nos frères du Nord et de quelques bruits sur ce qui se passe dans le reste du monde. Un vent de folie a soufflé sur nos têtes, les sages marchent à reculons, les aveugles guident les sourds et — comment est-ce possible ? — les ânes chevauchent les maîtres. Aujourd'hui, les trains partent vides et nous reviennent chargés de marchandises produites par d'autres dans le monde. Nous ne savons pas où habitent ces bonnes âmes pour les remercier et leur dire de cesser leurs bienfaits, ils nous causent du tort, nos fronts ont perdu le goût de la sueur et nos reins la force de faire des enfants intrépides. Quant aux nouvelles, moins on en a, mieux on se porte. Il me vient un doute. Êtes-vous sûrs de chercher une usine à gaz ? À Tiaret, il y avait une fabrique de glace. À l'époque, nous recevions nos pains de glace de là-bas. Je ne sais pas si elle existe maintenant que tous vivent de la charité du frigo.

— Grand-père, ta mémoire est un vrai pur-sang arabe. Elle court et vole de succès en succès. Permets-nous d'en profiter. Que pourrions-nous entreprendre pour trouver l'assassin de Omar et savoir où est passée sa femme Aïcha ?

— Les Ombres ont tant fait pour que cette histoire soit tue qu'elle est oubliée. Vous irez à l'aveuglette, de mystère en mystère. Et dans le mystère, il y a le danger.

— Mais encore.

— On a dit assez de choses pour perdre les meilleurs limiers. Mais la vérité se tient en elle-même, le sage n'a point besoin de la chercher, elle vient à lui. Omar a été tué par Derradji et Gourari, cela est aussi sûr que le soleil brille dans le ciel. Ses yeux ont vu ce qu'il n'aurait pas même dû supposer : les cotisations collectées par lui au prix du danger n'étaient pas entièrement reversées au Front. Le naïf s'en ouvrit à eux pour leur demander, non des explications, c'étaient ses chefs, mais le moyen de sauver leur vie et leur honneur. Le Front ayant pour règle de sanctionner par le couteau et de déclarer le coupable harki. C'est encore la plus infamante des insultes car, vois-tu, après trente années d'indépendance et d'acharnement dans le travail, les comptes ne sont pas réglés. Ils réagirent comme réagissent les voleurs pris la main dans le sac : ils rigolent, ils ergotent, ils nient, ils négocient, ils menacent, puis ils tuent.

— Que sont devenus ces hommes sans foi ni loi ?

— Parle doucement malheureux. À la libération, ils ont mis le Sersou sous leur coupe et placé des chiens devant chaque porte. Ils étaient tranquilles pour la vie. Derradji se fit nommer mouhafedh de Tissemsilt, poste où il se maintint plus de vingt années. Fort de cette position, il plaça son comparse Gourari au poste de wali. Aujourd'hui, Derradji est le tout-puissant président de la Commission des anciens moudjahidin et Gourari, après avoir été wali ici et là, est le plus riche trafiquant de la région.

— Où peut-on les trouver ?

— Vous trouverez plus facilement la mort, ce sont des intouchables. Dieu seul peut les atteindre. Si vous vous entêtez, sachez que Derradji s'appelle Si Mokhtar et Gourari, Si Ahmed.

— Quelle opération ont-ils subie ?

— Gourari et Derradji étaient leurs noms de guerre durant la Thaoura. À la libération, ils ont pris cette identité, vraie ou fausse, Dieu le sait. Cependant, quand ça l'arrange, Si Mokhtar porte volontiers son nom de guerre, Derradji. Lors des célébrations, il est le premier à se prétendre éternel.

— D'où sont-ils ?

— On ne le sait. Chaque nouveau jour nous apporte son lot de contradictions. Nous avons plus d'anciens moudjahidin que nous n'avons fait de combats, plus de sages que nous n'avions de fous, plus de riches que nous n'avions de pauvres. Durant la Thaoura, la clandestinité était la règle, les activistes du Front agissaient sous de fausses identités pour brouiller le travail de la Sûreté. Beaucoup ont profité de ces cafouillages pour se tailler un nouveau burnous. À qui se fier, maintenant ? Ils seraient originaires d'un douar proche de Tiaret. On a souvent aperçu ce démon de Gourari écumer son arrière-pays. Un temps, ils se sont dits issus de Mascara. L'étiquette ouvrait des portes. L'émir Abd el-Kader a dû se retourner dans son mausolée d'entendre tel tapage autour de son prestige. De nos jours, Batna a les faveurs, c'est la ville natale du président. Demain d'où seront-ils ? Peut-être de Tlemcen si l'on en croit les devins de café. Dieu lui-même n'échappe pas à leur comédie. D'où viennent les chiens errants et de qui tiennent-ils leurs puces, hein ?

— Grand-père, je souhaite que ton cheval vive longtemps et que tu sois toujours là pour lui donner son avoine, il la mérite bien. Sois indulgent envers ceux qui viendront après nous te demander un peu de lumière. Nous sommes tes amis pour la vie. Si un jour tu as quelqu'un à enterrer à l'insu des hommes, appelle, nous arriverons au galop.

Dans un café de Béni Slimane d'où sourdait l'alarmante impression que le temps y consommait son ultime millénaire avant le cri de la fin, Salim me restitua à sa manière sa longue promenade avec le dernier éleveur de chevaux du Sersou.

— Parler d'avancer dans ce bled doit être un sacrilège formidable, mais je te le dis de toi à moi, nous avançons, et à pas de géant ! Nous savons l'essentiel. Ton père Omar a été tué par Mokhtar, alias Derradji le commissaire politique, et son lieutenant Gourari, non parce que la Thaoura l'exigeait mais pour le plus pressant des motifs chez les hommes de cet acabit : l'argent. Ton père le comptait avec trop de scrupules, il les empêchait de dormir. Ces bandits occupent des positions trop en vue pour qu'on les approche sans être l'objet de mille regards. Le vieux nous adjure de remonter au nord et de cacher notre peine sous le silence du deuil.

— Je ne suis pas venu sacrifier au deuil mais pour l'amour de mes deux mères, pour le respect de mes deux pères et pour unir deux fils dans une seule et même vie qu'ils ont vécue séparément au risque de ne pas pouvoir vivre décemment leur mort commune. Un tel but vaut bien qu'on affronte les semeurs de terreur, les témoins d'Allah, et les oies du Capitole. Par ici, comment appelez-vous ces volatiles soupçonneux : coqs du village, chiens de basse-cour, mouches à merde ?... mais... répète un peu ce que tu viens de dire !

— Quoi ?

— À propos de Omar.

— Il a été tué par Mokhtar, le commissaire politique...

— Oui, c'est ça... Moktar... motard... c'est bien ça !

— C'est ça quoi ?

— Comment je prononce ce prénom, moi...

— Je pige pas, tu le prononces à la française, Moktar...

— C'est ça... parfaitement !... sans H, sans rouler les R, ni cracher au visage des gens... peut-être faut-il les détester un peu pour bien leur parler. Mère avait dit : ton père a été tué par motard... elle disait en fait Moktar. Elle peinait, elle était à bout de souffle, et moi j'avais le cœur en alerte, mes oreilles bourdonnaient, l'ivresse des profondeurs m'étreignait. J'ai cru après coup avoir entendu : ton père a été tué par un motard. Maudits soient les banlieusards et leurs modes de locomotion ! Et lorsqu'elle disait « des gens l'ont tué », elle pensait à Moktar et à ses complices, dont au moins l'infâme Gourari. Nous avions des dires, nous avons une certitude.

— Voilà un autre point d'éclairci.

— Non, il nous faut jeter la lumière sur tout ! Sur ces salopards que la révolution a ennoblis, sur les crimes commis sous couvert de causes sacrées, sur les complices à tous les échelons, sur le pourquoi du comment ce pays collectionne les intentions d'entreprendre dans le même temps qu'il garrotte la liberté de penser, sur ce que cache l'écran de la bureaucratie, le racisme érigé en système de défense de l'État, la misère des femmes, l'ignorance des enfants, l'errance de Tissemsilt et la faillite du Sersou, la recrudescence du terrorisme dès l'apparition des hirondelles, et surtout, oui surtout, pourquoi les clowns imposent-ils le secret quand eux-mêmes sèment à tout vent bobards et contrevérités, tout, je te dis, tout !

— La révolution, quoi.

— Non pas la révolution, on en a assez ! La Contre-révolution !

Nous revenions du désert, pleins de poussière et de vieux souvenirs. Les rues de Tissemsilt s'étaient depuis si longtemps égarées les unes dans les autres que nous n'en vîmes pas le bout, ce qui a considérablement ralenti notre avancée. Nous prîmes nourriture dans quelque gargote fraîchement ouverte ou en voie de départ précipité. C'était rouge sang, gras, piquant et ça sentait l'Orient replié sur ses vices et un peu les tombées de chaînes de l'Occident importées massivement dans le Sud par les maîtres du bakchich. Parce que nous avons mangé avec les mains sans éclabousser les murs, l'aubergiste du jour, sentant en nous l'élégance des gens du Nord, nous offrit sous la table un camembert inventé à Tizi Ouzou et une bouteille de rouge, excessivement belle et mystérieuse dans sa robe de poussière. Quels complots a-t-elle déjoués pour arriver si loin dans les profondeurs du royaume ? Quel rêve héroïque et brutal agitait le colporteur impie venu d'Oran ou de Palerme, de Beyrouth ou de Bamako, de... Bon, on ne discute pas l'origine d'un miracle quand on le tient par le col. Nous croisâmes quelques ombres blanches pourvues d'un œil-de-bœuf pour se guider dans des rues outrageusement entrelacées.

Sous le haïk, se cachaient des femmes comme on les aime, soumises à souhait, avec des seins lourds, un ventre matelassé et un vagin par où on les embroche. Dégoulinantes de sueur ou sentant la serpillière des mauvais jours, nous les violâmes sur-le-champ, au risque de nous réveiller à mille attelés à la même besogne. J'avais encore la Méduse de l'Aurassi en travers de la gorge et Salim se trimballait un plein carnet de prénoms de guerre, évocateurs à faire saliver un mur. Pas un n'était vrai, tous travestissaient une réalité clandestine, lourde et dangereuse, toute de hasards et de plans chiadés à mort, de filatures, de guets, de regards volés, de conciliabules hâtifs, de boîtes aux lettres ambulantes, de coups de main cachant de sombres jalousies, de lits d'emprunt chauds de complots récents, d'alertes au pied levé, de disparitions mystérieuses, de cérémonies absurdes. Nous n'avons pas tant de Sonia, de Lynda, de Nadia, de Mélissa, de Sihem et de Rosa à l'état civil. Est-il indispensable que le beau soit vrai quand le vrai est affreux ? On ne regarde pas au mirage si on peut étancher sa soif. Courbées sous le joug, surveillées, menacées, mais affamées d'amour mythique, les ombres, un rien maléfiques dans leur silence, en redemandent à chaque attroupement. Les errants se chamaillent à deux mains, canne en avant, elles s'offrent au viol une matinée par semaine et jamais durant le ramadan. Les solitaires les guettent au retour du hammam, entre deux foules disjointes par d'antiques ressentiments, pour les prendre à revers et copuler dans la chaude intimité des sorties de bain. Nous n'avions pas ce temps. Nous avions le cœur gros de ne pas pouvoir lire la vie et les mystères légués par nos parents. Nous avions la tête lourde de problèmes irrésolus. Nous avions les pieds revenus de l'errance. Il était temps de rentrer au bercail et de méditer sérieusement.

Ils étaient une douzaine de patibulaires dans quatre guimbardes prêtes à l'assaut. On le vit à vue de nez. Salim me retint par la manche en matant par-dessus son épaule la garde communale à l'entrée de l'impasse. D'un geste du dos, elle s'enfermait dans une remarquable complicité. Le danger existerait-il s'il n'y avait pas de gardes ? Il mit la main ici et là, pour constater ce que l'oubli peut avoir de fâcheux dans l'urgence ; son arme de service était restée sous le matelas. Le duel, c'est pour une autre fois. « Un contre douze, c'est de l'entraînement », me rétorqua-t-il plus tard comme je lui faisais remarquer combien nous revenions de loin. « Oui, mais douze contre un, c'est quoi ? » De dépit, il remonta un menton de matador pris entre le taureau et son public. À part relever le gant et détaler, que faire ? Pourquoi ferme-t-on l'œil en service est une question étrangère aux mœurs locales, nous n'avions pas à nous la poser. Quand on a osé l'impossible, venir d'Alger par la route, on apprend à deviner le danger, on sent venir le choc, on sait retenir sa respiration, on peut se figer indéfiniment. Un homme, genre serpent à sonnettes, sortit d'une bagnole volée, façonnée en écrin de diamant par un roi de la tapisserie. Il se dirigea sur nous en chaloupant, style : « Harlem, c'est ici, vous cherchez quoi ? » Il portait une cigarette au bout d'une pipe orthopédique, ce qui en soi est rassurant. Il souriait large pour nous montrer sa bijouterie et ses bonnes dispositions à notre égard.

— N'ayez pas peur, chers amis. Je viens en frère qui s'inquiète des besoins de ses nouveaux voisins. J'habite à l'autre bout de la ville mais il m'est venu à l'oreille que vous cherchez des choses. Je me suis dit, ces frères ont besoin de toi, cours les satisfaire.

— Parle clairement. Que veux-tu ? lança Salim d'un ton bagarreur.

— Nous sommes treize à venir t'aider et tu nous accueilles ainsi ! C'est pas digne d'un musulman. Approchez, asseyons-nous sous cet arbre et palabrons.

— Fais déguerpir tes chiens.

— Qu'à cela ne tienne, ya sidi ! dit-il en claquant des doigts à l'intention des chimpanzés.

Nous avons été signalés à l'ennemi. L'information venait de l'immeuble ou de la mairie. On ne pouvait impunément pour notre mental soupçonner le plus vieux dresseur de chevaux de la région. Quand on aime ces bêtes, on est chevaleresque de la crinière à la queue ou alors il n'y a plus de morale dans ce pays de va-nu-pieds. Je ne pouvais incriminer Zoulikha. Cœur futile ne charrie traîtrise. Comment douter de la droiture d'une femme belle à damner un saint, qui déjà vous a arraché le cœur et installé dans le feu meurtrier de l'impatience.

— Mes amis, Tissemsilt vous a accueillis comme d'honnêtes voyageurs, en retour vous lui devez allégeance et respect. N'est-ce pas juste ? Nous sommes des musulmans, le bien de nos frères est notre souci et leurs besoins l'occasion pour nous de les satisfaire et de complaire à Dieu. Nous ne cherchons rien, sinon une petite place dans son paradis. Dites-nous ce que vous voulez et nous y pourvoirons...

— Et en quoi ça te regarde, face de rat, ce que nous voulons ? Tu es qui ? Je te prendrais pas pour me tailler une pipe. Allez dégage, yakhi âtaï ! Si je te revois sur mon chemin, je t'en mets six dans le cul et mon poing là où je pense.

— Salim, laisser parler les messagers est un des commandements de Dieu. Ce type a à nous dire ce que nous avons à faire... écoutons-le.

— Voilà qui est parler, Mohamed ! Si tu le disais en arabe, ce serait plus parlant.

Nous n'avions pas avancé d'un pouce qu'une meute d'assassins était à nos trousses. La ville était quadrillée et peut-être même a-t-elle cessé de respirer sous le garrot. Nous étions faits comme des rats, donnés pour pas grand-chose : une vague reconnaissance, un sourire paternaliste, un billet froissé. L'insu serait-il une science par ici ? Aurions-nous, à notre tour, attenté à Dieu, ruiné un pays, transgressé des codes inébranlables, levé des troupes, trompé des peuples et des nations ? Qu'avons-nous fait pour enrager l'ennemi ? Nous avons avalé de la poussière, violé des ombres passives sinon consentantes, et mangé du gras à faire maigre le restant de ses jours. Nous avons longé des murs effondrés, emprunté des sentes ravinées et frappé à des portes arrachées. Nous avons offert de notre temps, pris à l'urgence, à des gens riches de siècles inemployés. Nous avons donné le salut à des hommes pressés d'en finir, usant par avance de mots d'outre-tombe. Nous avons bivouaqué au gré des heures et remué de pauvres souvenirs oubliés. Nous n'avons fait que passer. Qu'avons-nous dit aux uns et aux autres, si ce n'est les mensonges habituels en ce pays miraculeux et de lointaines vérités n'ayant aucun pouvoir émancipateur ?

— La Aïcha que vous cherchez est morte. Si elle ne l'est

pas, elle n'a jamais cessé de mourir depuis le jour où son harki de mari a trahi la Cause. Rentrez chez vous, mes frères, et trouvez-vous une occupation moins dangereuse.

— Tu es un frère aîné, tu sais tout mieux que nous. Parle-nous donc de ce vieux crabe que la ville respecte tant... le veux-tu ? Oui, parle-nous de Mokhtar et de son chien Gourari, on aimerait avoir de leurs nouvelles. On en manque... ça fait bien trente-sept ans qu'on y réfléchit, n'est-ce pas Mohamed, toi qui es mon aîné de dix ans ?

— Le chien, on s'en fout, mordez-le ou tuez-le si cela vous fait plaisir. Ne vous approchez pas de Si Mokhtar, il vous en cuira. Il fait partie de cette poignée d'hommes hors du commun que le monde nous envie. Ils sont la richesse du pays, bien avant le pétrole ; ils font et défont les gouvernements sur un claquement de doigts. Les naïfs finiront par nous désespérer ; ils voient un général derrière chaque arbre. Un homme qui se met au garde-à-vous devant un drapeau n'est rien devant celui qui a confectionné le symbole. La réalité est autre, la vérité est ailleurs, et nous la détenons.

Voilà, le terrain est reconnu. L'ennemi, comme toujours, est partout, et les amis les moins sûrs d'entre tous. Mokhtar ou Ahmed ont dressé la ville contre nous. Trouverons-nous seulement du pain et des olives pour nous sustenter, et de l'essence pour la carriole ? Les voisins sont tels en soi, de braves fonctionnaires mal appareillés. Personne ne leur a dit, ils vivent de peu, se gargarisent de mots, se font des idées. Aucune n'est bonne, c'est dramatique. « Je les connais, des zéros ! » ajouta Salim, dégoûté. Des putes visitées, une seule, Zoulikha, était à considérer sous l'angle de la confiance. Elle avait le béguin désintéressé, le rêve modeste, et un immense besoin de parler après l'amour. On peut se fier à elle en cas de coups durs. « Tu l'as dis », précisa Salim pour dégager sa responsabilité. Il y avait le dresseur de chevaux. Pas de problèmes de ce côté, il nous aidera à enterrer autant de cadavres que nous serions amenés à tuer de gens. Et il n'en soufflera mot, pas même à son cheval. Salim était un maître en stratégie humaine mais je n'étais pas en reste, j'avais interrogé le mal de mon côté. J'avais déjà l'étoffe des visionnaires abracadabrants, mon immersion dans l'âme arabe était passablement avancée. Bien sûr, il restait à aller au fond des choses et à revenir vivant.

À s'interroger, autant se poser les bonnes questions. Quelles sont les données ? Que craint Si Mokhtar, l'architecte des gouvernements ? Quel conflit l'oppose à son homme de paille, Gourari le maudit ? Que va-t-il advenir de nous, de Zoulikha, du vieux conteur, de cette ville en perdition ? de cette nation foudroyée par la bêtise de son avant-garde ?

Nous ne tardâmes pas à en avoir un avant-goût. Une escouade de flics débarqua au pied de l'immeuble sur les chapeaux de roue. Vol de poussière et bruits de chaînes au-dessus de nos têtes. « Arouah mina ou j'te nique ton père ! » pour tout salut réglementaire. Ils nous cueillaient à un moment crucial. La nuit était tombée, nous étions vannés, nous nous apprêtions à méditer le plus sérieusement du monde, jusqu'à ce que le soleil se lève et que nous revienne la volonté de soulever des montagnes. Au poste, nos voisins et d'autres plus anonymes nous attendaient avec des gueules prêtes à mentir. Nous les avons mal payés de leur hospitalité, nous leur attirions la colère du ciel, nous les avons mis à mal avec les maîtres, nous étions des harkis. Comme on trahit, on en paye le prix. L'entretien fut glacial : cris, crachats, insultes, baffes, pincements, coups de boule, coups de matraque, brûlures de cigarette, oreilles arrachées. Nous allions droit sur la torture. Salim ne fit pas mention de sa qualité de flic en congé de maladie. Il connaissait les risques, la centrale possède des moyens techniques à faire bander Satan. « L'usine, je la souhaite à personne », me dit-il plus tard. Je ne lui avais rien demandé sinon ce qu'il en coûtait de désobéir à la hiérarchie. Nous tînmes bon, nos versions inébranlablement contradictoires. Mohamed, l'émigré oublieux de sa langue, recherche sa vieille tante en souvenir de ce qu'elle l'avait allaité dans son enfance. Jeannot Lapin, le gentil pied-noir, est venu respirer l'air du pays et risquer trois sous dans quelque projet pas trop vasouilleux. Jeannot Lapin est Mohamed et Mohamed Jeannot Lapin, en raison de ce qu'ils ont vécu dans le même terrier. C'était boiteux mais quoi, on joue avec ses violons comme on les accorde. On nous accusa d'occupation illégale de biens publics, incrimination rigolote dans un pays où le squat des nababs défraie la chronique. On nous laissa sur l'idée que des crimes inexpliqués pouvaient être mis à notre compte. Il n'en manque pas et ce que l'un commet, son frère peut l'endosser ; une procuration suffit. Ils nous en racontèrent quelques exemples célèbres pour nous faire suer jusqu'au délire. Ainsi donc, ces douars rasés, ces mechtas incendiées, ces familles massacrées, ces gestionnaires embastillés auraient payé pour d'autres ?

Et nous voilà expulsés de la ville comme au temps de Billy le Kid. Obéir étant le premier acte du rebelle, nous enfilâmes poliment nos vestes. Au premier clignement du soleil, nous partîmes pour Alger sans nous retourner. Mais à Bourbaki, dont il ne restait plus un mur debout, nous bifurquâmes vers le sud-est. Ni vu ni connu, direction : Tiaret. Mon vieux dictionnaire la donnait pour capitale historique du Sersou, haut lieu du blé dur, du barbe et de la meilleure laine qu'un mouton puisse porter. L'almanach d'Afrique du Nord de 1835 l'a dépeinte comme on voyait le paradis des maures : palmiers, chameaux, pipeaux et langueur de temps. Racontar d'un jour n'est pas vérité de toujours. Le prestige du passé cache de pénibles perspectives. La route ne trompe pas indéfiniment. Nous allions droit sur une cité fantôme en devenir. D'y penser, on était happé par la machination. On sentait peser sur elle une éternité d'ostracisme. Tiaret est née d'un schisme; elle a tenu tête aux sultans d'Orient; elle a pactisé avec la France, mêlé son sang au sien. Cela se pardonne, la répudiation vient à bout de ce que le divorce ne peut séparer et dans la masse des anonymes les bâtards disparaissent d'eux-mêmes. Il pèse sur elle d'avoir donné un illustre opposant au régime et de receler en son sein deux peuplades trois tribus des moins dociles. « On balaye de la carte pour moins que ça », me dit Salim sur le ton de la plaisanterie prophétique. À peine sommes-nous entrés dans ses murs qu'un vent de panique nous cingla. Un fuyard cueilli à la volée nous apprit la nouvelle : Tissemsilt et son arrière-pays avaient brutalement sombré dans la violence. La chose se confirmait d'heure en heure depuis l'arrivée du premier taxi. Plus loin, nous sûmes la suite : il y eut des bombes et des égorgements, puis des quadrillages et des arrestations, et des disparus dont on parlera longtemps. Le salut serait-il, une fois de plus, dans la fuite ? Désarçonnée mais pas vaincue, la propagande officielle s'employait à remettre les foules sur le droit chemin. L'activisme tapait fort. On entendait, venant du centre, un tonnerre de fanfare et de paroles apaisantes. Dépêchons-nous d'en savoir plus avant de perdre la foi ! Que sont nos amis devenus ? Comment leur venir en aide ? Qu'y pouvons-nous, hélas, sauf ajouter nos lamentations à leurs plaintes ? Tissemsilt s'ajustait sur de nouvelles bases. Notre passage avait dérangé de tentaculaires pieuvres. Le scandale est arrivé par nous, le regret sera notre lot. Nous nous couvrirons la tête de cendres et nous en léguerons la coutume à nos enfants. Dans un canope, nous leur laisserons un peu de cette terre trahie par les siens. C'est tout ce que nous pouvions faire pour le souvenir de nos amis.

Farid n'a pas été jugé. Sitôt enrôlée, l'affaire était close. Solidarité corporatiste, loi du talion, empire du milieu, ajustement encore ont précédé le regard de la justice. Son compte fut vite réglé, les jurés étaient tous de la partie. Une prison d'Alger eût été un cadeau. Pour le visiter, sa mère et ses sœurs devront affronter six cents kilomètres de dangers à l'aller et davantage au retour car on ne déjoue pas deux fois de suite les faux barrages. Le point de symétrie en terrain morcelé n'est pas celui de l'équidistance sur feuille blanche. À cette distance, protégé par tant d'obstacles, la carte indique un lieu, un seul, dont les têtes sont pleines au pays des Amazigh, les Hommes libres : Lambèse. On y va par des chemins valant leur pesant de souffrance ; on y va par des transports valant leur cargaison de douleurs ; on y va en regrettant d'être né ; on y va pour ne jamais l'oublier. Mais à vrai dire, on ne pense pas, on ne ressent rien, tout au plus voit-on le ciel s'iriser, la route poudroyer et de pauvres chiens galeux aboyer leur haine. Dans le vide que les déportés parcourent avec le blanc des yeux, défilent les heures, fuient des arbres, déambulent des gardes, volettent des mouches, passent des vies comme des moines, comme des feuilles, comme des balles.

Pourquoi y a-t-il tant de ténèbres sous le soleil ?

Il y eut de la méfiance entre nous. C'était un loubard, coupable de crimes abominables, un Arabe aux mœurs noires, à l'esprit tortueux, à l'amitié dangereuse. J'étais un Français, et comme tel responsable des maux de son pays. Nous étions leurs colons, nous voilà leurs Juifs. Le miracle était à prendre, ils l'ont pris. Le ciel peut tomber sur les têtes, le blanc écraser le noir, un benêt réussir dans la dépravation, la cupidité boutiquière se muer en appropriation d'envergure — oui, l'histoire déraisonne quand se télescopent le chaud et le froid, pourquoi ajouter du jaune à l'affaire ? Cesserons-nous un jour de nous badigeonner la bêtise ? Les colons que nous étions ont été boutés hors du pays, c'est bel et bon ; faut-il à leur bonheur que les Juifs qu'ils voient en nous soient expédiés au fin fond de la Pologne ? Trop, c'est trop. Le procureur m'a assené en bloc ce que le discours officiel dispense tout bas, à mots couverts, à petites doses, à longueur de journée. J'étais ceci, je suis venu pour cela, j'envisageais pire, a-t-il lu sur ma carte d'identité. J'entends les lamentations du procureur volant bas au-dessus de la tête de Farid, les efforts de l'État, le sacrifice des moudjahidin, les séquelles du colonialisme, la violence orchestrée par les « qui on sait ». C'est imparable. Si on ne meurt pas de consomption, c'est qu'on est mort de rage depuis longtemps. Les premiers jours nous ont jetés chacun dans un coin et élevé entre nous un mur. Il campait de son côté, je surveillais du mien. La vigilance était notre sommeil, le refus notre passe-temps, le mutisme nos prises de position. Le piège se resserrait, nous allions mourir d'inanition. Puis, Gaston est arrivé. Avec ses yeux pourpres, sa robe noire, ses moustaches blanches, on avait juré à l'unisson qu'il surgissait d'un film d'aventures salopé par un accessoiriste oublieux. Oui, de fait, il manquait à sa dégaine le chapeau et l'épée. Il nous en apprit de belles. Le chemin de l'amitié était ouvert, nous nous y engouffrâmes corps et âme, les jours de Lambèse sont vides à périr les yeux ouverts et ses nuits des passerelles branlantes au-dessus d'un précipice hallucinant. Fini les approches racistes et le radicalisme politique. On en avait assez de la grandiloquence, du baroud, des grincements de dents, des manœuvres souterraines, des coups d'épée dans l'eau. De nos drapeaux, nous fîmes des éventails. Nous avions de quoi fouetter les mouches. Le mur s'effondra d'un bloc. Nous le croyions en béton, il était en pet de lapin. La poussière danse dans la lumière. Nous eûmes notre période d'insouciance sur fond de douleur cachée. Nous commençâmes la guerre du rire, répertoire contre répertoire, la dernière contre la dernière jusqu'à épuisement. Nous déversâmes ce qui nous restait de fiel, d'acide et de sous-entendus malveillants. Ce fut homérique et kilométrique. Toto, Djeha, Marius et le frère Chadli périrent d'ennui quelque part dans le désert parmi une flopée de Juifs en peaux de renard, de Belges étonnés, d'Écossais bourrus comme des huîtres, et de Tunisiens en chéchia écarlate comme si l'ardeur du soleil ne suffisait pas, tués bêtement, en d'autres circonstances, par d'autres tourmenteurs. Nous étions perdus. La solitude soudaine. J'ai lu des poèmes dans un silence négatif. La culture est ce qui sépare quand tout est mis de côté. De Villon à Vian, j'ai parcouru cinq siècles de misère totale, seul et mal aimé. Farid déroula le récital des Harrachi, mis en musique par des cinglés de l'émigration ; bonjour tristesse et regrets. Un pied ici, un pied là, c'est ça le mal du pays. Qu'est-ce qu'on peut y faire ? Si tu pars tu meurs, si tu restes tu meurs, alors tais-toi et meurs. Et le raï de Mami ? Païen et compagnie. Et Macias, c'est aussi un émigré ? T'es fou, son pays c'est le nôtre ! Nous étions de nouveau vaincus par la politique et la religion. Nous sombrâmes dans la léthargie des gens superficiels. Elle dura peu. Vint le temps des choses sérieuses. On usa les jeux classés, jusqu'au Go qui n'est pas la porte d'à-côté. Gagnés par la fièvre de l'or, nous en inventâmes de sérieux, casse-tête pénibles mais compagnons au long cours. Le temps s'allongeait dangereusement. Nous pesions notre poids de plomb.

Pleurer est ce qui reste quand tout est dit. Nous étions deux pauvres morts-vivants égarés dans la pourriture, nous ne savions plus distinguer midi de minuit.

Puis le mystère de l'enfant vint nous cueillir.

Au début, nous nous posions des questions rationnelles : Quel est son nom, où sont ses parents, de quelle folie souffre-t-il… ? Comment répondre ? On en vint à ce que réprouve la raison : Que fait un enfant dans un bagne, qui l'a enchaîné, pourquoi ne s'occupe-t-on pas de lui… ? Le terrain de la connaissance est miné par des millénaires de questions pièges et de réponses bidon. Nous fîmes marche arrière, penauds. Nous étions trop vite arrivés au bout de nos connaissances. Nous nous lamentâmes devant un mur sans porte ni fenêtres. Restait à inventer encore, à reprendre de vieux schémas pour se tailler une nouvelle théorie sur la décrépitude humaine… ou à écrire aux Organisations onusiennes, si promptes à se réunir, mais elles sont loin, démunies, critiquées, ignorées. Et puis, qui croirait qu'un enfant fou enchaîné à un arbre creux, ça existe ? L'humanitaire est une solution, mais trop risquée pour ce que nous avions de temps à vivre.

Alors s'ouvrit devant nous l'univers de la magie. Nous n'avions plus à réfléchir. Nous riions quand l'enfant riait, nous pleurions lorsqu'il pleurait, nous nous recroquevillions dans nos chairs quand soudain il adoptait la position du fœtus. Nous nous surprenions à bégayer, à rouler de grands yeux interrogateurs dès l'instant où lui-même, à croupetons dans sa nudité, explorait le monde autour de lui. Un immense étonnement agitait ses mains, sa tête furetait, sa colonne vertébrale ondulait à la manière d'un serpent charmé par l'odeur du souk. Se lassait-il, refusait-il ses découvertes ? Nous sentions notre élan se briser et peu à peu gagner en nous l'apathie, puis le désespoir et même l'envie d'oublier. Quand il faisait mystère de ses gestes, de ses sourires, de ses retraites dans le creux de l'arbre, nous attendions le miracle, priant Dieu que son retour soit proche. Ah ! ce vagabond, insouciant de ses privilèges, allant et venant à sa guise, jamais inquiété, toujours le bienvenu, poussant parfois jusqu'à refuser d'apparaître. On avait beau siffler, on ne voyait rien venir hors une vague odeur de bête mouillée portée par la complainte du zéphir. Nous piaffions d'impatience, nous imaginions le pire. Quand il grimpait sur les genoux de l'enfant, la queue en éventail, et lui léchait le nez, lui refilant sa vermine, le maculant de ses excréments, nous comprenions combien pouvait être à notre portée cette vérité magistrale dont nous aimerions faire notre profit et le bonheur de nos enfants : il n'y a de maladies que parce qu'il y a des malades. L'enfant était beau dans ses souillures et le vagabond le plus adorable agent de propagation.

Nous vivions agrippés aux barreaux de la meurtrière, attentifs à tout, indifférents à tout. La magie nous avait ouvert les portes de l'infinie patience et donné le goût de la vérité amère.

...

Les faits se résument ainsi. Mon père Omar collectait pour le Front. Derradji et Gourari étaient des ripoux. Il s'en avise. N'écoutant que sa foi, il s'adresse à leur conscience, croyant l'éveiller à la Cause avec laquelle les bandits font commerce auprès des populations. Quels versets ont-ils utilisés pour endormir si profondément ces braves paysans ? Un navet n'est pas une carotte, les gens hésitaient du mieux qu'ils pouvaient, se doutant un peu par avance que le colon n'est pas la bête la plus méchante de la terre. Peut-être même pressentaient-ils d'en rencontrer de plus terribles dans les terres à venir. La religion est la religion, une et indivisible, mais en posant la soumission comme règle d'entrée elle ferme le jeu. Qui entendra l'excès ? Qui verra les ronces envahir les cœurs ? Qui passera les vicaires à la pierre de touche ? Qui dira « ceci est de la cendre, ceci du bois vert », ou « cet homme est innocent et celui-là une crapule » ? Les ripoux viennent parlementer, à leurs yeux s'entendre. Mère disait : « Ton père Jean te le répétait souvent quand tu avais encore de petites oreilles translucides : le bien n'a rien à voir avec le temps ; le mal s'accommode de tout, de nos frénésies comme de nos abattements, et il raffole des enfants qui ne font pas leurs devoirs. » Il était pressé, il me préparait un grand destin. Quand on a deux pères comme moi, ils sont forcément jumeaux quelque part. Omar était un homme de bien, il se méprenait sur le mal au point de venir l'interroger sur ses identités et ses chemins. Il n'entend rien quand les bandits lui parlent de ménager l'avenir à coups de crime. Ils le tuent. Ma pauvre mère, terrorisée par la nuit et la solitude, décide d'agir. Frapper aux portes des voisins ne l'effleure pas ; ils sont sous la coupe du commissaire, ils trahiraient avec le sentiment de servir Dieu et la Cause. Elle fuit vers le village. Alerter les gendarmes ne lui paraît pas une idée à saisir. Peur d'avoir à avouer que son mari collectait pour les fellagas ? Possible complicité entre les gendarmes et les voleurs ? Elle frappe à la porte des Chaumet. Ils sont jeunes, aimants, désintéressés. Une utopie les a fait venir en Afrique, soigner les lépreux, secourir les femmes, protéger les enfants. Maman chérie, épouse de Jean, attendait un enfant depuis son mariage sans jamais désespérer de Marie, Mère de Dieu. Et voilà qu'il se présente par une nuit tendue. La guerre fait rage alentour. À Vialar on l'entend par ouï-dire, on a l'esprit aux moissons et aux moutons à remonter du Sud. Nous sommes en 1958, un tournant de l'histoire, l'ONU vient de se saisir de l'Affaire algérienne pour ce qu'elle cause trop de dégâts dans les consciences. De Gaulle est en route avec dans la tête un plan pour délivrer la France et livrer l'Algérie à son destin. Dans la hâte, manquant de souffle, paniquée à l'idée de retrouver le douar où l'attendent le commissaire et ses tueurs, meurtrie dans sa chair, Aïcha se répand en pleurs incompréhensibles pour les Chaumet.

Elle murmure de pauvres explications hachées de sanglots, suivies de supplications effrénées. Quand on a de la religion, on est ainsi, on croit en la prière ardente. Elle offre son enfant. Dans ses couches archaïques, il reposait comme la vérité dans un lointain chapitre biblique. Avec le recul, on voit son enfance en Cinémascope. Il avait trois mois, le docteur l'avait soigné d'une diarrhée en ses débuts dans la vie, Mme Chaumet l'avait tenu dans ses bras et dit avec la sincérité d'une maman d'un jour : Doux Jésus, comme ce poussin est beau ! Aïcha s'agrippe à maman, la supplie, lui baise les mains et peut-être a-t-elle esquissé le geste de se jeter à ses pieds, ce que papa, toujours à cheval sur les principes, aurait empêché avec effroi. Tout à l'enfant, maman entend vaguement parler du douar de Béni Slimane, de la gare, de l'usine à gaz qu'elle ne situe nulle part, de Moktar, de complices guettant sur le chemin. Parce que femme d'honneur, elle retient que la mère parlait du bébé comme d'un dépôt sacré. Elle parle du cadi de Tiaret ayant officié à leur mariage et dit que Khaled est né dans ses papiers le 12 juin 1958, soit trois mois avant moi. Elle a dit : Aïcha est ta mère... retrouve-la... va voir le Cadi.

Que dire en pareilles circonstances ? Que peut-on entendre ? La nuit était noire de mystères et de violence, le sommeil pesait sur les paupières, les voisins s'inquiétaient dans leurs rêves, dérangés par les murmures précipités d'une femme éperdue et les vagissements d'un bébé fatigué d'être trimbalé. On ne peut rien quand brusquement la vie nous divise en deux. Une mère se mourait, une maman venait à la vie. Voilà assez pour se taire et attendre que Dieu nous donne la force de nous reprendre. Pauvre papa, je t'imagine regardant le pacte extraordinaire de deux mères autour d'un bébé hébété par tant d'agitation. Il t'en a fallu du temps pour comprendre. Sans le savoir, tu étais un père heureux, un époux comblé, un homme de cœur payé de ses belles utopies. Le citoyen ancré en toi a su cependant accomplir son devoir : courir à travers la ville annoncer qu'un enfant est né en son foyer, arroser le bedeau, gratifier le facteur, tourner au bar, envoyer son dû au garde champêtre sans la vigilance duquel le village serait coupé de son arrière-pays. Comment as-tu expliqué aux curieux l'absence de grossesse chez ta femme ? Suis-je bête, avec des termes savants, on explique tout... J'ai hérité de toi, je vends mes logiciels au baratin anglais. L'intendance toujours, elle précède, accompagne, suit ; inutile et indispensable. « Son domaine », disait maman devant une lampe grillée, une serrure récalcitrante, un robinet incontinent, une boîte à ouvrir, une bête à attraper. L'esclavage. Signer un certificat de décès au nom de l'enfant recueilli, contacter le cadi de Tiaret pour lui faire part des volontés de la mère, porter le nouveau-né sur les registres de la mairie sous ton nom et le premier prénom de la chrétienté : Pierre, sur lequel vous avez bâti une famille que trente-sept années de vie n'ont pas ébranlée. Mais ce qui ne se détruit pas en une vie peut bien tomber en une minute ; le temps vient à bout des plus belles constructions. Et me voilà, comme vous, comme mes autres parents, perdu entre Tissemsilt et Tiaret, entre Pierre et Khaled, entre Lambèse et Avallon. Entre hier et ce que demain sera.

Voilà, tout est accompli. Le palimpseste miraculeux est arrivé. Ma vie antérieure part en lambeaux, ma vérité naissante porte des guenilles et s'écrit au jour le jour. Au pays des miracles, le mensonge tient lieu de fil directeur.

Comme la poussière recouvre bien l'oubli.

...

— Farid... Farid, entends-tu la rumeur qui s'élève à l'horizon ?

— Je n'entends rien, sinon le vent des Aurès qui vient nous glacer le sang.

— Écoute bien.

— C'est vrai... il y a comme... comme...

— Tu vois... Regarde ! L'enfant est debout et le vagabond à ses côtés comme prêts à quitter leur folie, leurs maladies et l'arbre creux.

— C'est vrai.

— Dormons, nous avons la certitude que demain sera un jour nouveau.

Tiaret est cette ville sur la carte où l'homme sensé ne va pas. Il faut croire que nous n'avions pas de sens, nous y courions depuis Tissemsilt où tant nous errâmes dans l'affliction, ballottés entre passé et présent, séparés par un monde d'élucubrations. Notre père y a perdu la vie, notre mère la raison et nous-mêmes l'orientation. Et les quelques amis dénichés dans ses dernières poches de résistance ont par notre faute perdu la minuscule tranquillité qui les maintenait en vie. Comment après cela se mettre encore à l'épreuve ?

Tiaret est cette favella plaquée sur une bourgade oubliée qui joue à la grande cité sur laquelle pèsent les défis du troisième millénaire du Sud-Ouest algérien. Oui, on peut tout s'imposer dans la vie si nous ne sommes pas tenus d'y parvenir. Mais elle ne connaît pas cette liberté, elle se veut capable d'aller où bon lui semble. Sous des airs de boxeur groggy, elle porte une redoutable conviction, celle de voir les choses tourner à son avantage au dernier gong. Après tout, pourquoi après le dernier gong n'y en aurait-il pas un autre ? On dira l'après-gong comme on a dit la vie après la mort. À l'heure des meetings, elle sait cependant se montrer immensément pénétrée et énoncer les plus belles découvertes. On vous le dit comme nous l'avons reçu : ça doit se gouverner d'une manière inconnue.

L'habitude était prise, nous entrâmes à Tiaret par la porte des voleurs. Le sésame est de paraître aussi démuni que n'importe qui. Pas de problèmes, nous n'avions rien sinon de vagues idées sur nos futurs malheurs. Où trouve-t-on un cadi ? La question m'affola ; je ne sais rien de ces gens, j'étais rompu aux notaires, à leurs paperasses ésotériques, à leurs sourires qui vous prennent par surprise. À en croire mes yeux, Salim a passé sa vie à affronter des cadis. Il nous en dénicha un en moins de deux. Nous avions un peu traîné autour du tribunal, furetant ici, guettant là. Ils étaient là, parmi la foule, en djellaba et babouches, tenant conciliabules sous les arcades du temple ou rôdaillant à la poursuite du client de l'arrière-pays, reconnaissable entre tous : dos lacéré, turban en colère, yeux dévorés. C'est le festin des hommes de loi. Il ne sait rien, ni quand ni comment, il réclame justice. À ce niveau d'entêtement, il va brader son lopin de terre et se passer de la vie. Heureuse bête, elle a un prédateur, un seul, le cadi. Elle n'ira pas loin. Elle ne sait rien de l'avocat, ni du notaire tapi en son antre, prompt à se faire de l'or en s'interposant entre toutes les personnes ayant en commun un secret. Elle prendrait leur venin pour un traitement de santé. Et bien entendu, personne ne lui a dit la dernière : le juge est un tortionnaire appointé par l'État et son tribunal un centre d'abattage de petit gibier. J'ai appris de Salim que le cadi, une espèce en voie de disparition, dépouillait dans les temps anciens autant que les bandits de grands chemins. Mielleux ils sont et versés dans le droit coutumier dans ce qu'il a de plus ténébreux. Le nôtre était un grand pécheur devant l'Éternel; il était gras, il sentait mauvais, il avait des tics d'hyène à jeun, il riait à la vue du moindre bout de chair. Avant que nous allions sur lui, il vint à nous, Coran ouvert pour nous faire taire, humectant son calame pour, à défaut, nous vendre un talisman qui nous guérirait de notre impiété. À quoi nous a-t-il reconnus ? Mystère et boule de gomme. Contre quelques piécettes (elles alourdissaient notre marche et de surcroît tintaient à rendre fou les gosses à nos trousses), nous sûmes que le Cadi officiait jadis à Tiaret et à Tissemsilt, habitant pour ce faire en un vieux riadh de Tiaret situé dans une venelle reliant le boulevard Bugeaud à la gare en contrebas. Il le tient d'une longue lignée de copistes, ajouta-t-il contre un premier billet. Son ancêtre serait venu d'Orient, à l'époque où le Sersou était au zénith de la richesse, au pic de la renommée, au sommet de la beauté. Il nous proposa un prix faramineux pour nous apprendre comment l'aïeul, camelot de son état, a pu se faire passer pour un uléma éclairé aux yeux du sultan de Tiaret et par quels détours ses descendants ont obtenu de la France, vainqueur dudit sultan, le privilège exorbitant d'officier selon la loi coranique au nom de la République française. Nous réussîmes à nous en dépatouiller en lui achetant son Coran pour le prix de trois. La mort dans l'âme, nous acceptâmes dans la foulée l'échange proposé : son calame contre nos stylos, nos briquets et nos porte-clés. Il emporta nos mouchoirs en échange de son « au revoir ». Nous ne savions plus quelle heure il était lorsque nous renouâmes avec nos esprits.

Un cafetier au visage avenant nous apprit autre

chose : ledit cadi serait originaire de la plus vieille tribu du Sersou, les Têtes Brûlées. Le Sahara était alors un océan de sable immergé et les chameaux étaient pourvus de nageoires. Notre étonnement brisa son élan. « L'imam sait de quoi il parle, il connaît le Coran à l'envers et à l'endroit », dit-il en posant sur la table une cafetière forte de café. Nous sommes des musulmans, sois tranquille, nous avalons les couleuvres fourrées comme n'importe quel endormi. Parle-nous plutôt dudit cadi. On l'appelle... euh... le Cadi... avec le temps, nous avons oublié qu'il eut un nom, celui de son père, Damouni, un saint uléma, et un prénom des plus communs dans la région, Adda, reçu à la naissance... Dans le Sersou, il en va ainsi, on tient son nom de son père. Ainsi moi qui vous parle, tous m'appellent « le forgeron » car mon père travaillait le métal et pourtant je suis cafetier. J'aurais dû suivre son exemple. Méfiant, Salim me conseilla de garder en mémoire le nom du juriste et d'oublier le reste. Il me jura n'avoir jamais entendu parler d'une tribu de Têtes Brûlées si loin de l'Amérique. « Peut-être vient-elle d'Andalousie, chassée par les Infidèles, ce qui expliquerait pourquoi elle en a gros sur la patate. »

Bon, ce n'est pas le tout, nous avions de la route à tracer. Maréchal Bugeaud, nous voilà !

— Salim, ôte-moi un doute. Les rues affichent toutes des noms en rapport avec les volontés du régime d'Alger, pourquoi ce boulevard porte-t-il dans la mémoire des gens celui d'un maréchal de France ? Les temps n'ont pas changé ici ?

— Ces gens-là, qui les comprend ? Hier, ils étaient à

fond pour la France, aujourd'hui qu'ils ne trouvent pas leur compte, ils font semblant d'être amnésiques.

Un gamin, affilié à la cour des Miracles, s'offrit pour nous conduire audit boulevard. La chose nous coûta le prix de cinq courses en taxi. « Bilevard Bijou, c'est à gauche, mais on va prendre par la droite, c'est plus court. » Je n'aurais jamais cru que Tiaret fût à ce point tortueuse dans ses méandres.

Si la ville a un cœur, des artères et des ronds-points de fixation, nous ne les vîmes nulle part. Les trottoirs étaient la chaussée et la chaussée une piste muletière, interminable et embrouillée. Les mulets sont des mulets, et les maîtres des ânes de première ; par ici une folie semble les avoir possédés. Il y avait foire en la cité, mais sans joie ni bénéfice. Tous les larrons ne se ressemblent pas. Il fallait enquêter, le chaos ne vient pas seul. Au départ, il y a une délibération, s'ensuivent des actes, un engrenage s'enclenche, un processus se met en route qui brusquement se brise, libérant des potentiels ignorés… « N'est-ce pas ? » avons-nous demandé à un passant brisé par le chagrin ? Euh… non, c'est la Malédiction. Quelle malédiction ? La révolution agraire ! Mais encore. La chose se voulait une morale entre la terre, le cheptel et des hommes comblés, agriculteurs le jour, pasteurs la nuit, cependant infiniment reconnaissants d'avoir un tel président pour seigneur et maître. Sous le regard ébloui du soleil, les bêtes paissent en ville, les heureux bénéficiaires des champs et des parcours y tiennent bazars de produits avariés sinon volés, et les dépossédés sèment la haine là où ça prend bien. Dérangés dans leurs habitudes de vieille souche, les autochtones ramassèrent leurs enfants et partirent par le premier convoi. Les bonnes terres du Sersou furent abandonnées aux lézards. Les vents de la libéralisation y drainèrent plus tard les rapaces. Puis à la curée vinrent les fanatiques et leurs amis. Merci beaucoup de tes explications, cher passant. Retrouve bien ton chemin pour rentrer chez toi. Il y a des usines par-ci par-là, entre deux immeubles chancelants et deux rues vétustes. Qui les occupe est un secret. Que fabriquent-elles en est un autre. De grands panneaux signalent qu'elles sont la propriété de l'État. En bas de page, il est stipulé qu'en vertu d'un principe révolutionnaire, celui-ci n'entend ni les vendre, ni les fermer, ni les faire tourner. À bon entendeur, salut. On s'en foutait comme d'une rondelle, on cherchait un cadi et une piste pour remonter le temps.

Nous ne reconnaissions personne dans cette foutue galère. Pourtant les gens qui nous barraient le chemin pour nous questionner sur nos origines avaient un air de déjà-vu. Était-ce à Alger, à Bourbaki, à Tissemsilt où nous nous fondîmes si dangereusement dans la foule ? Ou encore le long des routes ? On se sentait espionnés de partout et bientôt nus jusqu'au trognon. Salim téléphona de-ci de-là, des collègues mutés par mesure disciplinaire, des parents d'amis planqués au plus profond de la capitale, des fugitifs recherchés par quelque police parallèle. Il sonna une fille du nom de Sonia. Elle fut un peu dans les affaires à Alger ; ça marchait pas mal pour elle, son proxo s'en tirait plutôt bien, les députés se l'arrachaient. La disgrâce n'a pas de discernement, un coup au sommet, c'est des milliers de couillonnés au bas de l'échelle. Tant pis pour elle, quand on a un cul, on le garde au sec. Il voulait lui dire un petit bonjour entre deux draps. Elle lui apprit qu'elle s'était amarrée à un richissime maquignon, tueur sur les bords, et qu'aucun lit ne pouvait les accueillir sans danger. À Tiaret, il n'a que des complices et pas un ami. Bonne fille, elle nous envoya deux copines, déguisées en religieuses, pour nous porter un message secret et rapporter mes salutations respectueuses et un plein panier de crapuleries signées Salim Gros Calibre. Nous avions l'adresse d'un lieu caché d'Alger où elle mène une vie de secours quand elle va visiter sa tante malade. Un jour, il nous sauvera peut-être la peau. Les filles nous conduisirent chez une dame d'un âge où l'oued coule à sec. Fricoter par elle-même n'était plus un souci frappé du coin de l'urgence, à peine un souvenir de jeunesse rangé dans la rubrique des choses interdites aux filles. Autour d'elle, des poupées gonflables sorties d'un film égyptien d'avant-guerre. La blondasse souriait au vent, elle paraissait vivre de l'air du temps et porter grande attention à sa perruque en fibre de plastique. De tels signes ne trompent pas, elle ne s'embarrassait d'aucun mari. Un canichon totalement lavé du cerveau était lové entre ses nichons, des machins pour camion, capables d'éclairer une autoroute. Le toutou était à l'abri du blizzard, de la faim et de la soif. Trotter vers les arbres pour les arroser n'était pas sa religion, il en avait une autre, faite à son insu. C'en est une calamité, dans ce pays tout ce que vous dites et pensez vient de vos supérieurs. D'emblée, nous sûmes que cette pelote absurde ne savait rien de la course à pied ; aboyer était à ses yeux un vocabulaire de voyou. À Avallon, nous appelions tel gîte un bordel discret dédié au gratin. Ici, ça porte le nom de coiffeuse à domicile. « Le coin est réservé à la mafia officielle, il est bon de le savoir avant », me glissa Salim à l'oreille. Les parrains y passent entre deux coups, entre deux conclaves, entre refuge et repaire, entre maison et bureau. C'est excessif mais excitant en diable, ça sent le mystère. Qui coiffe qui, qui fait quoi, qui tue qui, est-ce qu'on en sort vivant ?

Nous revivions ce que nous avons connu à Tissemsilt. N'y a-t-il donc rien en Algérie que se cacher, sonner les filles et attendre des jours meilleurs ? N'y aura-t-il jamais quelqu'un pour changer la donne ou, à défaut, la tourner en argument de promotion du tourisme ? « Venez, les touristes, approchez ! caches à tous les étages, filles à sonner ou à égorger selon disponibilités, jours sombres garantis, retour dans la joie s'il échet ; tarifs étudiés ! »

Le riadh se cachait dans un invraisemblable brouillamini de murs gravement atteints. Il fut un temps, dans les âges obscurs, où les riches aimaient à nicher parmi les pauvres. Allah y voyait un bon geste, les déshérités une preuve de sainte humilité, la nature ses habituelles contradictions. En vrai, les caïds suivaient leur idée, ils s'offraient une ligne de défense repoussante autour de leurs palais sans y mettre un kopeck. Ils coulaient des jours tranquilles, la médina faisant office de lices et de fossés rebutants. En retour, ils offraient aux crève-la-faim un imam pour vanter leurs mérites, un porteur d'eau ou deux pour entretenir le mythe, et une fois l'an, quelques têtes à couper, des moutons généralement. L'Europe a pratiqué semblable rite. Où grouillait la misère, poussait un château fort. Depuis la Déclaration des droits de l'homme et la séparation des riches et des pauvres, les conflits sociaux ne s'arrêtent plus. L'invention du HLM d'après-guerre est venue tout compliquer. Il y a de quoi penser. Vivre dans un parking ne pousse pas à la bonhomie ; et s'isoler dans un bunker rend neurasthénique, on voit des bandits partout.

Le Cadi nous reçut avec l'onctuosité patinée qui avait construit sa fortune au temps où sévissait le droit coutumier. C'était un vieux de blanc vêtu parce que encore musulman. Si près de la fin, abandonner sa religion ne mène à rien. Non vraiment, il ne paraissait pas heureux. Se souvenait-il de ses clients ? Pas du tout, il avait uni et séparé trop de gens pour continuer à s'en soucier. Pourquoi les aimer ? Ils sont juste bons à chier des gosses pour les jeter à la rue et en fabriquer de nouveau dans la précipitation. Ce qu'il y avait de beau dans le métier, l'héritage dans l'indivision qui vous prenait une vie de calculs et de tractations, n'est plus. Les gens ne croient en rien, ni dans les traditions ni dans l'avenir ; comment tuer avant d'être tué est leur préoccupation, elle leur prend le meilleur. Et Omar El Madauri ? Ah c'était un homme de bien. Venant de lui, l'appréciation avait du poids. Hélas, il est mort, laissant prospérer derrière lui les traîtres et les bandits. Lui seul pouvait les dénoncer ; il en détenait les preuves et sa parole était aussi estimée que le jugement d'un saint cadi. J'étais heureux de l'écouter et déjà je l'aimais fort. Mais je sentais en lui comme un mystère et une grande réticence à le révéler.

— Pourquoi m'en parlez-vous ? Qui êtes-vous ? Pourquoi êtes-vous venu me voir ?

— Monsieur le Cadi, cher monsieur Adda, vous êtes un homme de droit et de foi, je m'appelle Pierre Chaumet, je viens de France. Sur son lit de mort, ma pauvre mère m'a révélé que Omar était mon père et que j'étais le fils de Aïcha, son épouse. Dans un dernier souffle, elle a dit « va voir le Cadi ». Depuis, je cherche mon passé et ceux qui par leurs paroles peuvent éclairer ma route. J'ai aussi besoin de leurs bontés pour débrouiller les choses du présent. Trop de complots se trament autour de nous, nos amis nous ont trahis, et l'air est malsain. Je viens m'en remettre à vous.

Le Cadi me transperça du regard. Il me fouillait l'âme sans prendre de gants. J'étais un amas de pensées hétéroclites, il tenait à en vérifier le bon aloi et l'origine. De fait, je ressentais du bien-être ; j'étais l'être naissant que la main de l'accoucheur vient caresser dans le ventre de sa mère. Oui, il cherchait l'innocence du passé en moi. Il avait un air de vieux prêtre forgé par des siècles de croyance en un seul Dieu, surpris comme ça, parce que deux blancs-becs venaient le bousculer, de se trouver à la croisée de deux routes. Comment se résoudre et croire quand dans sa tête se télescopent les idées d'hier et d'aujourd'hui, mêlées aux supputations torrentielles de l'avenir ? Il pesait le pour et le contre et, au tremblement de ses lèvres, on voyait qu'il ne savait plus pratiquer cette gymnastique. On ne réveille pas le doute dans la maison d'un bienheureux.

— Je vous en parlerai mais je ne sais pas grand-chose. J'ai connu vos deux pères, Omar et Jean, et vos deux mères Aïcha et Marie-Madeleine. Vous me prenez de court, revenez demain, je vous accueillerai avec le couscous des grandes occasions et une maison débarrassée de ses oreilles et des bruits de la piétaille. On ne peut rien quand les Arabes vous voient entrer quelque part... Je ne connais pas un endroit sur terre où ils ne sont pas tapis dans l'ombre. À Alger et dans ton pays, la France, on fait grand cas de ta disparition. En lisant ton nom dans le journal, je me suis dit : l'heure est arrivée, le passé va rattraper le présent et mettre à nu ses tares… et nos secrets. Je suis bouleversé. On dit beaucoup de choses, contradictoires et incertaines, pour combien de temps encore… tu aurais été enlevé par les terroristes… ou par d'autres, est-il suggéré… les pêcheurs en eaux troubles s'agitent beaucoup. Qui sait que tu es là ?

— Personne, à part Dieu et mon frère Salim. Pour tous, je suis Mohamed l'émigré venu faire un peu de contrebande au pays avant de retourner dans son bled, la France.

— Allez-vous-en maintenant… et gardez-vous de parler à quiconque.

À errer dans la ville, de café en café, de foule en foule, secoué par nos aventures, agressé dans mon tréfonds, un mécanisme s'est déclenché. Je ressentais un ébranlement dans ma tête à chaque pas, à chaque mot, plus fort à mesure que j'avançais dans ma quête. Une volonté explosa dans ma tête, brutale, inflexible. En fait, son tic-tac me démangeait depuis mon éveil dans la peau d'un autre. Une machination se montait en moi et je l'ignorais. La chaleur, le fourmillement aux pieds, le sable dans les poumons, le dépaysement, l'ombre de la terreur ne mettent pas dans cet état. Je ne suais pas pour rien. Le mystère avait allumé en moi le feu ardent de la vérité. Mes vieux principes s'effondrèrent comme château de cartes. L'inertie acquise en une vie de bonne scolarité s'est soudainement vidée contre un mur, un pauvre vieux mur en pisé. Les fariboles qui me tenaient en haleine furent balayées ; il restera les faridondaines, bien sûr, puisque les oublier est impossible. Le vent de la vengeance est irrésistible, insensible aux objurgations de la morale. L'heure des grandes décisions était arrivée. Nous devrions toujours nous tenir prêts à discerner l'essentiel de l'accessoire. Et aussi nous résoudre à affronter au pied levé nos ennemis, les imbéciles et Satan en personne s'il n'y a pas d'issue. Il y a un temps pour croire et un autre pour ouvrir les yeux. Chercher n'est pas subir, connaître la vérité n'est pas savoir le fait caché. Il y a eu crime ! Des vies ont été détruites, d'autres gâchées et le mal n'a pas cessé d'étendre son empire. En l'occurrence, la vengeance n'est pas une réaction animale, rendre coup pour coup et s'en lécher les doigts, elle est un verdict supérieur. Et la sentence doit être appliquée avec l'idée que la vie doit toujours triompher.

Il y a en chacun un feu secret. Il attend de nous voir respirer à pleins poumons pour s'embraser et bondir à la gueule du premier menteur venu.

C'est quand la détermination est grande qu'on découvre ses moyens limités. J'étais moins qu'un Algérien parmi des millions d'autres, démunis, désarmés pour la plupart, tous déboussolés de ne plus voir de limites. J'étais un Français, un Gaouri, un clandestin, un sans-papiers, un SDF, exclu, méprisé, menacé, recherché par toutes les polices. Les journaux parlent de moi comme d'un mystère ambulant. À Paris, on me comptabilise parmi les problèmes bilatéraux en suspens, entre biens vacants et remboursement de la dette. À Alger, les Services se battent à la grenade pour décider lequel sera derrière mon affaire. Mes troupes ont un côté don Quichotte face aux Maures qui m'aurait fait mourir de rire en d'autres circonstances. Salim est un cadeau du ciel, ardent, efficace, naturellement porté sur la vengeance totale ; il n'avait pas volé son sobriquet « 22 Long Rifle ». Mais la ruse du renard qui l'anime le porte plus vite sur les filles ayant perdu leurs ailes que sur le gros gibier. Et que sont nos bases de repli à Tissemsilt sinon des pièges attendant notre retour ?

Nous tînmes conseil dans un boui-boui des plus obscurs. Ou il n'avait jamais vu d'êtres vivants ou il abritait une organisation secrète. Son brouillard avait la force de cacher une montagne de micmacs. Il avait l'air de s'y connaître à fond dans les fièvres tropicales et les morts bizarroïdes. Il y régnait une torpeur d'enfer. Ce n'est pas là qu'on viendra nous enquiquiner.

— Salim, tu as pris des risques pour moi, je ne t'en serai jamais assez reconnaissant. Avoir le même frère, Messaoud le Gitan, et avoir avalé ensemble de la poussière depuis El Aurassi, qui est un bon palace après tout, ne justifie pas que tu te mettes à dos une ville en ruine et l'un des maîtres du Symbole. Souviens-toi aussi, ton pays est en guerre ouverte contre le monde entier et la mafia a les yeux partout. Réfléchis avant de t'entêter. Poursuivre est excitant, c'est vrai, ce n'est pas tous les jours qu'on a la chance d'engager le fer avec l'armée des ténèbres, mais cette voie mène à la défaite et à la mort.

— Pierre, mon ami Pierre, si tu ne meurs pas dans ce pays, tu ne mourras jamais. Je crois que ça vaut le coup de le vérifier. Nous aurons peut-être la vie éternelle. L'aventure est notre seule issue.

— Dis-moi, tu connais bien les dictatures obscures, comment pourrait-on baiser cet enculé de Moktar et ce vermisseau de Gourari ? Je te parlerais de la tyrannie du maire d'Avallon, mais ça nous avancerait à quoi.

— Je connais la recette, c'est le plat quotidien par ici.

Ils se tiennent par la barbichette, donc ils se détestent. On va les dresser l'un contre l'autre et attiser le feu. Ce sont des chiens, on ne comptera pas cent qu'ils s'arracheront la gueule.

— Et comment, bel ami ? Chez nous, on cherche la femme, le contrat de complaisance ou les vacances de madame aux Seychelles. Au pire, on pioche dans les archives pour exhumer de vieux papiers. Et par ici, sous le règne du kalachnikov, qu'est-ce qui vous intrigue ?

— Pas la femme, on s'en fout, le fric ça va ça vient, et les Seychelles qui étaient nos amis regrettent de nous avoir fréquentés. Le grand sujet par ici est « qui tue qui » ; autrement dit, pour qui travaillent les terroristes et, à part les femmes et les enfants, qui gêne tant ces gens ?

— Et alors ?

— Mokhtar et les autres grands Maîtres sentent l'empire s'effondrer sous leur poids. Le président qu'ils se sont donné est une mauviette et son homme de main un trafiquant de pacotille, tu voles pas loin avec ça. Les aspirants à la maîtrise veulent du vrai, un dictateur formé à la dure, pour tenir la barre sans rompre avec le Symbole et ses raisons. Ils pensent faire mieux, ayant une appréciation plus forte de ce que devrait être le Symbole.

— En clair…

— Gourari est un second couteau. À quoi rêve la petite racaille sinon à tenir le couteau par le manche ? Devenir maître à son tour, quoi. Mokhtar vieillit trop lentement à son goût et il a des chiens partout pour relayer fidèlement sa mauvaise humeur. Quand le temps ne t'obéit pas, tu deviens fou si tu ne sais pas attendre. On va se mettre du côté de Gourari, il a sûrement un émir ou deux sous la main, ils nous seront utiles le moment venu. On se rapproche de lui et on lui annonce notre décision de balancer Mokhtar pour ce qu'il est un ripoux de la révolution, un assassin, un usurpateur, un symbole manipulé de l'étranger. Une fois démasqué, il donnera ses complices et tout rentrera dans l'ordre. Normalement, il tombe dans le piège, il fera le vide autour de lui dans un rayon de cent kilomètres.

— Puisque c'est dit, nous le ferons. Mais est-il possible de réaliser des choses aussi compliquées ?

— On a l'habitude. C'est le pain quotidien de la police. T'inquiète pas, je suis un agitateur-né, j'en ai enfoncé plus d'un... mais il faut réfléchir à fond, les détails, c'est important.

Cette fois, nous étions partis en guerre. Advienne que pourra. Pour l'immédiat, nous avions à retrouver le chemin de la veuve du coiffeur. Tourmentés que nous étions, nous ne savions plus si son bordel se nichait à l'est ou se cachait à l'ouest. Je priais Dieu que Salim gardât toujours intact l'instinct de la femelle.

La pièce était vaste pour accueillir des convives en tribus. Il fut un temps où la meïda du Cadi rassemblait le beau linge du Sersou. Ce n'était que burnous chatoyants, soutaches dorées, gandouras immaculées, chèches à petits pois, babouches relevées, fusils finement ciselés. Et à l'étable, des pur-sang à vous faire regretter d'être un homme. Ces messieurs de la coloniale y passaient, vêtus de leurs habits du dimanche, pour taquiner le méchoui et admirer la bravoure des cavaliers. Si les jours étaient chauds, les nuits étaient longues, le pipeau et les youyous les prolongeaient indéfiniment. C'était une époque d'avant les croisades, elle avait des couleurs à n'en plus pouvoir et une douceur de vie empruntée aux *Mille et Une Nuits*. Le Cadi nous en bassina avec d'interminables sanglots dans la voix. Nous étions sous le charme. Le monde se limitait à nos contes. Nous n'osions rien : entrebâiller d'autres portes nous faisait peur, l'ailleurs nous donnait le vertige, le différent nous faisait dégobiller. Nous étions victimes de ses regrets. Nous allions une fois de plus mourir d'inanition. Se secouer dans la mélasse réclame un effort surhumain. La mesure était forte, nous n'en demandions pas tant. *Les Mille et Une Nuits* se sont achevées et d'innombrables catastrophes ont suivi. L'histoire n'est pas un refuge pour nostalgiques mais un tremplin pour les audacieux, nom d'une marmite ! À écouter ce pays insupportable, le reste de l'humanité n'a rien de mieux à fiche que pleurer son âge d'or et financer son retour. Tiens, fume ! Nous étions pressés, nous avions des morts à venger, des crapules à tuer, et d'honnêtes gens à alerter avant qu'il ne soit trop tard.

La vue de la femme de peine qui nous ouvrit nous glaça le sang. Horreur et putréfaction ! Je me suis instinctivement signé, Salim murmura l'équivalent berbère de : Vade retro, Satana ! L'irréparable était fait et nous venions nous y jeter. C'était une créature digne d'un film d'épouvante de la meilleure eau. Ce n'était que mauvaise humeur de sa part, perfidie, difformité, odeur de choses cachées, tatouages de sectes violentes. Le chat qui la suivait comme un prince noir traînait dans son sillage une impression de calamité imparable. Plus tard, alors que le Cadi nous vantait les qualités de sa gouvernante, Salim me chuchota un cri d'alarme : « Pas touche aux mets effleurés par ses doigts, ils ne sont pas crochus pour rien ! » Nul doute, elle était de ces créatures troublantes qui, la nuit venue, vont au cimetière déterrer les morts du jour et user de leurs mains pour rouler le couscous de la fatalité. Il aurait le goût du paradis perdu pour le pèlerin volage et l'effet de précipiter la voleuse dans d'infinies souffrances. Les femmes le recherchent avec passion. Il m'en parla longuement, un jour de confidence. Nous étions sous l'influence de quelque drogue, avachis sous une treille dépouillée, une grappe de bouchons entre les pattes. Sur un cageot retourné, on avait posé Dieu sait quoi… peut-être un tire-bouchon et un bocal d'olives. Il avait une histoire amoureuse déchiquetée, acrobatique ; il quittait un lit pour y revenir pieds et poings liés et s'en évader à quatre pattes. On peut détester le couscous et ne jamais pouvoir s'en passer. Délasser, dessaler... euh... dessaouler fut un long calvaire entrecoupé de soubresauts et de vomissements.

N'étant pas plus coureur que d'autres, j'ai mangé et roté au rythme du Cadi puis, comme je le vis faire avec beaucoup de lourdeur gracieuse, j'ai allongé les jambes pour m'aérer le cerveau et péter à l'aise. Se vautrer à l'arabe est un exercice à saisir au vol.

Il était temps de parler. Et de dire la vérité.

...

— Les nouvelles qui nous parvenaient de la révolution étaient un enchantement pour nos esprits tombés dans la clandestinité, mais ici, dans le Sersou, ce n'était que rapine et brutalité de la part de ses hommes. Nous avions la tête pleine de héros et de martyrs, sous nos yeux s'agitaient sangsues et scorpions. Ils nous reprochaient d'avoir tardivement rejoint le djihad et de rester à la France de cœur fidèles. Non la vérité est ailleurs. La région était riche, ils la pressuraient sans relâche, ils œuvraient à nous en faire déguerpir. Le commissaire politique se comportait en tyran, ses hommes en brigands. Non contents de nous dépouiller, ils attentaient à notre honneur. Beaucoup de nos filles ont été enlevées pour la nuit et renvoyées au matin. Zouadj el moutâa, mariage temporaire, dit-on aujourd'hui dans certains cercles. Nous étions entre deux feux, les Français nous offraient leur protection contre un pas de plus, au-dessus de nos forces, et les frères montaient les enchères en serrant l'étau d'un tour. Le Sersou était sous le coup d'une malédiction, nous étouffions de honte. Ton père Omar, mon cousin par l'oncle de la troisième épouse de mon père, je te l'apprends, refusait de voir les choses ainsi. Il disait ce que tout musulman aime à réciter et à entendre : la patience vient à bout de l'impatience, Allah est le plus grand. La révolution n'était pas ces hommes, viendra le jour où elle les ensevelira et fera de leur nom une tare pour leurs enfants. Ne reste dans l'oued que ses galets, dit le dicton. Quand il fut désigné par le chef de la wilaya, un héros de la première heure, pour collecter l'impôt du djihad, il vit ce qu'il en résulterait : son honneur serait sali, on verrait en lui le complice de Derradji. Pour nobles qu'elles soient dans leurs objectifs, les missions empruntent volontiers les chemins de l'infamie. J'ai souvent pensé cela en écoutant mes clients en appeler à ma science du droit... (long silence ayant brutalement réveillé le chat). Entre l'honneur et le déshonneur, il n'y a pas de milieu. Il a été tué par une nuit sans lune et nos cœurs se sont éteints. Nous avions trop manqué de courage pour en trouver devant nous. Une fois de plus, nous étions pris au dépourvu. Le bandit nous narguait de plus belle. Qui peut le moins, finit par ne rien faire. Les sages du douar ont envoyé un émissaire auprès du chef de zone... l'émissaire ne revint jamais, et la situation empira.

— Nous savons cela, cher et noble Cadi. Tout au long du chemin, nous avons vu grandir notre connaissance de ce mal. Tu en parles avec du recul mais, ce nous semble, il n'a jamais cessé de progresser. Au moment où nous évoquons les erreurs passées, il a probablement tout submergé, hormis quelques phares dans le désert, destinés sans doute aux chameaux égarés. Je suis heureux et flatté que nous soyons quelque part parents, et triste de ce que le hasard nous a seulement laissé le malheur pour nous réunir. Hélas, le mektoub ne me connaît pas, je dois me contenter pour avancer de ce foutu hasard qui règle la vie des Infidèles. Que t'a dit mon père, Jean, lorsqu'il est passé te voir au lendemain de cette nuit tragique ? Pourquoi ai-je le sentiment que de nouveaux drames vont se dérouler sous nos yeux ? À peine avons-nous interrogé Tissemsilt que nous étions menacés de mort. À peine sommes-nous à Tiaret que l'on sent comme de la sorcellerie autour de nous ; mais peut-être cela vient-il du chat.

Le Cadi resta pensif. Il égrenait son chapelet comme on égrène le souvenir de grandes calamités. Sa sorcière trottinait quelque part dans les méandres de la grande maison, cependant son ombre était sur nous. Je sentais ses oreilles suspendues à nos lèvres, ses yeux fichés dans les nôtres, son esprit fouiller les profondeurs de nos âmes, ses mains voleter drôlement au-dessus de nos têtes. La transe nous guettait. De fait, son greffier ronronnait à nos pieds, la queue dressée, et ses moustaches semblaient bien capter de lointaines pensées.

— Oui, ton père est venu me voir. Je le connaissais. Nous nous rencontrions dans les assemblées de notables organisées par les Autorités dans le but de les mobiliser dans l'éducation du peuple. Pour éteindre la rébellion, éradiquons l'ignorance ! On venait de le découvrir à Alger. La révolution ne les avait pas attendus. Nous nous comprenions, nous partagions les soucis de nos clients et le même regard sur la vie. On aimait à se dire de belles choses. La liberté est un grand rêve. L'arracher n'est rien, savoir la cultiver dans l'humilité est le problème. Nous ne doutions pas qu'une vie entière ne suffirait pas à nous en faire connaître le secret. On en parlait. C'était notre façon de nous moquer, avec de la hauteur, de ce que peut-être nous ne comprenions pas. La pauvreté est un grand mystère et l'inquiétude le propre de l'honnête homme. La révolution s'était donné trop d'ambitions au regard de ses moyens. Il ne pouvait en sortir que de mauvaises surprises. Nous les avons vécues les unes après les autres, je ne sais pas si les suivantes nous trouveront vivants. Vois-tu comme entre deux embardées elle court sans savoir où elle va et combien devant elle foisonnent les obstacles les plus inattendus ? On se demande si le ridicule de ses chefs ajoute ou retranche au spectacle. Ton père était un brave homme… l'on disait aussi beaucoup de bien de son épouse. Oui, il vint me voir. Je venais d'apprendre la mort de Omar, je pleurais sur lui, je tremblais pour sa femme, je priais pour le sabi. Je m'apprêtais à me rendre à Vialar. Allah est grand et les méchants infiniment petits. Il m'a rapporté les volontés de Aïcha. Normalement, l'enfant de parents musulmans doit être recueilli par des musulmans pour le garder en la foi d'Allah. Étant proche parent de ton père, il me revenait de te recueillir. J'avais les moyens de t'éduquer convenablement, le Très-Haut m'ayant gratifié de quelques bontés. Il n'eut pas à me convaincre, on ne va pas contre le cœur d'une mère, et tes parents, à ce que je savais d'eux, étaient meilleurs que beaucoup, musulmans par le simple hasard de la naissance. Ils étaient de bons chrétiens et cette voie mène aussi à Allah. Je suis venu te voir, t'embrasser et de donner ma bénédiction. Tu étais heureux, tu resplendissais de santé dans ton berceau tout neuf, et Mme Chaumet n'était plus cette femme toujours vaguement préoccupée mais la plus décidée des mères. Tu n'avais aucun ennemi à cet âge, elle montrait cependant assez de crocs et de griffes pour décourager une armée de loups. Dans mes registres, devant Dieu et les hommes, j'ai déclaré le pauvre sabi décédé de mort naturelle. Je manquais à mon devoir de cadi... il exige droiture et fidélité en toute circonstance... j'en suis encore étourdi... Dieu est témoin, j'ai agi selon le bien.

— Que t'a-t-il demandé ?

— Cela même. Nous avions à construire le secret dans lequel tu serais à l'abri. Aussi longtemps que ta mère Aïcha le voudrait, nul ne devait se douter du pacte passé entre nous pour protéger ta nouvelle vie. Tu n'imagines pas comme les Arabes savent tout, ils sont ainsi, leurs antennes sensibles au plus petit frémissement, leurs oreilles plus avides de méchants ragots que d'heureuses nouvelles. De leur sourire, n'attends rien, c'est préférable. Ils souffrent le martyre si parmi eux un frère gagne un sou ou une once de bonheur. Ils crieraient à l'hérésie, réveilleraient toutes les ruches du monde, frapperaient à toutes les portes. Nous devons à leur infatigable flair opposer un mur sans faille et ne jamais fermer l'œil, autrement ce que tu conçois dans le secret du sommeil sera pour tous la première nouvelle du matin. Et ne t'avise pas de paraître trop innocent, ils ne tarderaient pas à te prêter tous les morts du cimetière. Là où ils regardent, il y a aussitôt un homme crucifié, une femme perdue, un enfant bouleversé, et autour d'eux, une foule criarde prenant à témoin Allah et ses prophètes.

Je tergiversais depuis trop longtemps. La question, mille fois retournée dans ma tête depuis le décès de maman, je n'osais la poser. On ne s'inquiète pas pour sa mère sans penser au pire. Déjà à Avallon, lorsque maman avait une petite voix au téléphone, j'envisageais en un cri tout ce que la vie sait faire de malheurs. C'est bête comme nous laissons l'inquiétude nous porter aux extrêmes. Mais là, trente-sept années étaient passées sur un monde de silence trouble et à la guerre a succédé une autre guerre. Qu'est-il advenu de ma mère ?

...

— Nous sommes aussitôt revenus sur Vialar, Jean et moi. En route, nous craignions d'apprendre à notre arrivée quelque nouveau drame : les tueurs s'en étaient pris à Aïcha, à Mme Chaumet, au bébé, ils ont tué les gens du douar, brûlé les champs, emporté le bétail, saccagé les maisons, éteint le soleil. Nous délirions à fond, un peu pour voir jusqu'où va l'exagération, un peu pour nous exhorter à revenir à la raison. Taraudé par nos pronostics, ton père poussait sa voiture comme un fou. Nous y étions enfin. Vialar semblait trop calme dans son linceul de poussière. Mauvais signe. Nous entrâmes sans ralentir. Quel soulagement ! Nous avons trouvé Mme Chaumet tout à son bébé, heureuse comme aucune maman ne saurait jamais l'être. Je les ai laissés reprendre souffle, se tranquilliser et décider de l'avenir. Je n'étais pas au bout de mes peines. Je suis arrivé au douar au moment où on enterrait ton père. Les hommes avaient la tête trop basse pour y voir seulement la douleur d'avoir perdu un frère. Ils ployaient sous la honte... le nom du meurtrier passait d'une oreille à l'autre. Au milieu d'eux, j'ai senti un regard nous sonder depuis la colline et soupeser notre virilité. Et ce regard était celui de Derradji. Je compris à mon tour combien nous étions lamentables. On nous avait enlevé jusqu'au privilège de mourir pour notre honneur. Ta pauvre mère avait sombré dans la démence. Ce fut soudain. Un mari égorgé, son enfant pris dans une autre vie, des tueurs rôdant sur les chemins, une nuit d'épouvante, la fin de tout. Quand tout arrive en bloc, que reste-t-il pour se rasséréner et raffermir sa foi en Dieu ? La nuit tombée, elle trompa la surveillance des femmes et se perdit à travers champs. Nous la cherchâmes partout. Les bergers nous disaient l'avoir aperçue ici, là, plus loin, plus haut, plus bas, pleurant, riant, faisant le geste de cajoler un bébé que sa folie seule voyait. On l'a vue sous un arbre ou contre un mur dénuder le sein et chanter une berceuse, prenant sans doute la concupiscence des gens pour de la tendresse. Son lait se répandait sur ses habits. Avec dans les yeux la brillance du dévouement fatal, elle murmurait : « La voracité du sabi me tuera. » Puis subitement, son rire de douleur folle les saisissait par le cou. Ces petites gens, tu ne les connais pas, ils ont la moquerie facile mais le courage ne les visite pas souvent. Ils lui jetaient des pierres en maudissant le Chitane et probablement ils se précipitaient chez eux battre leurs femmes pour retrouver leurs esprits. Le pire, ce sont les enfants ; leur cruauté ne connaît pas de repos ; ils ne peuvent croiser un malheureux sans aussitôt le prendre en chasse. Nous étions las de battre la campagne. Les Chaumet ne comprenaient pas notre attitude. Nous nous refusions en effet de signaler la disparition aux gendarmes. Comment leur expliquer les lois abracadabrantes avec lesquelles se gouvernent les Arabes ? En dehors de la complicité, ils connaissent seulement la soumission et la révolte aveugles, passant de l'une à l'autre lorsqu'on s'y attend le moins. Frères en religion, cousins par le sang, voisins dans la promiscuité, mais ennemis dans l'âme, ainsi sommes-nous. Nous avons sollicité l'accord de Derradji et appelé à son bon cœur. Il nous a ri au nez. Oui, allez à la police, ça la fera courir à travers les pièges que mes hommes vont dresser sur sa route. Mais si ça tourne mal, vous me trouverez devant vous.

— Est-il possible que les gens soient aussi... aussi peu hardis ?

— Ce sont de pauvres gens. Le courage est la plus grande des richesses et le plus difficile des savoirs. Il n'est pas donné à tout le monde. Comme beaucoup, j'ai cru que l'indépendance remettrait tout à l'endroit. Les années balaient bien des croyances. As-tu vu un homme debout depuis que tu cours après la vérité ? Non, tu n'en rencontreras pas, sauf si tu fais du mensonge un compagnon de route. Derradji a pris le pouvoir dans le Sersou et, à cette heure, il règne encore sans voir que nous existons.

— Les recherches n'ont rien donné ?

— Rien. Allah avait choisi une autre voie. Je suis resté à Vialar jusqu'au quarantième jour du décès de Omar puis je suis rentré à Tiaret. Un jour, six mois plus tard, j'ai été réveillé de ma sieste par un grand tapage. Je suis sorti y mettre bon ordre. Une meute d'enfants encerclait une proie et s'apprêtait à la mettre à mort. Un ivrogne, ai-je pensé. Ces enfants perdus ont été dressés à les harceler jusqu'à les précipiter dans quelque trou. Voir ces malheureux se tordre le cou est une joie pour eux. Les mères les poussent au jeu pour décourager les maris de leurs vices. Devant l'homme de loi que je suis, ils se sont dispersés. Sous mes yeux, recroquevillée, échevelée, sale, tenant dans ses bras une poupée de chiffons, une femme. Elle répétait d'une petite voix haletante : Je dois aller à la gare, je dois aller à la gare... puis, à l'oreille de sa marionnette : Le train nous amènera chez papa. Je lui ai dit : Créature, la gare est là, cent mètres plus bas, je t'y accompagne. Elle n'entendait pas ou alors c'est d'une autre gare d'une autre ville qu'elle parlait. J'en ai encore le cœur déchiré. Je l'ai relevée et, pris d'une profonde pitié, je l'ai emmenée à la maison. Ma gouvernante s'en est occupée. Débarrassée de ses oripeaux et de ses souillures, frêle et apeurée, je l'ai reconnue. C'était Aïcha ! Le destin est hors de notre compréhension, ses surprises sont innombrables. J'ai tout tenté pour lui faire recouvrer la raison. J'ai vu les médecins, appelé les mages réputés et fait réciter le Coran par les meilleurs talibans. Quand on a erré dans la folie et la misère comme elle, il ne vous reste plus de souvenirs par où on peut vous atteindre.

— Mère avait noté sur un papier : la gare et l'usine à gaz, suivis de points d'interrogation.. Cela signifierait quoi, ô clairvoyant Cadi ?

— Je ne sais pas... je crois me rappeler... oui, je me souviens, ton père Omar y a travaillé dans son jeune âge, durant la Seconde Guerre mondiale. Il était sous l'uniforme. Oui, c'est ça, il a été posté dans un premier temps à l'usine à glace puis à la gare pour surveiller les enlèvements de blé par l'armée. C'était la guerre, tout était sous son contrôle. De quelle usine à gaz parles-tu ? Point il n'y en a à Tiaret.

— Il s'agit d'une confusion, sûrement, Mère a toujours été un peu tête en l'air. Aïcha a mal prononcé et Mère aura mal compris. Poursuis, noble Cadi.

— Je ne me le pardonnerai jamais. J'en ai voulu à la gouvernante. Elle était pourtant aguerrie comme une armée, rien n'échappait à son regard, son intelligence pouvait fracasser un mur… je ne comprends pas. Un jour, profitant d'un courant d'air, Aïcha s'en est allée. Nous la cherchâmes encore, sans résultat. Il est étrange comme les fous ont la faculté de disparaître et de rester introuvables. Petit à petit, nous en sommes arrivés à penser qu'elle était morte quelque part dans le désert. Les années ont passé et l'indépendance est arrivée, ouvrant devant nos yeux éblouis une route pavée des meilleures intentions du monde. Déjà le paradis nous était familier. En masse, nous l'avons pris d'assaut. Quelle bousculade ! Dans notre dos, les diables poussaient le feu sous les marmites en prévision de notre retour dans la confusion…

…

— Où en étais-je ? ah oui ! c'était en soixante-dix… ah quelle époque ! Une nouvelle étape se préparait. La ville, d'ordinaire avachie dans son train-train, s'était soudainement mise à bruire de toutes ses ailes. Il y avait de l'électricité dans l'air. On se demandait pourquoi nous étions ainsi : on exultait, on braillait, on paradait ; d'autres geignaient, rasaient les murs, haussaient les épaules ou disparaissaient pour ne plus reparaître. On se demandait si l'été était revenu ou si l'hiver l'avait remplacé. Les Autorités couraient entre four et moulin, badigeonnant les trottoirs, tirant des kilomètres de banderoles en travers des rues, habillant les arbres de fanions multicolores, placardant le portrait du président partout où le regard se pose. De son côté, la police cueillait les marginaux, les prostituées, les mendiants, les chiens errants, les parasites, et jusqu'aux lettrés qui vivotaient chichement à la lueur des bougies. La nouvelle nous parvint d'un coup, mettant fin à nos embarras. Le Raïs visitait Tiaret, accompagné de son bras droit, le responsable de l'appareil du Parti, natif de Tiaret ! Il se murmurait qu'un torchon brûlait entre eux. Pour le premier, la révolution agraire était la meilleure des croisades, pour le second la pire des folies. Ils avaient choisi le Sersou pour voir de quel côté pencherait le glaive. Le Chitane ne pouvait rester indifférent, il tenait là un coup formidable. Les troupes folkloriques s'en sont donné à cœur joie. Le long des rues, écoliers et chômeurs ont fêté le Raïs comme Dieu le Père. Discrédité devant les siens, le bras droit s'exila au Maroc où il mourut dans l'oubli. Ça me revient, Kaïd était son nom. Aïcha fut prise dans la rafle. Le Raïs parti, et Tiaret retournée à la poussière, je fus convoqué à la direction de la santé pour m'entendre dire que Aïcha était à l'asile des fous. Quelle merveilleuse nouvelle ! Je devais y passer séance tenante signer des papiers et pourvoir aux commodités réglementaires : matelas, couvertures, vaisselle et médicaments. J'avais fait tatouer mon nom et mon adresse sur son bras, j'étais payé de mon initiative. À plusieurs reprises, elle s'était perdue et lorsque nous la retrouvions, elle ne portait plus le collier passé autour de son cou avec un message destiné aux âmes charitables… je les croyais légion en terre d'Islam. J'ai vainement bataillé pour la sortir de ce trou. Quand l'État prend quelqu'un, il ne le rend plus. Elle y est encore. Chaque vendredi, après la prière, ma gouvernante et moi-même lui rendons visite. Pour elle, nous sommes des ombres… quelquefois elle semble heureuse de nous sentir autour d'elle. Voilà, mes enfants, c'est cela que la vie nous a offert.

Et il se tut. Il s'en était trop dit d'une traite. Après une vie de retenue, s'épancher est douloureux. Il vieillissait à pas de loup à l'ombre de sa sorcière. Elle lui faisait les jours légers, les nuits sans bruit, le thé euphorisant, le couscous plus doux que l'or des pharaons. Si, de temps à autre, il se retirait dans le silence pour remuer le passé, ce n'est pas parce que la gloire y a quelques beaux vestiges mais pour ce que l'épouvante s'est emparée du présent et que la vie est encerclée de salopards. Quant à l'avenir, comment le regarder sans suffoquer ou tomber apostat ? Bah, on mourra bien assez tôt pour ne pas tout voir. Il n'est pas bon de vieillir dans un pays où l'on vivote sur le regret d'être né. Comme par magie, la maison s'était replongée dans un vieux silence d'avant la fracture. Sinon à quelle autre torpeur penserait-on pour une demeure de cet âge ?

— Noble et affectueux Cadi, parle-moi encore. Mon cœur est vide de trente-sept années de l'amour de mes parents, de l'histoire de mon douar, de la folie des hommes qui ont gouverné ce royaume fantastique où les ombres sont réelles et les proies des traces sur le sable. Avallon et mes parents adoptifs m'ont donné la lumière, il me faut aussi connaître l'obscurité.

— Chercher la vérité n'est pas courir après la souffrance. Dieu décide pour nous et cela est bon. J'ai connu une autre tristesse. Ton père, Jean, trop heureux de ta présence dans son foyer, se dépensait sans compter. Il courait de mechta en douar soigner les pauvres, apaiser leurs craintes, noter leurs doléances pour les rapporter aux Autorités. Il en revenait plein d'émotion et de détermination. Les bureaux l'écoutaient à tour de rôle en se tenant le flanc. S'il se décourageait, c'était pour mieux rebondir. Sur le retour d'une visite dans un hameau isolé, sa voiture sauta sur une mine. Je revins à Vialar une nouvelle fois assister à la mise en terre d'un être cher. Je convainquis Mme Chaumet de retourner en France. Ton avenir fut mon meilleur argument. Je l'ai vue partir avec la certitude de la revoir un jour, d'une manière ou une autre. Elle a tenu à ce que Jean soit enterré à Vialar car, disait-elle, il est bon de reposer là où s'arrête sa vie. En vérité, elle se voulait en règle avec la nature. Elle arrachait une vie à cette terre, toi mon fils, elle compensait en lui laissant l'âme de son cher mari. Oui, devant Dieu, cela est juste. Chaque année, le 10 août, je me rends sur sa tombe et celle de Omar. C'est un 10 août que ton père fut assassiné, que tu fus porté chez les Chaumet, et que me parvint la nouvelle de la calamité. Et depuis, chaque année, à cette période, je recevais une lettre d'Avallon datée du 10 août. J'en ai trente-sept... hélas je ne recevrai pas la trente-huitième, ni les suivantes. Maintenant que nous nous sommes retrouvés, tu en hériteras à ma mort. Tu sauras ce que ta mère a connu de bonheur et enduré de souffrances depuis cette nuit tragique et avec quelle compassion elle suivait nos péripéties et notre descente aux enfers. Elle le dit avec des accents incomparables et une immense gratitude pour ce pays où pourtant le mal a si bien pris racine. Ne te désole pas, mon fils, tu es le trait d'union entre deux familles, deux peuples et j'espère bientôt deux religions. Tu es d'une certaine manière l'avenir de ce pays. Penses-y.

...

— Salim, plus que jamais, nous devons agir. Nous avions à exciter les chiens pour qu'ils s'arrachent la gueule. Je suis confiant, ils sont trop méchants pour faire ami-ami. Oui, agissons dès à présent, semons plus de haine si nous voulons un jour récolter un peu d'amour.

Gourari doit abattre Moktar et Moktar doit écrabouiller Gourari.

— Reste à Tiaret chez le Cadi et occupe-toi de ta mère. Je fais un saut à Tissemsilt allumer le feu de l'enfer et revenir léger comme un oiseau. Crois-moi, tu le verras de cette distance. Je te l'ai dit, je suis un agitateur-né.

— Dis bien des choses à Zoulikha. Dis-lui cette nouvelle vérité qui me traverse l'esprit : quand on se prostitue à Tissemsilt, on peut aussi bien le faire à Tiaret. Il y fait aussi chaud et la poussière te pénètre par le trou du cul, mais avec l'aide de Dieu elle y sera plus tranquille. Mon cousin le Cadi a une grande maison, une sorcière qui roule le couscous de la fatalité comme pas une, un chat méphistophélique et bientôt une gentille folle avec un bébé invisible à l'œil nu. Elle y sera heureuse ou alors l'amour ne signifie rien. Dis-lui tout ça, et dis-lui surtout qu'elle se magne les fesses si elle veut rester vivante. Vois l'éleveur de chevaux, dis-lui que bientôt nous ferons appel à son amitié pour enterrer deux belles crapules et, si Dieu le permet, nous remonterons jusqu'à l'origine du mal. Dis-lui que son vieux cheval édenté est le plus bel alezan du monde. Si tu vas chez le gargotier qui nous a offert sous le manteau un camembert de Tizi Ouzou, dis-lui en l'embrassant sur le front : il n'y a pas meilleur vin que celui qui a déjoué les complots des empêcheurs de vivre et qu'à l'avenir je ne boirai que de ce vin. Oui, dis-leur tout ça et tout ce qui te passera par la tête, mon cher et courageux ami.

...

Et maintenant, il faut retrouver sa mère, lui rendre le sourire et lui offrir une éternité d'amour.

La surveillance autour de nous a repris. Des bruits courent à Lambèse. En traversant les murs, ils s'imprègnent d'échos surnaturels. La peur gagne… non, plutôt l'inquiétude et le désarroi unis dans une même et formidable hésitation. Le directeur est harcelé d'appels. Alger se rapproche de jour en jour. Il se dit qu'un général en cure aux Caïmans lui aurait téléphoné, ayant reçu des nouvelles désespérées de son douar et de son cheptel. C'est dire combien les temps sont durs. On aurait aperçu dans les environs du pénitencier des journalistes étrangers enquêter, prendre des photos, remuer la merde, promettre des visas, parler d'un Français que la France réclame, suivie en cela par les États Libres Unis, et l'ONU fortement émue à cette heure. Comment sont-ils arrivés là ? habillés en bergers ? en ninjas, en marchands de quatre saisons, en terroristes, en imams ? Qui a fourni les tenues et l'itinéraire ? Le déguisement est à la presse ce que la dissimulation est au pouvoir, c'est bien, mais tout de même, le danger est réel. D'où vient le vent ? Était-ce le rapport de la Commission ? les agissements du Trublion ? ou l'action clandestine de maître Laskri ? La presse indépendante a mobilisé les mouches du coche.

Elle tire à boulets rouges. Chaque édition que Dieu réussit à faire passer, les plumes rappellent qu'il y a eu trop d'étrangers tués par les fous pour accepter d'en voir un autre agrafé sous de faux prétextes, jugé par des malades et mis au poteau. L'État était acculé, ferré jusqu'à l'estomac, comment réagira-t-il ? El Moudjahid se ronge les ongles. Son slogan « La Révolution par le Peuple et pour le Peuple » le met en mauvaise posture. Va-t-il cracher dans la soupe et rejoindre la rébellion ou crier encore au complot impérialiste ?

Il y avait comme de la fébrilité dans tout ça dont on attendait des conséquences fortes. Lambèse était dans ses mauvais jours.

...

— Farid, tenons-nous prêts à toute heure du jour et de la nuit. Ils sont devant un choix qui les rend nerveux : nous libérer, nous faire évader ou nous exécuter. Ils calculent, ils supputent, ils cherchent comment faire du mal en donnant l'impression d'avoir opté pour le bien. Ils sont retors. Mais nous ne sommes pas démunis, le monde libre est avec nous, il gèle ses intentions d'investir, il leur prépare un coup dont ils ne sortiront pas vivants. Bref, il nous faut croire en quelque chose.

— C'est encore trop. Ils ont l'essentiel pour eux : le temps. Ils l'utilisent comme une arme. Quand le peuple s'agite, il favorise son agitation pour l'installer dans la routine. En se dépêchant dans les affaires courantes, on s'enlise dans la glu, tu as remarqué ? Et le peuple, croyant ainsi avancer vers une heureuse issue, s'abîme sans le savoir. S'il se tait, ils font silence autour de lui, ce qui lui sape le moral. As-tu remarqué aussi comme le silence consomme de temps ? Après quelques jours, tu te sens trop vieux pour seulement te réveiller. Endormir, c'est leur truc. Je ne sais comment ils font, il y a plus de bâillements dans leur tapage que dans leur silence. D'y penser, j'ai sommeil.

— Tu es jeune, arabe et en cela porté sur le pessimisme et la fainéantise. Et bien entendu, tu n'admets pas l'optimisme chez les autres. Sur un champ de bataille, ça s'appelle le défaitisme, ça se guérit au peloton d'exécution. Beaucoup d'armées ont été brisées parce que dans leurs rangs il y avait un petit zigoto comme toi qui voyait la fin du monde dans sa petite gamelle du soir. Je ne tolère pas que dans ma troupe règne la démission. Réveille-toi ! Pense à ce que serait la vie si nous avions la liberté, pense à tes amis s'ils avaient du boulot, au sourire de ta brunette si tu avais eu à temps une Turbo et une plume à ta chéchia, à El-Harrach s'il coulait pour le plaisir. Pense au fric que raflerait Vegas si tu avais un visa, au bonheur de Gaston si tu pouvais le balader dans un égout new-yorkais. Pense à tout, mais pense bien, pense loin, pense à Dieu, pense à ta mère, pense à la colline oubliée.

— Ah ! oui j'aimerais être à Vegas, avec ma mère et mes sœurs, avec mes amis et avec Dieu qui n'a rien à faire ici. J'aimerais que l'oued y coule dans le luxe pour le plaisir de ses enfants pouilleux et de ses vieilles bouffies par les lamentations. C'est triste de les voir chercher le long des berges mortes des fils disparus et de rentrer à la maison cuisiner pour des absents. Oui, j'aimerais qu'après notre départ les tombes de ce foutu pays portent non pas le nom des défunts mais celui de leurs bourreaux.

— Bon, n'exagérons pas, Vegas n'est pas tout. J'y suis allé à l'époque où la mode y regardait de près, avant de nous envoyer paître au Kilimandjaro, à Maputo ou dans les îles de la Tortue. C'est factice d'un bout à l'autre. Si tu éteins les lampions, tu te retrouves dans le désert encerclé de coyotes. Ah, ça, Avallon avec ses airs, ça vaut le détour ! Son gris n'est pas là pour t'emmerder mais pour te faire rêver de soleil en plein jour. Je te le dis de toi à moi, ce soleil, tu ne le verras nulle part. Et à Bourbaki, hein, qui n'aimerait pas s'y voir mourir de son vivant ? T'as le cul qui fume avant de poser pied à terre. Mais aujourd'hui que je suis un autre homme, deux en un, mon boulet à moi, c'est Vialar envers et contre tout.

— Avec toi, on ne peut ni rêver ni ne pas rêver.

— Bon, remettons-nous à l'écoute. Lambèse bruit comme une bombe qui a déjà explosé.

...

— Farid... sais-tu ce qui m'attriste ?

— Non.

— L'enfant semble indifférent à l'intensité du moment, et le vagabond est immobile depuis si longtemps que je le crois mort.

— Je me le disais... je ne comprenais pas pourquoi mon cœur s'était arrêté de battre.

...

— Farid, j'ai une autre tristesse au cœur. Il importe peu qu'on soit habillé de blanc ou de noir quand le soleil a disparu, mais noir sur noir est un excès qui te fait quand même plus de mal...

— C'est vrai.

— La tombe de mon père Omar est aujourd'hui un vague tumulus raviné et le marbre qui portait son nom s'est avéré un calcaire bien médiocre... il en reste quelques porosités et une odeur de vide impénétrable. Cette vérité, je n'étais pas prêt à l'affronter. Je voyais la mort installée dans la durée, avec l'apparat des choses éternelles, en tout cas habillée de nos meilleures illusions passées. Je sais, tu vas me dire : un cimetière ne peut pas être plus gai que le douar qui hébergeait ses occupants et tu n'aurais pas tort, mais je te répondrais, on ne vit pas que de bonnes raisons. Quant à mon père Jean, il est dans un enclos où règne un mal bouleversant lorsque tu viens de loin chercher tes racines. L'abandon est une faillite certainement plus grave que la destruction. Les oiseaux l'ont déserté, le vent n'y sème plus ses graines, les pillards n'y font plus d'incursions, les clodos le boudent, les promoteurs immobiliers aussi, les fous eux-mêmes ne viennent pas s'y réfugier, loin de la mosquée, de l'État et de leurs amis.

— Un pays qui méprise ses cimetières n'est pas un pays. Ma mère, une grande visiteuse de cimetières devant l'Éternel, nous le répétait tout le temps. C'était son truc quand les fêtes religieuses nous tombaient dessus pour nous rafraîchir la mémoire sur nos origines. À quoi veux-tu te raccrocher, je te demande ? Chez nous, chacun a une corde pour se pendre tout seul. Imagines-tu des morts en sursis se délaisser pour s'occuper des morts en terre ? Je te le dis : ne te fais pas d'illusion, le gouvernement ne traitera jamais vos morts comme il se doit. Pour lui, ils n'ont rien à foutre chez nous, ce sont des colons. Depuis le 1er novembre 1954, cette terre est sacrée… sauf pour l'agriculture.

…

— Ce n'est pas fini, buvons la lie et endormons-nous. J'ai fait sept fois le tour de la ville pour en être sûr, nous avons questionné ici et là, j'ai puisé dans mes souvenirs, j'ai triangulé des hypothèses, mais rien : la maison natale avait disparu, l'école où maman talochait les petits Vialarois, aussi. Personne ne se souvient des Chaumet. Un lavage de cerveau n'aurait pas fait mieux.

C'était une vieille bâtisse de plain-pied, au fond d'une cour de terre battue où quelques arbrisseaux esquintés racontent la triste histoire des petits esprits en mal de puissance. « Pourquoi nous avoir plantés pour nous laisser dépérir ? » ont-ils écrit sur une dernière feuille jetée à la mer. Quelle pénible lamentation ! Qui a fait ça, qu'on l'empote et qu'on l'oublie dans sa crasse ! Peut-être aussi l'indomptable nature préfère-t-elle se saborder. Se laisser abuser par de piteux fonctionnaires se targuant d'écologie et de penser à tout n'est pas digne d'un arbre. Bandes de cons, faites des conneries, c'est moins dangereux ! Oui sûrement, il y avait une grille dans ce qui avait l'apparence d'une ouverture faite au canon. Je crois l'avoir prise pour un tas de ferraille abandonnée entre deux fins de murs effondrés. On peut cependant entrer par n'importe quel point du périmètre et c'est cela que nous avons fait, entre une chèvre efflanquée et une poule édentée. C'est l'asile des fous, où devraient être enfermés les gens de la Santé avec une bonne muraille autour des épaules et un pal à rebrousse-poil pour la pause-café. Des malheureuses s'y morfondent à leur place. Pas enfermées, où iraient-elles ? Leur façon de s'absenter ne réside pas là. À les voir si tranquilles, si attachées à leurs bancs, si attentives à leurs silences soucieux, si mignonnes dans leur manière de rire des mouches, on comprend comment le mot asile a pu résister à des millénaires d'histoire. Il n'a pas été inventé par les fonctionnaires se succédant à eux-mêmes dans l'oubli mais par les fous, les braves fous, les misérables, les pourchassés, les poètes maudits, les Esmeralda lapidées, cohorte dont le nombre s'étend à l'infini, et par ici, d'Alger à Tamanrasset, de Gardimaou à la borne 237. L'asile est leur terre, leur refuge, leur île secrète.

Indéfinissables les pensionnaires, sans âge, sans rien qui soit un signe de commencement ou de fin. Oui, où iraient-elles ? Pourquoi s'éloigner de ce qui fait la douceur d'être fou dans un monde en dérive : un lit qui rouille en grinçant, une soupe de lentilles le midi, une purée de pois cassés au dîner, une orange quand le ciel est bleu à fendre cœur, des bancs brisés des membres mais praticables, de vagues chats traînant de fenêtres en épaules, d'un mur à une jambe, donner un peu de leur électricité, des chatons agités un moment et l'instant d'après morts de lassitude. Des bruits imprécis qui font le silence des murs lancinant. On se dit qu'on ne saurait le supporter une heure mais le pensant seulement on est happé par la léthargie des gens ignorants de leurs espoirs. Vrombissements d'insectes, bruits de casseroles, raclements de gros fumeurs fatigués de tirer au flanc, coups de bélier dans les conduites, couinements, crissements, froissements et autres ululements venant des profondeurs composent un hymne à la mort lente. Quand on a comme moi la tête pleine de fureurs et de plans vengeurs, le cœur gros de nostalgie et de funestes pressentiments, les pieds fatigués de l'errance et plein le dos de ce pays et de ses bandits, un climat pareil est un coup d'arrêt brutal.

Non vraiment, il faut être dingue pour vivre en dehors de l'asile.

Mais cela est une première impression. Elle est livresque, venant de lectures hâtives. Il convient de regarder la réalité avant tout.

La sorcière avançait en terrain connu. En quelques pas à ses côtés, j'ai vu ce que se tromper veut dire : c'était un gros cœur, un artichaut avec du poil autour, une langue pendue et tout ce qui fait une sorcière repentie. Elle marchait vite, elle marmonnait tant, slalomant d'une idée à l'autre, mais elle prenait le temps de houspiller les mendiants, l'idiot de la mairie et les imbéciles occupés à se pavaner dans l'indéfinissable, les vieux plantés au soleil, heureux de se dessécher inutilement, les enfants tout à leur commerce de mégots ou à quelque nouvelle machination, les traîne-savates déambulant entre deux parloirs, entre deux poteaux, entre deux murs, entre deux cafés où le temps a le goût des choses amères. On voyait comme le jour que c'était une opposante au régime des généraux et de leurs cousins, une juge sans pitié, une femme qui pourrait bien venger le peuple si Dieu lui prête vie et arme ses bras. Je l'aimais bien. T'ai-je dit qu'elle avait un nom ? Khalti Fatma, l'appelle le Cadi à tout bout de champ comme s'il se préparait à lui mourir de quelque embolie, mais appelle-la comme moi, la Sorcière, tu ne l'en aimeras que mieux.

Les folles l'accueillirent avec des yeux intraduisibles. Cependant leurs mains tendues, leurs jambes se dégourdissant d'un coup pour trottiner dans sa direction, les piaillements dits dans le désordre à travers une dentition en java, les chats dressant la queue, les surveillants poussant des ouf de soulagement, les arbrisseaux qui se sentaient venir l'eau à la bouche, l'air soudainement capiteux, tout cela voulait dire quelque chose. Khalti Fatma était une folle qui s'ignorait. Elle leur offrit à toutes des bonbons et aux plants une pleine casserole d'eau chacun. Ce n'était rien mais pour des parias, c'était une belle chanson.

Nous traversâmes le remue-ménage de la cour pour prendre un corridor pourfendant la bâtisse de part en part. Le silence y pesait comme une éternité passée dans l'abandon. Les portes latérales, d'un vert macabre, portaient en rouge des numéros à cinq chiffres. Ridicule et prétentieux ! On voudrait nous faire croire que dans ce pauvre couloir campagnard on exécuterait des gens depuis Mathusalem ? Le coin sentait la ménagerie en grève, rien de plus. N'empêche, en arrivant à la sortie on est comme délivré d'un poids. Au bout du rouleau, le panache est l'issue de secours. Le tunnel donne sur une courette intérieure en forme de cage. Le grillage a trois mètres de haut et des mailles millimétriques. À peine laissent-elles passer la poussière de l'air et des cris ne rattachant à rien de spécial sinon à la détresse de se sentir subitement pris au piège. C'est le quartier de sécurité. Khalti Fatma m'exhorta à me tenir sur mes gardes. Un œil arraché, une joue emportée, c'est vite arrivé. Non à vrai dire, les folles ne sont folles que pour nous. Elles ont une vie à elles, elles ont leur gentillesse, leurs moments de violence dont elles ne retirent rien, les pauvrettes, sinon quelque répit dans le fracas de leur tête. Elles sont seulement imprévisibles, comme le vent quand il est pris dans un dédale de couloirs et que la cheminée est bouchée.

Si près du but, je regardais le monde tel un enfant sur le point de naître. J'avais trente-sept ans, je n'avais jamais vu la lumière en cette terre, ni poussé mon premier cri. Ma vie passée est un au-delà. Maman, papa, Avallon et les Marie Ève qui lui font tant d'enfants dans le dos, sont pour moi l'Éden. Je l'ai connu, j'ai goûté à ses fruits et m'en voilà exclu pour une faute que je n'ai pas commise. Faute... oui... non... les mamans n'en commettent pas contre leurs enfants. Pas une faute, un crime ! perpétré par cet excrément de Satan, Derradji. Tout est parti de là et j'y revenais. Je n'avais pas seulement de la détermination dans les bagages, la rage me bouffait le cœur. Je tuerais ce chien et de son sang je ferais des signes de guerre sur mon visage. Il m'importe de mourir un jour en homme.

Je cherchais ma mère de tout mon être. L'appel du sang doit parler comme un coup de tonnerre ou alors Dieu n'existe pas. Et cela avant que l'abominable sorcière, la folle à lier, l'empoisonneuse de pauvres gens, ne le devance et que son doigt rabougri ne me prive de mon coup de foudre.

C'était elle ! Là ! face au grillage, regardant le ciel ou un monde plus loin. De vieux chiffons, de vieilles pantoufles, un air de grisaille, un voile de poussière habillaient la reine de ma vie. Peste et rage sur les gens de la Santé ! Il y a vraiment de la monnaie à rendre sur cette terre. Elle portait son bébé. Blotti dans l'absence, tu ne crains rien, ni le manque, ni les agressions, ni les barbarismes des aboyeurs de vérités. Sais-tu, il n'a pas pris une ride en trente-sept années de privation, ballotté par tous les temps, nourri seulement de mots, de sourires béats et de rires plus menaçants que cris de louve ? Khalti Fatma observait en sage-femme qui ne finit pas de s'étonner, comme un vieux pompier perturbé de voir le monde toujours entre deux feux, comme une sorcière fatiguée que son vieux chaudron inquiète encore.

Ah ! mon cher compagnon d'infortune, je suis allé vers elle comme si j'allais vers Dieu, comme Jésus s'est avancé vers la croix ou, si tu préfères, comme Mahomet s'est dirigé sur la montagne. Je tremblais, je bégayais. J'avais peur. Me reconnaîtrait-elle ?

Je me suis arrêté derrière elle. J'essayais de contrôler ma respiration, de réprimer l'impulsion qui m'agitait. J'étouffais de tant me contenir...

« Et alors, dis ! » Elle chantonnait en se balançant d'un pied sur l'autre... puis brusquement elle se retourna. Elle s'est avancée dans ma direction, tête penchée sur son bébé, nerveuse... je n'osais bouger... elle vint buter contre ma poitrine. J'ai senti mon cœur défaillir, les jambes m'abandonner. Elle leva les yeux, étonnée, et... mon Dieu, les choses se sont-elles passées ainsi ? Comment distinguer une image d'un cri ? Les yeux et le cœur voient-ils la même chose ? J'avais tant rêvé à cet instant, sur les routes abandonnées aux vents, à Tissemsilt où dans ses ruines enchevêtrées je cherchais les vestiges de Vialar, chez le Cadi qui me contait les temps du bonheur brisé. Elle me fixait quelque part dans les yeux sans me voir... ou peut-être me voyait-elle dans le passé quand je m'agrippais éperdument à ma tétine. Les fous ne pleurent pas, pourtant son regard était noyé... Ah, Farid, où finit le vrai, où commence l'hallucination ? Non c'était moi, je pleurais. Elle regardait couler mes larmes, ça l'intriguait... Elle n'avait jamais parlé qu'à sa poupée, à l'apparence vaguement humaine, et à des ombres fugitives et... elle m'a parlé, à moi, son fils de chair et de sang ! Elle a dit une phrase dont le sens m'échappe, il m'échappera toujours, mais je le comprends parfaitement. Après les retrouvailles, on va bien quelque part. Elle a dit : Que fais-tu ? allons à la gare ! Penaud, je suis resté. Alors elle s'est retournée pour me dire une nouvelle fois, de ce ton de la maman remontée contre son petit : on va à la gare, que fais-tu enfin ? Je ne faisais rien, j'étais figé. J'aurais voulu la prendre dans mes bras, la couvrir de baisers, lui raconter une histoire à la Magic Boy, j'aurais voulu faire l'imbécile et chialer à noyer un troupeau de crocodiles. Que s'est-il passé ? Je voulais à mon tour, plus que tout, rejoindre la gare et trouver là la source de toute chose... mais qu'est-ce qui nous attendrait dans cette gare du Far West où rien ne se passe depuis la mort du dernier cavalier du désert ?

Voilà à quoi se résume ma naissance. Mais, me dirastu, réussit-on sa naissance à trente-sept ans passés ? Tu vois, c'est peu alors que je t'en parle depuis des mois, mais j'en étais heureux... à vrai dire, pas heureux ni béat comme un croissant de lune, accompli... oui, accompli. Le bébé ressent cela lorsqu'il sort du ventre de sa mère, du bonheur je ne crois pas, plutôt un accomplissement, un ouf devant la réalisation d'une étape essentielle. C'est le premier cri, et si on ne le dit pas, on ne vit pas.

Que faire, où aller, avec une tête en panne et le cœur en ébullition ? Je voulais m'éterniser à l'asile et en même temps remuer le monde. Je voulais tout détruire dans la rage et me lancer dans la plus patiente des constructions, qui me prendrait la vie. En fin de compte, je suis resté là, pantelant, à bredouiller bêtement, à me culpabiliser de mon impuissance, à regretter de ne pas avoir vécu et enduré toutes les souffrances de ce pays. Je ne sais comment, je me suis retrouvé à la maison, mis au lit, fiévreux, avec devant les yeux le gros Cadi et l'horrible Sorcière et, sur le ventre, leur chat diabolique. Je suis revenu à la vie deux jours plus tard entouré de senteurs impénétrables pour un citadin divorcé de son chaman. Depuis l'apparition des écolos, on ne sait plus comment on vit en France. Sans accélérateur de particules, comment saurais-tu si tu respires des ions libres ou si des morpions à crampons te bouffent la rate ? Vive la science dans ton bled, elle ne se doute de rien ! Si le poison de la vieille était de la camomille, crois-moi elle a été préparée pour un drôle de sabbat. J'ai même cru reconnaître le goût vanillé de la salamandre. Toujours est-il, j'étais un autre homme. C'est bête à dire, j'ai demandé du lait, moi qui l'avais en sainte horreur, et je me suis mis à hurler.

...

— Tu connais rien à la sorcellerie, va ! Nous autres les Têtes Noires, on naît dedans. Sans talisman, neuf bébés sur dix ne verraient pas le jour et pas un rescapé ne serait à l'abri du mauvais sort. Depuis ma naissance, ma vieille m'en a tant fait avaler que je devrais être à l'aise avec tout, depuis les araignées jusqu'à la bombe atomique en passant par le typhus. Si elle pouvait venir avec la sorcière qui nous tient sous sa coupe depuis la mort du père, elle nous ferait une séance de passe-passe du tonnerre de

Dieu. On passerait dans l'invisible sur-le champ. Adieu Lambèse !

— Prends pas ça à la légère. Khalti Fatma existe bel et bien et son chat n'est pas noir pour rien. Et ne viens pas me dire que l'arbre creux et son enfant sont arrivés ici parce qu'ils le voulaient.

— C'est de tout ça que je veux sortir. La sorcellerie, ce serait bien si les méchants n'en usaient pas plus vite que nous. Moi, j'aime les Américains, ils croient en rien, ça les met à l'abri de tout. T'as du fric, ça va, t'en as pas, tu montes un coup et tu fais aller quand même

...

— Dis-moi la vérité, galère. Tu sais où tu en es ?... tu te sens algérien, français, ou mitch-mitch ?

— Je perçois comme une formidable inquiétude dans ta question. Tu te demandes si je vais bien ou si je suis irrécupérable... c'est ça ?

— Dis la vérité !

— Être français, c'est se sentir porté par un immense paquebot de luxe à travers toutes les mers du monde et toutes les époques de l'histoire. Ça ne fait pas de toi un matelot heureux mais ça te donne de la fierté à en jeter par-dessus bord. À ce que j'ai vu, vous êtes sur une felouque vermoulue dans un oued qui attend la montée des eaux pour aller de l'avant, peut-être vers la mer si elle ne s'est pas tirée, ou vers l'arrière, à coup sûr droit sur le mur des choses englouties. À part se lamenter dans le sable, je vois pas ce qu'on peut faire.

— Alors ?

— Si j'étais algérien, est-ce que comme vous tous, les Têtes Noires, y compris le président et son imam particulier, je passerais mon temps à rêver de foutre le camp et de devenir le jour même français, anglais, suisse, voire lapon chez les Grecs… ?

— Tu n'y couperas pas.

— Alors je vais vite me sentir algérien pour retourner chez moi.

Le signal a été donné. L'atmosphère était à l'inquiétude du présent lorsque Judas est arrivé par-derrière nous susurrer à l'oreille : Demain, c'est votre jour. Allégresse et détresse se mélangèrent dans nos oreilles. Nous l'attendions ce jour, était-ce le même ? Quelle crasse a inventée le directeur pour se débarrasser de nous ? Quelle machination les Hommes d'Alger ont-ils conçue contre l'humanité ? Qui témoignera pour nous ? Sur quelles chausse-trapes allons-nous marcher ? Quelle malheureuse fin nous attend ?

Une fois encore, nous emballâmes nos affaires. Après en avoir débattu et être arrivés à nous jeter à la figure nos « Sale race, va ! » nous nous ralliâmes à la seule solution potable pour Gaston. Nous l'emporterions avec nous et nous le relâcherions dans le premier égout venu. Entre la vie des champs et celle des souterrains, y a-t-il place pour l'hésitation ? C'était l'évidence, il ne saurait pas vivre au grand air, fréquenter les animaux diurnes, supporter les rigueurs du climat. Il prendrait un tracteur pour la charrette de Lambèse, une girouette pour l'épileptique de la 612, un renard pour le cousin du vagabond. Que sait-il du ciel et de ses dangers ? A-t-il vu une chouette, un épervier, un Mig, un Apache ? Saurait-il se méfier des paysans, éviter la troupe, fuir les Chevelus, échapper aux enfants ? La première rate des champs en ferait une bouchée, habitué qu'il était à copuler dans le noir dans la mêlée de ses congénères. Et puis le soleil nuirait à sa robe toute luisante, toute lisse. Les ultraviolets le tueraient, ses yeux rouges étaient manifestement conçus pour la vision nocturne. C'était dit, la raison restera notre boussole, la fermeté notre bouclier contre le sentiment. Farid procéda à sa toilette, lissa ses moustaches et le couvrit de baisers.

Je n'avais pas osé le lui dire. En vérité, Gaston est heureux dans son bagne ; il y est né. L'obscurité de l'enfermement ne ressemble à aucune autre. Des catacombes feraient l'affaire, mais y en a-t-il là où on se liquéfie à ciel ouvert ?

L'amitié des condamnés à mort vint nous réchauffer le cœur. Ils avaient passé la nuit à prier pour nous. Nous restâmes à genoux, accrochés aux tuyaux, infiniment concentrés pour ne rien perdre du message. Ils nous dirent de grands et superbes commandements et mille recommandations. Il y eut des redites, des avis contradictoires et de vraies vérités. Se méfier, se tenir à carreau, quitter le pays, allait de soi. Comment faire rendre gorge aux pirates, comment venger tous les malheureux, comment dire à la France de leur imposer le prix de ma captivité ? Comment sauver un pays du naufrage ? Comment pousser Farid à changer de nationalité ? Il tenait à son oued plus qu'à la vie. Oui, c'est vrai, l'amitié est une belle chose, j'en savais un bout depuis mon embarquement dans le vol AH 2001 et mon débarquement dans la fournaise d'Alger, armé d'intentions jusqu'aux dents, les unes en bois, les autres plus subjuguantes qu'un rendez-vous d'amour. N'y ai-je pas rencontré les rois de l'amitié, Messaoud le trabendo, Salim le flic taxieur, mon vieux cousin le Cadi qui connut mes deux pères et mes deux mères, l'abominable sorcière de Tiaret, le vieil éleveur de chevaux tenant écurie à Béni Slimane, à main droite de la mosquée des Innocents, au sud de Tissemsilt, et vous, les condamnés à mort qui, taisant vos derniers soucis, m'avaient donné ce qu'un homme peut offrir de mieux : une prière ? Allais-je oublier Zoulikha ? Quelle femme abandonnerait la prostitution pour s'occuper d'une folle et d'un bébé de chiffon ? Et les autres, mis sur notre chemin par la divine miséricorde ? Sans rien attendre, ils nous ont offert un salut, une cache, une explication ou un conseil, un camembert de Tizi Ouzou accompagné d'un rouge de Mascara, un asile dans un salon de coiffure ; et en supplément, des sourires tout chauds et des regards complices tout plein. Ce n'était rien, mais nous étions des parias, nous avions de la reconnaissance à revendre. Celui qui a dit à Jean Valjean : « Allez frapper à cette porte, on vous ouvrira », celui-là, en vérité, parlait de vous. Oui, c'est vrai, les prisons sont une bonne école pour les jeunes ; elles leur apprennent à voir avec les yeux de la rue, non à travers les images de la télé qui ment comme elle respire. Oui, tout est vrai car si cela ne l'était pas nous ne serions pas à Lambèse, il n'y aurait pas de guerre, les enfants iraient à l'école et les poules auraient des dents.

On enregistra mille commissions. On fit mille promesses. On échangea mille salamalecs. Dieu nous en sera comptable.

Et nous nous installâmes dans l'attente, immédiatement inconfortable. Nous ne pouvions tenir en place. Farid se leva pour compter mille tours de piste. Gaston s'enroula pour se ronger les pattes. Un drôle de rat, celui-là, toujours à mimer son maître ! Je me suis agrippé aux barreaux. Je regardais l'horizon. C'est beau les Aurès. J'entendais leurs vents aigres chanter de vieilles complaintes tant romaines que d'ailleurs. J'eus une pensée pour ceux qui sont passés dans ce pays, depuis le premier primate remonté d'Éthiopie au sud du Nil bleu, jusqu'au Français venu du Nord, débarqué à Sidi Ferruch parce qu'il y avait une belle plage pour se baigner, de magnifiques oliviers pour parler de paix et d'abondants lauriers pour tresser des couronnes. Ah ! les Arabes, que n'en dit la voix du peuple quand tout va de travers ! Ils arrivèrent par l'est, ce qui tout au long de l'histoire a été reconnu comme la route la plus fréquentée par les envahisseurs. Je pensais à la Kahina, tuée par les Banu Hillal non pour les avoir combattus mais pour ce qu'elle était de la tribu juive des Djéraoua si l'on en croit le Larousse... mais dit-il toujours la vérité ? Vialar est un trou perdu et Tiaret n'a rien de la capitale enchantée chantée par l'Almanach. Je regardais la foule hétéroclite et les animaux de ferme somnolant autour d'un feu assoupi depuis longtemps ; et, plus loin, les corbeaux en effervescence, festoyant autour de quelque cadavre, ou peut-être élisaient-ils le roi des corbeaux.

Celui qui a dit : « Tu es fou. Tire pas. C'est pas des corbeaux. C'est mes souliers. Je dors parfois dans les arbres », celui-là est un grand poète. Ou un ancien de Lambèse.

L'enfant leva la tête vers moi. C'était la première fois. Il n'avait jamais regardé que son arbre et un peu de la cour, et côtoyé seulement le vagabond et sa vermine. J'étais ému, j'attendais de son regard une révélation sur le sens profond de la vie ; un peu d'insouciance aussi, j'en avais besoin. Je reçus une décharge électrique et je suis tombé à la renverse. J'étais terrifié, le fond de l'abîme ouvrait sur un autre abîme. Je me suis agenouillé, front contre terre, seule la prosternation était licite en cet instant fantastique et douloureux, et j'ai pleuré : Notre père qui es aux cieux, que ton nom sanctifié soit un fer rouge pour ces gens, que ton règne jamais ne s'ouvre pour eux, que ta volonté qui plie la terre et le ciel les écrase comme des punaises, qu'ils ne goûtent jamais de notre pain quotidien ! Ah ! Dieu, pardonne-nous, ils ont tant offensé que ton infinie puissance ne suffirait pas à nous faire plier : jamais, nous ne leur pardonnerons ! Délivre-nous d'eux, le Malin nous en viendrons à bout par nos prières et nos chants. Nous n'avions que cette vie d'errance et de pauvreté, et ils nous l'ont volée. Arrache-leur le cœur ! Amen…

Dieu, où es-tu ? Où sommes-nous ? Est-ce possible ? Je ne voulais plus rien, seulement mourir.

L'enfant n'avait pas d'yeux.

La bataille est engagée. Il y aura des morts et pas de survivants. Nous ne ferons pas de quartier. Nous avons des décennies de souffrance à éponger. On ne chipotera pas, nous n'entendrons pas les supplications, on sera avare de mansuétude. On ne peut porter un projet grandiose et se montrer petit en y allant dans les tractations, les promesses et les arrangements. Nous nous sommes levés pour vaincre, non pour négocier le prix du mouton ou broyer du noir. Je tuerai Moktar et avec son sang je tracerai des signes de guerre sur mon front, sur les arbres, sur les murs, sur le visage des enfants.

Tiaret avait un air de garnison, un jour avant l'assaut. On ne voit jamais que de son œil. Le riadh en était le centre névralgique, moi le cœur régulateur. Salim me téléphonait de Tissemsilt, je lui téléphonais de Tiaret. Les taxis clandestins s'acquittèrent du reste. Le temps pressant, la noria des tacots s'emballa. La sonnerie nous tenait lieu de clairon, les klaxons de morse d'alerte. Gagnés par la fièvre, les titis occupèrent les toits, bien décidés à surveiller l'uniforme et le train-train trompeur des indicateurs. La machine était en route. Gourari a été approché par une Gorge profonde. Une vieille vérité est remontée des profondeurs de l'histoire. Elle est portée par des hommes résolus. Une partie de l'armée les soutient ; l'administration guette le moment de basculer dans le camp des vainqueurs. Quant au peuple, n'y pensons pas, il ne saurait faire de demi-mesure ; il a mille années d'aversion à dégazer et beaucoup de monnaie à rendre. Mentir fait du bien. Il fallut user de leur langage, Salim en connaît une tartine, nous en avons peaufiné chaque mot, mis du super dans l'emphase et de la rage dans la conviction : l'heure est aux révélations ! la révolution entre dans une nouvelle phase ! le tournant est pris ! les masques vont tomber ! débusqués, les renégats ! le pas sera décisif ! l'Algérie des martyrs a des leçons à donner, pas à recevoir ! dehors, les Harkis ! le Symbole est en péril, les Constantes menacées ! les Héritiers de Novembre sont prêts au sacrifice suprême ! la glorieuse armée de libération est la colonne vertébrale des institutions ! la France payera les pots cassés ! Voilà, tout est dit. Le sursaut !... le Sursaut ! !... le SURSAUT ! ! ! il faut en dire un mot ! Euh... oui, l'ère du sursaut est arrivée ! Je t'en foutrais des sursauts révolutionnaires, des institutions prisonnières de l'armée de libération, des constantes révélées, du symbole éclatant, du tournant qui se mord la queue, et de la marche en avant arrière toute ! Mais c'est leur discours, faut faire avec. Je l'ai appris sur la table des mensonges cumulés. J'avais lu *La ferme des animaux*, ça aide. Ces bêtes-là n'apprennent jamais rien mais elles ont trouvé le moyen de ne rien oublier. Il est toujours l'heure des règlements de comptes au pays de Novembre. Il bruit de fureurs souterraines, de haines ravalées, de crises larvées, de crimes en chantier, de complots préventifs, de négociations de la dernière chance, de poings rageurs pointés sur les « Qui on sait », de harangues aux vents, de coups de sonde dans la mer noire des silences suspects. D'accouchements en avortements, d'incantations en imprécations, de crépuscules en ténèbres, il fait, défait et refait un petit monde qui n'a ni fondements, ni religion, ni perspectives.

Encore le téléphone. Gourari a mordu à l'hameçon ! Il forme des numéros tel un détraqué. Alger, Blida, Chlef, Tripoli, Kaboul en flammes, Bagdad sous les bombes, Khartoum où ne rient que les morts, apprennent le complot le visant, et à travers lui, les Acquis de la Nation Arabe. Il envoie des émissaires auprès des Souverains. Contacter le maximum de Symboles et les mettre de son côté, vite, vite ! Il se rappelle l'histoire, certains de ses volets, s'invente une virginité : durant la révolution il était un second couteau, donc un irresponsable. Il le dit, envoie le dire en pleurnichant. Derradji était le chef, adoubé par le colonel de wilaya lui-même, un héros de la première heure, aujourd'hui au chômage et ses enfants pupilles de la nation, otages des clans ou complices des grandes familles ; il est des nôtres, on doit le retrouver, le réhabiliter, le gonfler à bloc. Derradji est le Chitane ! il appliquait aux filles des lois antiques ; il accaparait au nom de ses proches les meilleures terres du Sersou ; il piquait dans le trésor de guerre. Pire, il prit langue avec l'ennemi, le Français, le monstre dépêché par Dieu pour nous éprouver. Il en détenait la preuve, une lettre interceptée, car la mouche se doutait de ce qui se tramait contre la révolution. Des milliers de djounoud sont tombés, ainsi donnés, l'âme privée du dernier combat. Les mouvements, les casemates, les mots de passe étaient dans les papiers de la SAS, sur les cartes du Deuxième

Bureau. Et en haut lieu, on se préparait à annoncer la fin de la rébellion dans le Sersou jusqu'à l'Ouarsenis et la vallée du Cheliff.

Zoulikha s'est rappliquée, une valise pour tout ménage. Un taxi clandestin de la morne campagne l'a amenée dans un haïk de mariée puis il est reparti en semant ses pièces et en nous laissant pour une année de fumée. La Sorcière l'accueillit en intruse, le Cadi en homme de loi qui pèse d'abord le contre ; le chat avec des yeux profonds comme des gouffres et la queue en paratonnerre. Mon silence olympien emporta l'adhésion de la troupe cassée par ma détermination. J'avais brisé trop de tabous devant elle, elle craignait d'y laisser des plumes aussi. Elle traînait la patte, elle maugréait, elle se dispersait aux quatre coins de la caserne, faisant montre d'occupations extrêmement prenantes. Zoulikha attendait le verdict. Debout dans le vestibule, je lui ai dit que parler était la meilleure chose à faire après le boulot, je lui ai dit que je l'aimais bien, qu'il y avait un début à tout, et que le Français, tout méditerranéen qu'il est, a besoin de temps pour en venir à égorger sa femme. Mais tout arrive pour qui sait attendre. Si le chemin est périlleux alors il est riche de surprises. À nous de trouver les bonnes et d'écobuer les mauvaises. L'amour est avant tout un art de combat. Mais une fois le sang séché, on cultive son jardin. C'était bien dit, ce fut reçu cinq sur cinq, comme une grande espérance. Il y eut un sourire de soumission sans conditions. C'est formidable la vie de général en chef ! Bon, j'avais aussi à organiser l'évasion de ma mère et penser mon futur gouvernement.

Un couscous royal ne se mange pas seul. Tous rappliquèrent autour de la meïda mais avant de commencer à creuser dans la grande écuelle communautaire, je leur tins ce discours : « Ce couscous n'a pas été roulé par des mains inexpérimentées. La magie nous vient de loin, de mères en filles. Honorons le mystère et saluons Khalti Fatma pour sa science prodigieuse. Mais il est d'autres magies, de terrifiantes, d'inhumaines, de formidablement injustes. C'est contre elles que nous nous dressons. Vous devez tout savoir, il n'est pas juste que vous ne sachiez pas d'où viennent les coups lorsqu'ils vous atteindront. En ce moment, à Tissemsilt, les deux clans au pouvoir se disputent la place et l'honneur de porter seul le Symbole. Moktar et Gourari s'entre-tuent, et j'en suis, avec Salim, le deus ex machina, ce qui veut dire que Dieu et la Machine à broyer les détritus sont avec nous. Pour le moment, ils ne soupçonnent rien de notre jeu, ils sont tout à la fourberie de leurs compères et s'en veulent à mort de s'être laissé endormir par des années de statu quo sous la bannière de dictateurs vermoulus. Mais ils ont du ressort. À un moment ou à un autre, quelqu'un se souviendra de notre passage à Tissemsilt et de notre bras de fer avec ses milices. Je l'espère, là encore, ils ne verront rien sauf peut-être le vague Mohamed l'émigré, muet pour avoir trop vécu en France, cherchant la trace de sa vieille tante Aïcha, disparue dans la tourmente. Ils se souviendront de Jeannot Lapin, feront des rapprochements. Il y aura parmi eux un homme de culture, ils ne sont pas tous morts, un séide formé à la vieille école, pour remuer la poussière des placards et exhumer de vieux livres de jeunesse. Voilà, vous savez tout. Bientôt je partirai mais je reviendrai, non pas avec des intentions d'investir mais avec l'aide de Dieu, pour fonder une nouvelle nation. Nous sommes assez nombreux pour nous y lancer avec optimisme. Au besoin nous ferons appel aux âmes meurtries qui, de par le monde, cherchent un sanctuaire. Nous avons déjà un chat, notre tribu et nos amis de Tissemsilt. L'arche peut prendre la route. Que le couscous de Khalti Fatma soit pour nous le pacte qui scelle notre alliance. »

Téléphone encore. Moktar contre-attaque. Tissemsilt grouille dans la terreur. Remaniement dans le corps de la police. Des flics inconnus au bataillon sont arrivés, prêtés par une ville du Nord acquise au clan de Moktar. La situation se rétablit en sa faveur. Des hommes de main de Gourari sont arrêtés, torturés et jetés dans un puits du désert pour, dans la foulée, faire reculer les nomades. Les Maliens et autres Nigériens s'infiltrent de partout, déguisés en transhumants ; ils s'enhardissent, un jour ils prendront le pouvoir. Alger s'interpose mais ne réussit qu'à prendre partie pour Moktar. Des intérêts importants ont ainsi plaidé. Gourari est virtuellement mort, nous l'avons dressé contre plus fort que lui. Tel n'était pas le plan. Que faire ? Renverser la vapeur.

...

— Il y a plus de suspense dans ton histoire villageoise que dans un western. J'aurais pas cru ça possible.

— Quand t'as le feu aux fesses, t'es forcément dans le suspense jusqu'au cou. Nous avions quelques jours, que dis-je, quelques heures, pour tout foutre en l'air et jeter les bases d'une nouvelle nation, tu imagines. Pour deux gars, un pelé un tondu, c'est beaucoup.

— C'est quoi cette histoire d'arche ? ça me rappelle quelque chose...

— Si, à l'aube de sa naissance, ton pays avait su tout

bien appareiller selon l'espèce et la couleur comme l'avait fait le sage Noé avant le déluge, tu verrais autour de toi une terre où les fruits poussent en abondance, où le faible est porté par le fort, où l'enfant grandit sous le regard de Dieu et où la femme engendre pour la gloire du roi.

— Noé c'est Sidna Nouh, le premier musulman, il...

— Tais-toi malheureux, tu veux dire le dernier.

— Et ta mère ?

— Nous y allions, armés de ruse et d'argent. Ce que l'on n'obtient pas avec l'un, on l'achète.

Un pacte exceptionnel nous unissait, Merdax, Goulou, Zembla et moi-même, Magic Boy. Il a duré ce que dure l'enfance. Tout a commencé à l'école, ce lieu béni où les mômes conçoivent les plus beaux complots du monde. Le secret est à l'abri, tu peux me croire. On ne peut ni le monnayer ni en faire de la poudre d'intelligence pour se grandir. Tout partait aux oubliettes, sitôt pensé sitôt effacé. Tu le saurais si tu avais fréquenté l'école, nous étions des têtes percées et un peu bonnet d'âne. Nous manquions de temps pour tout apprendre et tout retenir. Le drame de l'école est que les enfants ont trop de plans en tête et pas assez de récréations pour agir efficacement. Lorsque l'âge nous a surpris, le groupe s'est disloqué et nos affaires ont été englouties dans l'enfance perdue. C'est lamentable. Le lien était le lieu de naissance. Nous étions tous quatre nés en terre lointaine, Merdax en Tunisie, ce pays ridicule où les hommes portent une chéchia rouge pour accréditer je ne sais quel miracle, Goulou, aux cinq cent mille diables, en Guadeloupe tu imagines, Zembla au Gabon, et moi en cette terre mangée par le sable appelée l'Algérie française, le bled pour les intimes. Merdax s'est prétendu un temps juif et arabe.

On l'a mis en demeure de choisir. Il n'a plus desserré les dents de l'année. Nous étions la France étrangère, les DOM-TOM, les colonies, nous avions à nous séparer de ces pauvres fourmis glacées, conçues dans leur trou tout à côté de l'école. Nous avions dans le regard la supériorité de l'aventurier des grands espaces, eux le front bas des troglodytes des villes. Nous les repoussions lorsqu'ils rampaient vers nous, nous suppliant de leur ouvrir les yeux sur les merveilles d'outre-mer. On en rajoutait à pleines louches, on leur débitait de notre voix la plus lointaine les bribes pêchées dans les souvenirs de nos parents et les aventures hyperdangereuses extirpées des illustrés (les pauvres les lisaient sans comprendre). Le pacte consistait, une fois les études abandonnées, à retourner ensemble, tous pour un, un pour tous, dans nos paradis. Nous commencerions par le Gabon pour la raison que le Gabon c'est bon. Nous avions à construire des cabanes au sommet des baobabs, élever des singes et organiser les tribus dont nous serions les chefs. On les imaginait nous adorant à quatre pattes pour ce que nous savions faire du feu avec des allumettes, fabriquer des voitures, tirer au fusil, parler français au plus-que-parfait, ouvrir et fermer des parapluies. Première étape : collectionner tout ce qui vient de ces contrées sauvages, colifichets, pièces de monnaie, timbres et autres signes de dépendance ; lire les récits des grands aventuriers, de préférence les casse-cou ayant fini dans la grande marmite et les évangélisateurs ayant pactisé avec les sorciers et traduit leur langue criarde. Deuxième étape : nous équiper comme une armée de scouts et amasser la verroterie de campagne indispensable pour rouler les cannibales dans la farine. Un commerce s'organisa autour de l'école. On venait des quatre coins de France, nous recevions des offres de toutes les écoles, ce qui attira sur nous les foudres de la population. On nous accusa d'abus de confiance, de recel et de faux en écritures publiques. Notre commerce avait fait des jaloux, nous obtenions ce qu'il y avait de mieux contre l'engagement écrit d'enrôler tout donateur assez heureux pour réussir à nous rejoindre dans nos paradis. Je dois avoir dans ma cave un trésor valant toutes les brocantes de Chine, je ne désespérais pas d'en faire un jour un usage grandiose. Le lycée a annihilé nos rêves. Au fil des leçons, nous avons découvert la face cachée de la lune : les colonies, c'était une merde pas possible ! On pouvait au plus en tirer du fric, une réputation de négrier et un nom dynastique. Notre prof était de la CGT, les colonialistes étaient son cauchemar. Il a failli nous décourager. Ce fut quand même notre projet jusqu'au bachot. Les émeraudes, le pétrole, les bois rares, des princesses à enlever, les boys, les mignonnes par douzaines et l'impunité garantie, avoue que c'est tentant. L'idée d'investir dans les intentions d'investir avec vos services vient peut-être de là. Elles m'ont permis de m'introduire ici, mais je pouvais aussi bien débarquer dans cette colonie déglinguée sous les habits du touriste alléché par la bonne affaire. Est-ce qu'on se refait ?

Toujours est-il, ma tête s'est enrichie de mille images figées dans d'épaisses couleurs. Mais parlantes. J'acquérais ainsi l'art de visiter le passé dont vous ne sortez jamais, sauf pour vous taper dessus et trembler comme feuille morte à la vue du progrès. Pourtant tout passe, les nouveautés se muent en vieilleries et les vieilleries en ruines.

Par-dessus tout, j'ai tiré de mon expérience coloniale une grande interrogation : Pourquoi les enfants prennent-ils de lointaines contrées sauvages pour théâtre de leurs rêves d'aventure ? Quand on sait qu'avec l'âge ils deviennent maladivement peureux, on tremble à l'idée qu'ils y aillent un jour. La preuve, vois où j'en suis.

Le prix fut âprement discuté. Je le voulais honnête, il s'agissait de ma mère. Le directeur de l'asile, déniché au café de l'Olympique de Tiaret en train de se saouler de pronostics avec une bande de zozos arriérés, m'assura qu'il se contenterait d'un petit quelque chose. Quoi, combien, il ne voulut pas le dire. Je lui offris de quoi se payer une breloque au bazar d'à-côté. Il me répondit en remuant du bonnet que sa priorité du moment était une Turbo Diesel avec des coussins en cuir. Sa complicité était hors de ma bourse. Il était à l'image des autres, un profiteur, un fils de pute, un pourri. J'étais coincé lorsqu'il me vint à l'esprit de lui glisser à l'oreille : je raque en monnaie de là-bas. Des francs ? Oui. Il devint mon ami sur-le-champ. Il ne rêvait pas de foot, le bâtard, il projetait de se tirer, tenter sa chance et avec l'aide de Dieu devenir milliardaire. « Et les papiers ? » lui demandai-je pour lui rabaisser le moral. Pas de problème, y a des réseaux pour ça. Si ça barde, on se met sous la protection des intellectuels et de l'Église, ce sont de braves types, ils témoignent comme tu veux. Paris vaut bien une messe, en effet. Il me dit qu'il adorait Paris. « Avec ou sans poules ? » lui demandai-je avec la perfidie seyant à l'égard du touriste arabe à Paris, ce à quoi il répondit : « Que dirais-tu d'Alger sans bombes pour te secouer le pucier ? » Il me pria de l'aider à acheter un visa. Recommandé par un émigré de longue date, l'ambassade ferait un prix. Il me demanda des adresses à Paris, le Secours catholique, la Croix-Rouge et comment on peut s'acoquiner à des négriers n'ayant pas froid aux yeux. Encore un pauvre diable. Comme ses frères, une idée en tête, se carapater, se faufiler, abandonner le navire aux femmes et aux enfants, gagner des roupies et falsifier ses origines. Je me demande si le président ne rêve pas de se faire la malle et d'aller ravager un pays plus clément en se faisant passer pour un Suédois. Je me suis laissé dire entre deux portes que le pays a offert à la France depuis l'indépendance plus de chefs de gouvernement, de ministres et autres vieilleries qu'elle ne pouvait en écouler aux Puces. Sitôt dégommés, Paris, nous voilà ! Enfants de putain, va !

Voilà une bonne chose de faite. Et maintenant, comment on procède ? Il fut surpris de ma question. On va à l'asile, je te donne ta folle, tu me refiles mon fric, on s'connaît plus. C'est tout ? Bah, on dira qu'elle s'est envolée, ça arrive tous les jours. De toute façon, il m'en vient plus que je n'en perds, les temps sont durs.

Nous fîmes donc cela.

J'ai affrété un taxi pour gagner l'asile. Le tacot était tubard jusqu'à fleur de pot, il crachait sur les passants sans prendre la peine de s'excuser, fût-ce par un coup de trompe. Sur le chemin du retour, il me demanda en la désignant du pouce : Combien tu l'as payée, ta folle ? Réponse dégoûtée : la folle est une parente, je la ramène à la maison ! Il eut l'air de trouver ça excessivement original, ce qui excita ma curiosité. Il m'expliqua. Une nouvelle profession est née dans le pays. Au début ça marchait timide, les gens étaient encore dans la naïveté de l'âge d'or. Ils s'en tenaient aux bons sentiments qui flattent Dieu et la Solta. Avec les réformes... arrangées par la CIA tu me l'enlèveras pas de la tête, elle a attiré les foules. Tous voulaient s'enrichir sur le dos des autres. Ça a marché un temps, il y a des rapides et des lents... tu sais. Des fortunes se sont édifiées. Tu connais ça, avec la concurrence le rendement baisse. C'est comme pour nous autres, les taxis, avec la prolifération des clandestins, le tarif te paye même plus l'essence. On s'étonne après qu'on y ajoute de l'eau. Alors, les professionnels ont innové. Ils trimbalent avec eux, qui un bébé déchiqueté, qui un aveugle, qui un cul-de-jatte. À cette heure, les folles attirent la sympathie, ça marche du tonnerre. Voilà pourquoi il y a un commerce si rentable autour des asiles. Demande donc au directeur si c'est pas vrai. C'est quoi ce métier, bordel de merde ? m'écriai-je. Mendiants, pardi ! Tu t'enrichis en moins de deux si tu as la chance d'avoir en même temps un bébé mort, un débile mental dégoûtant et un enfant mongolien qui dort en marchant, mais ces accessoires-là n'ont pas de prix. Enfer et damnation ! Nous en étions là et je ne le savais pas ! Je comprenais le niveau de prix affiché par le négrier de l'asile. Je tenais la biture ! Ce jour-là, j'ai vraiment eu besoin d'un Aspro.

...

— Tu es un bogogo. Les plus riches du pays, après les généraux, ce sont les mendiants, et tu l'ignores ! Tu peux pas vivre parmi les gueux, va, tu te ferais bouffer vivant et tu le saurais pas !

— Nous avons nos vices, tu permets ! Si tu viens chez nous, tu verras, les cafards on en bouffe sans les voir ? Pourquoi crois-tu que vos pays de merde volent si bas ? Ne viens pas me dire : c'est la malédiction ou ce putain de système encore. Seulement, on agit de manière civilisée, on compatit aux désastres humanitaires, on organise des quêtes. On a des banques et des officines, en veux-tu en voilà, pour vous entuber sans en remuer une.

Silence. Un souvenir passait par-là...

— Un jour, un mec est venu demander la main de ma sœur Farida. C'est la plus jeune et la plus jolie... euh, après Zora ; d'ailleurs elle est un peu dérangée, elle a de la morve au nez. Les filles lui ont servi un couscous au miel puis elles sont parties écouter derrière la porte. C'était le moment de négocier entre hommes. Moi, ce type, je le sentais pas. Trop bien habillé pour un chômeur de Beaulieu. Avec sa devanture en or, il me mettait mal à l'aise. Je me suis rencardé auprès des frères. C'est un proxo de la haute, m'ont-ils dit, et ils m'ont expliqué. Il y avait du nouveau dans la prostitution et je le savais pas ! Et pourtant, à El-Harrach on en connaît un bout sur le commerce ! Des maris qui prostiputent leurs femmes, tu imagines ! Il paraît que ça marche d'enfer. Les Huiles les allongent sec pour baiser une salope avec la complicité du mari. Celui qui a inventé le système a fini ministre...

— Et alors ?

— Euh... je lui ai fait la peau.

— Tu m'en diras tant. Le procureur de la République

a de la compagnie dans le placard, il doit pas s'emmerder !

— Hé attention, c'est pas un crime, ça ! Tu tuerais pas pour ta mère ou ta sœur, toi ?

— Si, deux fois plutôt qu'une.

— Alors !

Encore une visite. Son excellence, monsieur le cinquième Conseiller de l'Ambassade de France auprès de la Populaire et Démocratique République Algérienne, flanqué de maître Laskri, toujours soucieux de se faire petit, et d'un homme grand, sûr de son fait, fort d'une science supérieure, porteur d'un vaste projet de nouvel ordre mondial, le sous-chef de bureau de la section Europe de l'Ouest du ministère des Affaires étrangères. Il n'a pas de nom ou peut-être le communique-t-il seulement sous couvert d'une note verbale. Derrière lui, effacé, se tenait une sorte de clerc obscur. Il avait l'air d'être né dans un baquet de cendre et d'en être sorti pour apprendre le droit ancien. À le regarder, on était pris d'une crise d'asthme. Il représente le ministère de la Justice. Il y avait aussi Si Abdelkader, l'ami du chef suprême des prisons. Il nous tenait sous le regard. Il paraissait avoir effectué le voyage à cette fin. Le directeur n'en perdait pas une miette, c'était une rencontre historique. Son bureau s'avéra exigu pour contenir tel cortège. Il ouvrit porte et fenêtres afin d'agrandir l'illusion.

On m'expliqua plusieurs choses et d'abord la nécessité de m'en pénétrer. Un, les relations entre les deux gouvernements n'ont jamais été aussi bonnes. Deux, il revenait à chacun d'œuvrer à leur donner un contenu concret sortant des schémas dépassés et des promesses sans lendemain. Trois, l'Europe suit avec le plus vif intérêt les ambitions portées par Son Excellence Monsieur le Président de la République et meurt d'impatience de voir la suite. Puis, l'on se mit à parler normalement.

Entre Français d'abord.

— Monsieur Chaumet, nous compatissons. Croyez-le, nous ferons le maximum pour que votre séjour à Lambèse soit sinon agréable du moins supportable. Monsieur le directeur ici présent nous a assurés de son concours (en aparté : on le tient par les couilles, il a besoin d'un visa).

— Monsieur le directeur est pour nous une vraie nounou, mais point trop n'en faut.

— Monsieur Chaumet, je vous le dis tout net, Paris est inquiet à votre sujet. Il lui est parvenu des dires qui ne laissent pas de surprendre. On parle d'évasion, de projet de fonder une colonie, de guerre contre la mafia, que sais-je. Il faut être raisonnable...

— Racontars. Je purge une peine que je compte en mois mais bientôt je la compterai en années puis en décennies si ma peine est commuée et si Dieu me prête vie et préserve notre mémoire de la souillure...

— Cher ami, votre façon de parler est étrange. Je comprends... la réclusion donne du flou, mais tout de même...

— En chacun sommeille un flou. La diplomatie ne laisse pas indemne, me suis-je laissé dire. On parle de tant de choses supérieures qu'on en dit de belles. Qu'en pensez-vous ?

— Croyez-vous être en position de faire le malin ?

— Paris est loin. Vue de là-bas, l'Afrique est une énigme et l'Algérie un conte barbare.

Silence ! Garde-à-vous, fixe ! La parole est aux Algériens.

— Monsieur, je ne vous permets pas de manquer de respect à notre continent. L'Algérie n'a pas de leçons à recevoir, ne vous en déplaise ! Les relations entre nos pays exigent sérieux et continuité pour transcender les incompréhensions du passé. Mon ministère, dont l'importance ne vous échappe pas, vous prie d'être un prisonnier modèle, de faire montre de sens politique, ainsi pourriez-vous espérer voir commuer votre peine, ce à quoi, je vous l'apprends, nous œuvrons malgré la gravité de votre acte. Il n'est pas exclu que Monsieur le Président se penche sur votre cas. Mon collègue de la Justice pourrait nous en dire un mot.

— La Justice étant passée, reste le côté humain de l'affaire. Vous êtes un égaré, monsieur Chaumet, vous vous êtes trompé d'époque ou vous avez été induit en erreur. Vous avez abattu un Symbole, c'est inimaginable, votre châtiment n'est rien en comparaison du préjudice porté à... euh... notre... euh... Dignité Nationale ! Vous vous rendez compte ? Telle faute conduisait au bûcher du temps des Mamelouks. Sous le règne d'Idris, vous auriez été enterré vivant, et avec le mélik Hussein on vous aurait suspendu par les paupières, hein ? Une chance pour vous, nous sommes à l'heure d'Internet. Eu égard aux appels à la clémence de votre gouvernement et à l'importance du moment... l'Afrique s'apprête à tenir sommet à Alger, je vous laisse le soin d'en apprécier le... euh, la portée et la signification dans le contexte actuel qui, comme chacun le sait, se caractérise par des bouleversements géostratégiques à l'échelle planétaire... euh... nous nous égarons... donc eu égard à cela, nous examinons ce qu'il est possible de concilier sans perdre la face. Cela prendra du temps, je ne vous le cache pas, la conciliation a des règles remontant aux Apôtres...

— Monsieur Chaumet se moque de nous, éclata Si Abdelkader. Nous en avons maté de plus retors. Il ferait mieux de coopérer, dites-le-lui, maître Laskri, et vous, monsieur le cinquième Conseiller.

— Mon client n'avait l'intention ni de se moquer ni de sous-estimer vos efforts. Il parle comme un homme qui souffre, il ne comprend pas ce qui lui arrive, mais il croit sans relâche en la justice de notre pays, il me l'a encore dit, il n'y a pas longtemps, n'est-ce pas, Pierre ?

— Oui, et je le répète si l'entendre convainc.

— Alors, dites-nous ce qu'il en est des rumeurs arrivées jusqu'à Paris. Avez-vous l'intention de vous évader et de fomenter des troubles ?

— Balivernes. Compter les jours sans en oublier est mon seul souci.

...

Farid ne comprenait pas Pierre et celui-ci le lui rendait bien.

— Est-il possible de répondre aussi idiotement à des questions pièges ?

— C'est de la politique, ils préparent quelque chose, il faut donner le change...

— C'est quoi la politique ? T'es un condamné à mort, tu oublies, t'as que les yeux pour pleurer.

— Alors explique-moi pourquoi on se dérange tant pour un pauvre bougre ?

— Euh...
— Justement.

Il faut encore réfléchir. Demain n'est pas si loin. Et fonder une nation n'est pas si facile qu'on le dit.

Ont coulé les jours puis des semaines puis encore des jours, plus longs et plus courts à la fois. Pas de remous ni de rébellion, sinon une vaine attaque des Chevelus par les souterrains contre le pavillon des femmes et quelques cadavres jetés aux corbeaux par-dessus les chemins de ronde. On a pu compter au loin, sur les lignes de crête, deux trois escarmouches d'avant-poste entre maquisards et miliciens. Du bruit pour rien. Il n'y a pas de quotidien sans folles rumeurs. Elles débouchent de partout. Implacables boules de neige, elles dégringolent à l'improviste, s'enflent à la vitesse d'une avalanche et vont leur petit bouleversement. Elles traquent son homme dans les recoins, les rêves blottis contre les murs, les moments de silence gagnés sur la précarité, les instants d'inattention volés à la vigilance, à l'heure grave de la gamelle. Elles sourdent des murs, s'imprégnant au passage de l'absurdité de leurs graffitis ; ils couvrent un siècle de cinéma toutes catégories confondues. Giclent des tuyaux qui bourdonnent à mort aux temps forts de la journée ; sont repris par-ci par-là sous forme de flashs ; du réchauffé. S'entremêlent dans une sarabande sans queue ni tête comme un gribouillage d'enfant nerveux. Le mental navigue courbaturé entre le zéro et l'infini sans solution de repos. Qu'est-ce que c'est ? Est-ce possible ? Qui a pu dire ça ? Quand ? On apprend des abominations. Aussitôt, on annonce des merveilles. Vraies ou fausses, inconcevables pareillement. On passe d'un vertige à un autre. Un village a été rayé de la carte. Un mandarin demande si lui conserver son nom est pertinent ou, dans le cas contraire, si percer un trou à l'endroit incriminé de la carte ne serait pas plus juste. Qu'est-ce qui dérangerait certains, un trou en haut ou un bouchon en bas ? Un membre signalé du Conseil islamique l'a certifié : durant le ramadan, sauver un noyé ayant bu la tasse est proprement éliminatoire. Déglutir sa salive est licite si, et seulement si, le jeûneur n'a pas l'esprit à la bouffe ; dans le doute, on se fait une ablution. Au terme de la causerie, on a compris combien l'humanité devait s'entraîner pour réussir le ramadan. Un inventeur a conçu une montre unique au monde : ses aiguilles tournent dans le sens contraire des aiguilles d'une montre ; il cherche des financements ; le ministère de l'Industrie l'a envoyé paître au bureau des Affaires religieuses. Un projet titanesque a vu le jour, la misère est éradiquée pour mille ans ; le pays est en liesse. Entre deux bombes, Alger bruit de réformettes menées au son du tambour et son peuple se roule dans la boue pour un vague derby dont les résultats ont été publiés avec deux jours d'avance ; la police a tiré dans le tas. On croit en Dieu à tirer une nouba du diable et on tue à la faveur d'un lointain dicton. Un trésor punique a disparu du musée entre vêpres et mâtines ; on croit connaître le coupable mais personne n'ose le dénoncer. La télé se félicite pour la seule raison que la raison lui appartient. C'est bon d'être si beau dans un pays si doux. On commémore à tout va ; l'année va compter sept cent trente-deux jours. Entre deux crises patriotiques, on ovationne la mort d'un chanteur libre ; un Matoub de perdu, dix âmes de sauvées. Entre deux cérémonies mortuaires, on se lâche la bride et on salue la naissance d'un nouveau héros. En pleine émeute, on se flatte l'ego en mesurant le chemin parcouru depuis la proclamation de novembre. Cent bandits ont été amnistiés ; deux cents chômeurs ont rejoint le maquis en promettant de ne jamais en descendre. Le président a reçu les lettres de créances de l'ambassadeur de la Guinée-Bissau ; c'est un grand jour, l'Algérie a réussi là où beaucoup se sont cassé les dents. Le plénipotentiaire est exposé à l'entrée du palais, on vient le voir, lui parler, le toucher. L'isolement est rompu ; un coup de maître ! La pluie est tombée à Oran, deux jours de victoire sont décrétés ; les pessimistes méritent la mort, ils sont activement recherchés. Encore une révolte de croquants ; ils ont pris d'assaut l'ambassade US ; l'armée a tiré dans le tas. Des businessmen canadiens encadrés de blindés se baladent en ville, précédés de hérauts annonçant monts et merveilles aux badauds. Les contrebandiers ont tenu congrès pour faire pièce aux déclarations alarmistes du ministre du Commerce ; la guerre des containers redouble de violence. On a construit un pont pour les généraux importateurs ; il va de la Défense au quai n° 6 en franchise de port ; des hommes, mais des malabars, le gardent jour et nuit ; un douanier s'est immolé par le feu sans raison apparente. Des jeunes réclament des passeports et font un tintouin qui gagne les campagnes, aidés en cela par l'ennemi extérieur ; la gendarmerie a tiré dans le tas. Les enfants en âge vont à l'école mais aucun ne revient ; les gosses s'adonnent au commerce de drogue pour rester vivants. Les incubateurs ont doublé de rendement, l'Algérie réussit une percée dans l'exportation d'œufs. Le Viagra est en vente libre. « Demain se construit au pas de charge, le peuple a besoin d'être galvanisé », annonce un ancien, un vieux de la vieille, pressenti pour être le futur sauveur. Les autres caciques, ses amis, se sentent pris de vitesse. Si rien ne vient les retenir, clament-ils, ils vont déterrer la hache de guerre. On a frôlé l'embrasement général. Un synode de huit jours est proclamé ; la sainte alliance est née ; un fédérateur est trouvé, son nom de guerre, Grand Petit Homme, sera bientôt au firmament. Le peuple est divisé, le monde unanimement ébahi. Des chômeurs cherchent leurs usines, des usines leurs machines, les écoles leurs trafiquants ; ils vont de bureau en bureau, de casse en casse, de club en club. Les femmes revendiquent des droits auprès des hommes. La mendicité est déclarée illicite ; la fetwa est arrivée à temps. Alger a lancé un satellite sur son émigration en Europe ; l'exploit est salué par des discours bien sentis ; l'Algérie va exporter des tables rondes et gagner beaucoup d'argent. La presse a mis le grappin sur l'ennemi public numéro un ; la Présidence le blanchit d'un communiqué laconique. Un richissime camelot a construit une villa de trois cent soixante-cinq chambres distribuées selon les saisons, avec des fenêtres en cercle pour recevoir le soleil le jour, la lune la nuit et le millenium au douzième coup de minuit ; à l'inauguration il a pété les plombs, il avait oublié la porte d'entrée. La forteresse sert de pigeonnier. L'assemblée a voté plus de deux cents lois en une session ; du jamais-vu ! Le chef de la coalition, Ouyaya le terrible, a prononcé un discours de neuf plombes, les députés l'ont suivi sur plus de quatre. Où est la prouesse ? La télé a filmé un hémicycle vide durant cinq heures qui ont passionné le public. « Pour voir clair, il faut éliminer les lampistes », a déclaré un éminent juriste dans un brillant séminaire ; le débat a été sanctionné par une motion de soutien au gouvernement. On a trouvé de l'or au Sahara. De l'or noir ? Non, de l'or blanc. Un nouveau saint est apparu à El Oued, le village aux mille coupoles ; il est riche à millions, tous les pauvres votent pour lui. Pepsi et Coca se font la guerre ; elle les enrichit à défaut de les ruiner. Le frigo algérien a décroché l'ISO 9000, la guerre des décibels peut commencer et au diable l'avarice. Le terrorisme résiduel est mort, la concorde règne en ville. La peste est légalisée et remboursée par la Sécurité sociale. L'année de la gale commence dans un mois et dix jours. À la mi-journée, l'Algérie a été déclarée en banqueroute, puis il a été décidé au journal de 20 heures qu'elle était la nation la plus favorisée du monde...

Comment les nouvelles entrent-elles à Lambèse ? Les gardes sont avares, les visites rares, le brouhaha oppressant, auquel s'ajoutent le tintouin des Chevelus, la propagande des politiques et le marketing de la direction dont le but est d'amener les prisonniers à avaler sa couleuvre, l'économie de marché en circuit fermé. Il se vend et s'achète de tout à Lambèse : maisons, champs, voitures, magasins, renseignements, certificats d'anciens combattants, armes, drogue, coupures de journaux ; le fin du fin est le visa français de Sétif, il tient du prodige, Dieu l'accepterait dans son paradis. Procurations, attestations, actes sous-seing, codes, messages, bons de commande, warrants passent de main en main pour aboutir chez le directeur qui les ventile par le canal des officines. Les prisonniers se ruinent dans la course à la tranquillité. Or il n'y a pas de transactions sans palabres, ni palabres sans démesure, et c'est ainsi que nous savons tout ce qui se dit, se fait, se tait, et ce qui n'arrivera jamais.

Nous fîmes le point de tout ça. Une vue d'ensemble s'imposait. Il faut savoir ce qui nous attend. Il faut savoir à quoi nous voulons échapper. Il faut se convaincre qu'après le fond, il y a la terre ferme. On ne peut pas rêver d'un monde meilleur si l'on ne connaît pas à fond celui dans lequel on patauge.

Cette nuit, nous dormirons mal.

Le vieux soldat nous donna de bonnes indications. Nous les prîmes pour telles, ne voulant pas le vexer. Il avait touché à la Première Guerre mondiale, traversé de part en part la Seconde et, entre les deux, il a prêté la main à une vague brouille tribale qui a décimé son village, cela mérite respect et considération. La révolution aurait pu l'emporter s'il en avait entendu parler. Le souvenir des grands massacres universels était ses œillères ; à moins de dix mille morts à l'hectare, il n'avait pas même la force de hausser les épaules. À sa décharge, la révolution a mûri à l'insu de Dieu et des hommes. Elle s'est préparée dans le secret, déroulée dans la clandestinité, ses morts étaient des anonymes et ses dirigeants d'illustres figures noyées dans une direction collégiale sans visage stationnée à l'étranger. Les contemporains ne savaient pas grand-chose, ils labouraient la vie à la force du poignet et Dieu sait s'ils étaient maladroits. Ils s'occupaient de rêves d'avant le déluge, un peu à la décousu, en mâchouillant, en rapiéçant, en brodant et en se prenant à témoin les uns les autres. À l'occasion, ils priaient Dieu pour un avenir exaltant sans toutefois se crever à la tâche. Il avait entendu des bruits, mais bon, il y avait toujours quelqu'un dans les parages pour jurer ses grands dieux ne rien savoir. Entre la répression des uns et les représailles des autres, tout un monde de silence passait inaperçu. Les gazettes en traitaient à longueur de colonnes, mais avec cette façon de tartiner sur des phénomènes extraordinaires se déroulant ailleurs, on ne se sentait pas concernés. Le lointain n'étant pas l'immédiat, on s'accordait le temps de voir venir. Dans son entourage, son café, son boulot, sa zone de chômage, on ne remarquait rien de grandiose sinon des gens occupés à respirer l'air du bon Dieu et d'autres s'acharnant à les déranger. Les théoriciens de la lutte armée n'avaient pas accès à leurs oreilles embourbées dans le sommeil. L'heure n'était pas arrivée. À cette époque, à part manger des merguez et palabrer, on ne pensait à rien de définitif. Le vieux soldat ne savait ni lire ni discutailler au café. À peine lui parlait-on de guerre qu'il dégainait son artillerie d'homme revenu du champ de bataille. Assez, c'est déjà trop. C'est ainsi, les révolutions apparaissent lorsque la guerre est finie. Elles ont la vie pour s'embellir. À l'origine, est une vague succession de troubles, de chicayates montées en épingle par les notables, de fièvres éruptives, des bruits d'arrière-cour, des dires de voyageurs paniqués. La guerre s'installe pas à pas, donnant à chacun le temps de camper sur ses positions. L'ampleur ne se voit pas du premier coup, l'appréhender est un exercice mental compliqué. Comment voir en même temps un avion volant haut dans le ciel et son ombre sur terre, qui plus est lorsque, comme il advient souvent, on est pourchassé par une meute ? Une fois le désastre consommé, la révolution descend du ciel mettre les morts en exergue, la liberté en discours, la morale de l'histoire au service de la caste dirigeante. On comprend toujours après, lorsque retombe la poussière et reparaît le soleil. Bref, le brave soldat passa à côté de l'histoire avec un grand H pour aller se fourvoyer dans je ne sais quelle entreprise criminelle. L'affaire ne lui réussit pas. Il fut appréhendé et jeté en prison. Perpète, c'est pas rien. Dans les geôles coloniales, son passé de soldat de la France plaida pour et contre lui. Jamais il ne le sut, les quatre cinquièmes des pensionnaires étaient des FLN ; le cinquième restant, avec lequel il fricotait sans arrière-pensées, un jour la belote, un autre le rami, était formé de sauvages pieds-noirs et de lointains bandits se demandant dans quel pays ils étaient tombés. S'il prêta main-forte à la Cause, c'était par ignorance. Il avait la tête dure, l'enthousiasme rapide, l'esprit valeureux, l'orgueil mal placé. On le mettait facilement en avant pour des grèves de la faim, des travaux de terrassement, des percements de tunnel, des extorsions de fonds, des diversions diverses. Le plaisir d'être une légende était son salaire, il n'avait cure du discours politique. Il ne se souvient plus pourquoi comment son vol a fini à Lambèse. Un juge en a décidé ainsi. Des fonctionnaires se succédant à l'ancienneté ont cru devoir veiller au maintien du statu quo. À l'indépendance, il fut transféré dans le quartier des condamnés à mort. Pourquoi, on ne le sait pas ; des papiers mélangés sûrement. Le brave soldat était un condensé d'histoire, une source d'inspiration pour les prisonniers en mal de magie. Beaucoup ont grâce à lui traversé des nuits, supporté des jours, enjambé des gouffres, surmonté la folie. Au plus fort de la dépression, ils puisaient dans la vie agitée du vieux baroudeur. En fouettant leur imagination, en canalisant leur énergie poétique, en bandant le muscle, en ouvrant grands les yeux, ils s'endormaient émerveillés et se réveillaient du bon pied. Ce n'est pas l'espoir qui fait vivre, hombre, mais l'idée que d'autres ont réussi à le transformer en réalité.

Rien n'est aisé à Lambèse. Il nous a fallu du temps pour comprendre le vieux rescapé. Par les tuyaux, un texte arrive en charpie. Le moyen de communication est saturé, il y a l'écho du vide, déroutant pour l'oreille, et le souffle d'une lointaine pompe malade de cavitation, fatigant pour le cœur ; et puis la fonte est grise, elle date d'un siècle, elle est grêlée de loculies bourrées de bestioles criant amour et désespoir à longueur de journée. Avec de l'eau, nous aurions compris plus vite ; peut-être autre chose. Lorsqu'il se débride, on nage dans la confusion. Le vieux baragouinait toutes les langues en se foutant royalement du clignotant. On l'écoutait en faisant embardée sur embardée. En guerre mondiale, enlisé dans la tranchée, on ne choisit pas ses compagnons pour leur langue. Au plus fort de la confidence, il lui arrivait de bégayer un peu d'arabe qu'il confond d'ailleurs avec le grec. Quelquefois il réussissait à nous endoctriner. De quoi, on ne sait, mais on y croyait à fond, moustaches dressées. Le retour à la banalité des jours était rude, nous étions esquintés pour la semaine. Mais bon, avec le temps et le concours des amis, on arrive au bout de ses peines. Il n'empêche, l'histoire ainsi reconstituée reste quand même sujette à caution.

Il nous apprit que l'enfant de l'arbre sec avait une histoire. Formés comme nous le sommes, à l'école française, rationnelle et tout et tout, nous comprenons ainsi, une histoire ayant un début, une trame, un sens, un aboutissement qui, s'il n'est pas achevé, du moins court en filigrane dans le développement.

Voici donc, il y a longtemps de cela, errait en ces lieux une tribu amazigh. Elle vivait de chasse, de cueillette et d'agriculture à la petite semaine. Elle s'habillait de peaux de bêtes et, parce que peu portée sur le travail ingénieux, squattait grottes d'ours, terriers de lapin et les cabanes des voisins. Parmi les milles superstitions qui la minaient, il en était une d'exotique par-dessus les autres. Elle croyait dur comme fer qu'un jour le ciel lui tomberait sur la tête. La lubie est arrivée par la mer, portée par le vent, car avant cela elle savait le ciel dûment clouté sur le dos d'un taureau. Rien ne change s'il n'est modifié par une intervention extérieure. C'est ainsi, c'est une loi de la physique. Le choc est venu de l'Est puis du Nord, sous la forme de hordes conquérantes, par vagues successives, pratiquant des rites inconnus, des langues inconnues, se nourrissant de mets inconnus. Comme elles se déplaçaient sans femmes, elles forniquaient sur l'habitant. La tribu avait une reine. On montrait de la déférence à son endroit, sa beauté s'imposait cependant violemment et chacun se démenait comme diable pour se l'approprier et jouir de ses biens. Nombreuses étaient les zizanies, indéfiniment renouvelées. Les conquérants tirèrent parti de ce penchant pour le bruit. En souillant la reine, ils exacerbaient leur animosité naturelle, dressaient les fratries les unes contre les autres et s'arrogeaient le pouvoir sans coup férir. De ces viols, naissait parfois une grenouille... mais nous en parlerons un autre jour. Le plus souvent, c'était un enfant, rejeté par le conquérant et autant par l'autochtone. Un bâtard ne peut être ni héritier ni frère. On l'attachait à un arbre pour l'empêcher de se mêler à la marmaille de la tribu. On choisissait un fruitier afin de permettre à l'enfant de se nourrir et de se protéger du soleil ; on lui offrait une outre pour la soif. L'affaire s'est perpétuée, et a même pris de l'ampleur ; avec le temps viennent des idées aux plus obtus. Il n'y a pas loin, on apercevait partout des mioches enchaînés aux arbres, aux rochers, aux murs des écuries, aux lampadaires. Avec la prolifération vint la confusion. Rien ne résiste à la force du courant. Aujourd'hui, les avortons sont libres comme poissons dans la mer. Ils ont conservé des premières tribus amazigh le goût du nomadisme et du squat, et des envahisseurs celui de la rapine. En bande, ils pratiquent leur langue, leur religion, leurs cérémonies. Vous comprenez combien savoir dans ces conditions est difficile. Et l'enfant de Lambèse ? Pourquoi est-il fou, pourquoi son arbre est-il sec, que fait-il dans un bagne ? Dis-nous. « On ne le sait pas », avoua le vieux soldat découragé par la tournure prise. J'ai beaucoup entendu à son sujet. On a parlé d'extraterrestres ; l'enfant serait le produit de leur action sur une femme des Aurès. Selon d'autres, il a été conçu par un ogre fou d'une esclave aveugle. Quel arbre resterait vert dans ces conditions ? « Dis l'ami, te paierais-tu nos têtes ? C'est le pays des miracles mais tout de même ! cria une voix à travers les tuyaux. — Silence ! répondit une autre, vrai ou faux, le conte est beau. Continue donc, le chibani ! » Il se colporte une autre version : l'enfant est le rejeton de l'envahisseur du Nord. Lors de l'Aube radieuse, il serait devenu cette chose, et l'arbre l'a suivi dans la désolation. Un gardien ivre lui a crevé les yeux pour des motifs restés obscurs. On dit aussi que l'enfant a été engendré par un prisonnier et une prisonnière de Lambèse qui se seraient aimés d'amour. La direction les a tués et mis l'enfant dans cet état pour l'exemple. « Dis, le chibani, tu ne nous as rien dit de l'oiseau maléfique qui se perchait sur ton foutu arbre quand il était vert. Pourquoi s'est-il envolé ?... »

L'affaire se compliquait alors que nous n'étions guère avancés.

Autant dormir.

Dans la cour, l'enfant et le vagabond menaient grand tapage. Il y avait de la joie dans leurs jeux. Entre eux, une boule noire se tordait par le milieu. Quoi ? Gaston ! Que fait-il parmi eux ? De qui se moquent-ils ? Auraient-ils trouvé plus fort que la bêtise pour se gondoler autant ?

...

— Farid, il faut que je te parle de ma première déclaration d'amour...

— Dis-moi d'abord où elle t'a mené.

— Nulle part, elle m'a laisse un souvenir cuisant mais aussi l'envie d'oublier pour recommencer.

— Je t'écoute.

Je l'ai connue dans une auberge de jeunesse d'Avallon où je passais périodiquement prélever ma part d'étudiantes étrangères. Va savoir pourquoi, je les voulais grandes, blondes, croustillantes, avec un accent hésitant dans la voix. Je leur donnais à toutes la nationalité suédoise pour me simplifier la vie. Elle, c'était tout le contraire, petite, brune, mince, avec des fesses électriques et un regard qui te suggérait d'alerter les pompiers. J'en suis tombé dingue à la seconde. Quand t'as appris avec les blondes, tu sais pas faire avec les brunes, elles ne fonctionnent pas sur le même voltage. Un boniment pour

Suédoises servi à une Juive tunisienne, tu vois le topo. Comment engager ? J'ai eu un éclair de génie : ma déclaration d'amour sera conçue par ordinateur. Il trouvera les mots et le cheminement pour lui briser le cœur. J'étais malade de ces machines, j'en consommais trois par an. Quand elle a fini de lire mon listing, elle m'a regardé de si loin que je me suis senti perdu. Elle ne s'est même pas retournée en montant dans le bus. C'était pourtant beau de le dire avec cette précision et de signer « un programmeur qui vous aime ». L'algorithme tenait compte de tout… y compris de l'impondérable… je ne comprends pas.

— La meilleure façon de dire sa flamme, c'est la nôtre. Pas de couac. Quand une fille te met la pression dans le marteau piqueur, tu lui dis : je vais te faire douze gosses dont une ou deux filles pour te soulager des corvées. Annonce-le à ta mère : ma vieille va venir négocier le plateau. Ça y est, elle est folle de toi pour la vie. C'est simple, c'est rapide et ça dérange personne.

— Ta brunette, comment elle a pris la chose quand tu lui a proposé de l'engrosser après que ta mère l'eut emballée ?

— Elle m'a répondu d'accord, tu penses bien. Seulement, elle voulait dans le plateau une Mercedes, une villa avec trois paraboles et dix kilos d'or fin pour en jeter à la figure des copines.

— Le terrorisme vient de là, je vois pas autre chose.

— À vaincre sans se ruiner, on vit sans gloire…

— C'est quoi ce charabia de mauvais soldat ?

— Je me comprends.

…

…

Je découvris un autre Lambèse. Celui des couloirs parallèles, des escaliers dérobés, des souterrains plongeant dans le béton, puis dans la roche, puis dans une terre noire d'avant le déluge. Ça dégouline, ça grouille de cataphotes en colère, de rumeurs restituant d'antiques événements ou annonçant des effondrements imminents, ça pue, c'est oppressant, ça met la vie à pas grand-chose. On se voûtait d'un degré par mètre. J'avançais dans l'impression qu'on reculait dans le temps, dans l'histoire, dans les chicanes géologiques. Nous allions ressortir dans un million d'années parmi des dinosaures barbotant dans une lagune féerique de monstruosité. Des ombres dansaient dans le halo, des souffles maléfiques se mêlaient aux nôtres. Une machination se tramait autour de nous. Une forme inattendue, une momie ricanante, un bossu gargouillant, un djinn mal lavé, un diable sarcastique, prisonniers de quelque granit antédiluvien, allait surgir des parois et nous imposer un marché inimaginable. Quand on vit à la surface, dans le sens du soleil, on s'attend au pire à cent mètres sous le temps, on est nu comme un ver, on n'a rien à offrir, rien à monnayer, sinon une vie éphémère, de surcroît en piteux état. Les rats suivaient en procession ou leur nombre grossissait à mesure de la pénible progression. On se sentait encerclé par d'immenses dangers, d'interminables famines, d'incurables souffrances. Ils s'empressent autour des pieds, les mâles jouent du coude, les femelles se traînent sur le ventre, les petits sautent comme des geysers au-dessus de la coulée ; ils hypnotisent par leur volonté de bouffer l'univers en entier. Gaston couinait à tout va. La peur de ses cousins cavernicoles ou des adieux, qui sait. L'enfer était notre fin. Quelle alternative pour un damné mené au bûcher ? Retenir sa respiration ou s'envelopper d'indifférence comme d'un manteau ignifuge. Mais nous n'étions pas au bout de nos peines, notre évasion ne faisait que commencer.

Nous perçûmes par-delà les épaisseurs un bruit sourd de machine à vapeur qui n'arrive pas à démarrer. La respiration de Lambèse, me dis-je. Le monstre dormait mal, se réveillait pour sombrer, grognait, geignait, donnait des coups de pied aux murs. La rumeur se précisait. Il y avait... oui, des voix, des cris... et d'amples incantations réglées sur le mouvement d'un corps au labeur. Je reconnus le guttural « Allah akbar ! » des fanatiques ; rien à voir avec le « oh hisse » des laborieux. Ils ne creusent pas, ils attaquent la Terre. La violence est le credo et elle se veut hargneuse dans la besogne. C'étaient les Chevelus, ils avançaient dans leur évasion. On en parle sans arrêt, mais on ne les a jamais vus disparaître pour de bon ou alors ils repoussent au fur et à mesure. Le terrorisme résiduel est ce qui reste, stable et indissoluble, quand la réaction est achevée. « Ils font à l'aveuglette, claironna Judas. Un des nôtres est parmi eux, il pousse au pourrissement. Tranquillisez-vous, les galeries sont minées devant et derrière, on saute quand ça nous chante. Du calme, dit-il à l'adresse du garde de queue, notre route est plus sûre que le chemin de l'école. » Qui voulait-il tromper ?

Double Face suivait sa torche et nous, Farid, Gaston et moi, précédions un garde terrorisé d'être descendu si bas. Il se traînait en appelant Dieu au secours. Voyant combien une mitraillette est compromettante quand on n'a rien à se reprocher, il soupesait l'idée de s'en débarrasser. Nous pataugions dans un tunnel sans fin, débouchant à l'évidence sur un autre monde. Il a été creusé par des forçats, il y a un siècle. Nous allions les retrouver au tournant, creusant encore ou couchés dans leur poussière.

Une lueur. Ça ne peut être autre chose, il n'y rien de clair sous terre ; peut-être un corps radioactif... non, c'était bien la lumière du jour. On presse le pas, c'est instinctif, au risque de plonger dans un gouffre. On respirait de l'air... non, une idée fixe depuis notre plongée dans le temps, une habitude, un réflexe de mammifère. Une odeur de cadavre... un bourdonnement hargneux... des mouches dérangées dans leur terrifiante turpitude. Un corps se dissolvait et Dieu l'ignorait.

Nous sortîmes au grand jour. C'était l'aube, pétrifiée dans ses couleurs de deuil mais déjà pétillante à déglinguer un saint et, dans deux secondes, explosive de santé. Il y avait de la joie dans l'air, d'infinies promesses dans le ciel. Les oiseaux sautent du lit en chantant, les insectes n'ont qu à bien se garder. À rêver de sauterelles, bondir au réveil tient du réflexe. Quelque part, une eau vive roulait sa bosse pour rejoindre la mer. Hélas, elle sera attrapée dans un barrage et maltraitée. Bon, assez, voir la nature à travers sa petite lucarne n'est pas sain. Un homme dormait dans sa kachabia au pied d'un arbre. L'image du bonheur à l'abandon. S'il rêvait, c'était de pillages, d'un harem bien garni, d'agapes fumantes, de nuits avinées et d'un poste radio grand comme le *Titanic*. Judas se pencha pour lui murmurer à l'oreille. L'homme gicla de son nirvana. Que lui avait-il annoncé pour le sortir de son rêve comme d'un cauchemar pourri ? Mystère. Échanges de propos aigres, puis de salamalecs de vieux complices.

Échange. Nous avançâmes d'un pas pour changer de mains. Nous remerçiâmes Double Face de leur haute bienveillance et nous suivîmes la kachabia. Deux burnous étaient emmitouflés plus loin au pied d'un talus. S'ils rêvaient, c'était de prendre la place de la kachabia. Plus doux que le crime est l'intention longuement caressée. La colonne se mit en route. Un commando de tueurs en maraude nous prendrait pour une bande rivale ou des frères venus au partage. Dans les deux cas, mort d'homme il y aura. De loin en loin, des silhouettes découpaient l'horizon au-dessus des lignes de crête : des choufs. Ils ont une façon à eux d'épier, inquiétante.

La trotte dura le temps de la traversée souterraine. Une relation de cause à effet le voulait ainsi ou alors c'était le hasard. Un déplacement plus long par le temps peut s'avérer plus court par la distance et vice versa. L'occurrence convergente est redoutable. Entre l'espace et le temps est l'obstacle, matière informe ou masse vivante; l'un inhibe, l'autre stimule, tout dépend de l'angle incident; l'expérience le montre assez. On se préoccupe de tout quand on est privé de sa liberté. Dans nos cellules, rien n'échappait à nos soucis. On a noté par exemple que les cafards étaient plus vifs le mardi qu'aucun autre jour de la semaine, que les taulards gueulaient d'une manière plus rauque en fin de mois qu'au début et que les araignées suivaient une certaine mode dans le tissage de leur toile. Il a été relevé que la taille des prisonniers raccourcissait dans un rapport proportionnel au carré de l'incarcération exprimée en minutes à partir de la première semaine que divise un facteur transcendant tenant au quotient intellectuel moyen des surveillants. Mais tous étaient des épaves à l'entrée, et la formule appelle de complexes correctifs. On remplirait une bibliothèque d'observations de cette nature. Si en soi elles sont farfelues, elles renseignent sur l'âme humaine mise en boîte. Une camionnette guettait sur une piste branchée deux kilomètres plus bas sur la route goudronnée. Signes de reconnaissance, vérifiés par d'autres signes plus secrets et des mots de passe en forme de discours trompeurs.

Échange et salamalecs. Nous avions la gorge serrée. La faim, la soif, l'excitation, la peur. La camionnette puait le mouton volé, extradé vers la Tunisie, mais sentait bon le halva de Sousse, sans lequel le ramadan algérien serait une punition de Dieu. C'était un véhicule de contrebande, ami intime des douaniers et des flics des frontières. Le numéro d'immatriculation était de la poudre aux yeux, cela se voyait comme le nez sur la figure d'un clown. Il roulait en crabe, savait prendre les barrages et négocier plus vite qu'un Mozabite.

Longue la route, et le temps de l'avaler éprouvant. Nous subissions les ressorts du tacot et le poids de la fatigue en essayant de ne penser à rien. Impossible, au cœur de l'épreuve on respire des charbons ardents. Farid me tira par la manche. Il se tracassait. Le malaise l'avait saisi lorsque nous avons quitté le plat pour gagner les hauteurs. Dans ses yeux, je vis la calamité. Pas un oiseau en vue, pas un souffle de vie. Le traquenard nous guettait. Nous étions en plein dans une zone occupée par les groupes armés. Lesquels ? Va savoir, la région est coupée du monde. Hier, elle était à l'écart, depuis l'apparition des Chevelus, elle a disparu de la carte. Des Afghans, je reconnais l'odeur, ajouta-t-il tout bas. Le silence se fit mortel. Le contrebandier avait coupé le moteur, laissant l'inertie régler le chaos du tacot. L'engin avançait à pas de loup, son ombre même s'était faite plus ramassée. Arrêt dans une clairière, visiblement abandonnée depuis peu. Un reste de puanteur, une atmosphère de fin de rite, une impression de monde révolu, du sang sur un amas de pierres en forme de table mortuaire, un dôme de végétation en forme de tabernacle. Aucun doute, le site couvrait de terribles cérémonies.

— Descendez !

— Pourquoi ? Qu'est-il arrivé ?

— Descendez !

— Allah est témoin de ton acte...

— Il sera aussi témoin de votre chance. Vous êtes libres.

— Tu appelles cela liberté ? Tu nous jettes dans la gueule du loup, chien, fils de chien !

— Ce sont les ordres.

Le tacot fila sans demander son reste. Nous étions perdus. Un souvenir enfoui dans une nécropole antique a plus de chance de s'en sortir. Dieu lui-même n'oserait pas nous venir en aide ici. Que faire ? Fuir à toutes jambes attire l'attention. Se cacher, oui, attendre, c'est ça ! Refuser la panique, contrôler la situation ; vite ! vite ! Si grand soit le désespoir, sacrifier aux nécessités demeure un préalable. En collant aux secondes, on prend la mesure de l'éphémère, on comprend l'imminence et le besoin de croire avant tout. Réfléchir... oui réfléchissons vite, réfléchissons bien. Nous avions prévu de libérer Gaston dans un égout et, dans les moments d'euphorie, nous nous imaginions parmi les nôtres festoyant à nous péter la panse, buvant le petit-lait des grands jours, dansant la nouba des gens simples. Nous allions après cela en procession vers un égout éventré de la ville, nauséabond à faire dégobiller un mort, chantant des cantiques et les quassidate des empires délabrés, félicitant Gaston comme un jeune marié. Quel bonheur ! Il ne faut pas réaliser de plan que l'on ne conçoit pas soi-même dans la quiétude de son lit et le rythme propre à son énergie. Nous avions acheté du poisson dans la mer, pris pour argent vrai la parole des plus fieffés menteurs que la terre ait portés et mis nos vies entre les mains de traîtres sans pareils. Gaston devra apprendre à vivre au grand air, boire à la source, manger aux arbres. Il en mourra. Déjà, il regardait autour de lui avec de grands yeux. Farid l'imaginait entre les dents d'une belette, les serres d'un épervier, ou sous les feux d'un bombardement de l'armée. Et nous, pauvres handicapés, livrés pieds et poings liés à la barbarie islamiste, une purulence de l'esprit, une putréfaction de l'âme, que les Barbares des temps antiques eux-mêmes soignaient par les herbes et les scarifications quand par le malheur de quelque maléfice ils en étaient brutalement atteints.

C'est au fond de sa peur qu'on trouve son vrai courage. Haut les cœurs ! On ne se laissera pas intimider par des malades et des vauriens. On ne capitulera pas devant des gueux incapables de voir plus loin que les bribes haillonneuses leur tenant lieu de pensées politiques. À tout on doit se résoudre et, au pied levé, partir avec l'esprit de vaincre. Barbares nous voici, Hommes d'Alger nous voilà.

…

— Farid, l'heure a sonné. Jusque-là nous étions à l'abri à Lambèse même si nous y mourions à petits pas dans la folie et la mollesse. Nos gardes étaient des machines vieilles comme le monde. Les mettre en panne était un jeu d'enfant dans lequel, je dois dire, nous avons excellé puisque nous voilà libres comme le vent. En deux mille ans, Judas a perdu son aura de traître incroyable. Il amuse encore les bigotes centenaires mais le siècle va changer, et sans prendre une ride, tu verras quelles suites il réservait aux anonymes et aux apocryphes des bredouilleurs. Et des ruffians comme le directeur de Lambèse, ton pays en dégorge trop pour y voir un risque majeur pour les générations à venir. Ils finiront par se neutraliser dans le sang sans que vous ayez à les brûler. Nous avons à faire face à du sérieux avec les Chevelus, ils ont dans la tête toutes les lacunes de l'humanité et à portée de main toutes les tares inventées par les lâches. Mais à bon chat bon rat, dirait Gaston s'il savait que cet animal exécrable existe. Nous imiterons l'Indien, nous ferons Robinson Crusoë tous les jours de la semaine y compris le vendredi, jour de prière des tueurs, nous ferons le caméléon et la taupe, nous cesserons de respirer, nous fuirons au moindre silence, nous détalerons au plus petit bruit, de jour et de nuit, mais nous atteindrons la côte et, s'il le faut, nous traverserons à la nage. Es-tu partant ?

— Oui mais on passe à El-Harrach. Je veux embrasser ma mère et mes sœurs et déposer Gaston dans l'oued, là il sera heureux.

— Ce serait une merveilleuse offrande à cet oued miraculeux. Si on s'en sort, ne laisse jamais personne t'emmerder pour ton amour des rats et tes squelettes dans le placard, les gens se gaussent de tout.

POST-SCRIPTUM

Nous voilà au terme du voyage. Un endroit frustrant. On regrette ce que l'on a quitté, on souffre de l'ignorance de ce que nous n'atteindrons pas. Ce qui était noir ne l'est plus vraiment et ce qui brille à l'horizon n'est pas forcément de l'or. On a connu la faim et la soif, nous n'avons rien pour vaincre le mal ; il est là, devant nous, intact. On se dit un peu cela. L'espoir recule lorsque rien ne vient atténuer la douleur. Comment aussi accéder à la vérité dans un monde bâti sur le secret et le mensonge ?

On avait averti en ouvrant ce livre. La vérité appartient à Dieu et combien peu à ceux sur lesquels est passée la roue du destin. Le spectateur est un être fallacieux, c'est vrai, mais nous en avons transcendé la stérile avidité pour nous mettre à la place des acteurs. Difficile, la tension en ces hommes a été si grande que les mots ne suffisent pas. Pierre n'était pas simple. Pour un besogneux de l'informatique, c'en est déroutant. Mais voilà, Français, Algérien, à cheval sur deux planètes, resquilleur, fugitif, forçat puis encore fugitif parmi tant de résignés et de fuyards, de boutefeux et d'affairistes, d'illusionnistes et de sorcières, pris malgré lui dans un combat désespéré entre le bien plus démuni qu'un enfant et l'empire du mal au faîte de sa puissance, ça ne peut pas faire un homme tranquille. Il y a du Jekyll et Hyde en lui. La rencontre de l'enfant de l'arbre sec a pesé sur son mental, c'est sûr. Farid est fatigant à se la ramener à propos de tout et de rien. C'est un enfant du bled et en vertu de cela, l'arrogance et les solutions expéditives sont à ses yeux plus agréables que la patience et les arrangements mûris au pied de la cheminée. Quand on vit entre deux feux, entre deux siècles, entre deux chaises, entre deux morts, entre deux fous, on est forcément un peu monstrueux. Que seriez-vous si, comme ces enfants perdus, vous aviez été trafiqués dans vos ressorts par un Frankenstein modelé au Moyen Âge moyen-oriental ? C'est bien lui, je crois, dont vous parlez dans vos nuits, dans vos réunions, dans vos émissions fantastiques, le pays étrange où les habitants ignorent qu'on peut être heureux de son vivant et où les dirigeants sont heureux d'être des ignorants jusqu'à la mort. Alors Pierre et Farid dans la même galère, rêvant séparément, ramant à contre-bord, quelle bouillabaisse, quelle chorba ! Entre un Français d'Avallon, un Arabe de Vialar qui ne figure plus sur les cartes, deux en un sans solution de continuité, et un Harrachi dingue de Vegas et d'un rat nommé Gaston, possédant un placard bien garni pour son âge, comment équilibrer son regard et dire juste ? Que penser du décor ? Il est bête à mourir ; désordre et carton-pâte. Des pèlerins y passent comme des bourricots venant d'un souk vorace, se jetant sur le premier café venu, des diables en uniforme qu'on confond avec des policiers, des sains de corps et d'esprit démunis de tout sens de la mesure, des fous parlant comme Zarathoustra, et des mecs tout ce qu'il y a de bien qui traversent la scène en rase-mottes en appelant Dieu à leur secours. Mais quoi, on ne vit pas là où on veut. Il y a le mektoub et trop de fumée au sol pour se guider à sa fantaisie.

Ingratitude du spectateur, disions-nous, mais qui se veut témoin fidèle. S'il est des regards ingrats, il est des oreilles à la place desquelles on n'aimerait pas être. Non, tout est vérité. Tout s'est passé ainsi. Notre chaîne de l'amitié fonctionne bien. Nous œuvrons dans la clandestinité, nous travaillons de nuit, nous nous rencontrons quand Dieu le veut, et un peu le vendredi, à l'heure où ils se précipitent à la mosquée sonner le tocsin ou l'hallali ; et jamais, jamais, nous ne laissons nos problèmes prendre le dessus. Il n'y a rien de moins ingrat que l'homme qui se dépense pour le bien de ses frères et cela sans y gagner un jour de repos ni une once de reconnaissance. Au contraire, pèse sur lui le danger d'être débusqué, traîné devant des juges cannibales et jeté à Serkadji où l'on attend son tour de mourir dans une émeute, à Lambèse où l'on se débilite dans la solitude glacée des Aurès, ou dans quelque zone d'ombre où l'on fait de vous un kamikaze en moins de trente sermons.

L'important est de porter le message, si fou soit-il. Aux gens d'Avallon, à ceux de Tissemsilt et de Tiaret, à ceux d'El-Harrach, et aux parents de ceux, innocents ou coupables, croupissant à Lambèse, qu'on fait mourir en les précipitant dans l'oubli. Ainsi le veut Pierre qui n'a pas l'ambition de refaire le monde à lui seul.

Aux gens d'Avallon, nous affirmons ceci : Pierre est vivant. Il se remet de ses blessures plus vite qu'elles ne s'aggravent. Il a trouvé chaussure à son pied, le veinard. Une bonne nouvelle est une grande espérance, recevez-le ainsi. Il vit de grands espoirs, et en cela dangereux, dans la vaste demeure du Cadi, un saint homme dont l'équivalent chez vous serait un curé et un notaire débonnaire sous la même casquette. Il a connu ses pères et ses mères et conservé la mémoire de ce qui fut, en pleine guerre, un extraordinaire pacte d'amour. Grâce à cela Pierre s'est recomposé, il vit dans une harmonie toute neuve, bicéphale à certains moments, avec d'un côté une folle sage à croquer et un bébé étrange, poussant comme une herbe folle, qui apprend à merveille l'arabe des gens pacifiques, et de l'autre, une vague gouvernante et un chat noir qui est aux sorcières de par ici ce que la croix est à la religion du Christ. Tranquillisez-vous, Salim, le flic renégat, veille sur eux, il a du ressort pour mille. Des tunnels ont été creusés sous la maison, des trappes dissimulées sous les tapis et de faux murs dressés au cul des couloirs pour échapper aux descentes de police et au regard perforant des faux mendiants. On doit le savoir et y croire : sous les apparences d'une joyeuse pagaille, une grande nation est en train de naître sous sa houlette. Le Cadi écrit partout dans le monde et peut-être a-t-il saisi le maire d'Avallon pour solliciter volontaires et subsides. Un excavateur ferait bien l'affaire, aussi. S'il ne vous en a pas parlé, élisez un nouveau maire, et priez monsieur le curé de dire quelques messes pour nous, voilà ce que préconise Pierre. Vous connaissiez son esprit tranché, il aime maintenant délibérer sur tout et rien ; c'est une maladie d'ici de se prendre pour Dieu le Père et de refaire le monde sept fois dans la semaine. Mais pardessus tout, il vous prie d'avoir une pensée pour les chercheurs d'asile, les enfants fous, les chiens errants, les vieilles sorcières ronchonneuses et de faire du 10 août une journée de méditation. Arrosez vos arbres et bichon-

nez vos fleurs, on ne sait jamais, la raison humaine est instable ; un jour, vous pourriez devenir fous. Et d'ajouter avec un sourire matois : vérifiez d'où viennent vos enfants, il n'y a rien de plus cachottier qu'une maman ayant vu du pays.

Aux gens de Tissemsilt, il dit : levez le regard ! Qu'importe que les pieds soient dans la merde, l'estomac dans les talons et que le soleil consume vos bébés avant que la vie ne leur apprenne à fuir. Ignorez le malheur, il vous ignorera. Pour voir l'horizon, on se tient debout, l'aurais-tu oublié ? Aujourd'hui l'errance est ton lot et la petitesse ton ombre ; qu'importe ! l'enfant de la folle n'en est pas mort pour autant et déjà il sait tout des ordinateurs. La révolution agraire a fait du Sersou un désert avant l'heure, soit, mais on a vu reverdir des terres brûlées. Tu trouveras le moyen d'inventer l'ombre à midi, tu es ingénieux, souviens-toi cependant, planter des arbres ne suffit pas, il faut aussi les arroser. On ne le répétera jamais assez. Remets-toi à l'élevage du barbe, c'est une bonne bête, elle te fera vivre comme un prince de sang si tu sais son langage. Demain est un grand jour. Beaucoup des tiens sont morts, tués d'une balle, d'une mine, d'un couteau ou d'un décret, souvent aussi d'une banale strangulation, et parmi eux son père Omar et son père Jean, qui furent des hommes de bien devant Dieu, mais tu es le meilleur lapin du désert, tu te reproduis plus vite que les méchants ne savent te supprimer. Songes-y, à ce train l'avenir du monde t'appartient. Mais restez modestes, l'arrogance a fait trébucher plus d'un. La mosquée c'est bien, il y fait frais et la musique est enivrante, mais cours entretenir ton cimetière, un jour tu y habiteras.

Aux gens de Tiaret, il dit : assez de l'opposition stérile, on fait la guerre ou la paix ! Parce que ta laine est réputée, tu crois qu'il t'appartient d'habiller le monde. Pauvre idiote, le monde va nu, il a déchiré le voile de l'ignorance et cassé les tabous ; déjà il ensemence les étoiles de ses machines. Brûle tes haillons, range tes cardes, éloigne tes femmes du métier, et ne va pas pleurer ton soûl pour quelques débourrures inutiles. Ta laine, laisse-la sur le mouton et apprends à lire. Il est temps pour toi de respirer l'air du large, il véhicule des poèmes cinglants de magie ; en outre, il guérit de la tuberculose.

Ah les gens d'El-Harrach ! Que le thé accompagne nos quassidate, que l'oued continue à puer comme il empestait au temps des pères et que les HLM croupis ne cessent de brailler, voilà qui suffit à notre bonheur, disent-ils en bâillant. D'accord, cent mille fois d'accord, mais pourquoi tant le répéter en pleurnichant ? Il faut être clair dans son jeu, on ne peut séduire une capitale du troisième millénaire en barbotant à bord d'un douar puant. Ô El-Harrach, tu ne connais pas Pierre d'Avallon, ni Khaled de Vialar, ni Salim le flic tenace qui écumait palaces rutilants et caravansérails pouilleux en vrai frère de la côte, et de leurs conseils tu te branlerais mais rejetterais-tu ceux de Farid, un rejeton de tes eaux ? Un prodige s'est produit pas loin de ton nez. Apprends qu'il est à ses côtés comme un jeune frère studieux et qu'il te dit ceci : l'oued et ses chansonnettes à dormir mouillé est un vice que nous ont inoculé des gens indignes de vivre. Et si tu veux savoir si cela est vrai, demande donc à ces braves gens d'échanger leurs monstrueuses villas de Hydra contre les beaux clapiers de ton ghetto. Fais-le quand même par téléphone, sans éveiller le soupçon ; prends l'accent d'un Chinois perdu dans le désert, si tu peux, tu éviteras de voir mourir ta famille dans un bain de sang. Il n'y a pas d'esprit dans la merde et aucun avantage à vivre trempé. Remuez-vous le cul, stoppez vos lamentations, frappez à la bonne porte ! Quoi qu'il en soit, veillez sur sa mère et ses sœurs et si on vient demander la main des filles, enquêtez auprès des frères du milieu. Si par malheur c'est un proxo, il vous demande au nom du serment de faire ce que vous savez. Un jour, quand les recherches se relâcheront, il vous demandera de les escorter jusqu'à Tiaret. Guettez bien ce moment.

Et vous qui cherchez les vôtres par les morgues, les cimetières et les décharges d'ordures, soyez patients. La vie charrie des malheurs par tombereaux mais aussi elle draine de bonnes surprises, bien vertes et grasses. Puissent les unes passer loin de vos têtes et les autres vous caresser le flanc. C'est sa façon de parler, à Pierre, elle est nouvelle dans ce pays de faux prophètes et de tribuns à la noix. Pierre et Farid nous ont assuré qu'à Lambèse bien des familles se sont reconstituées sous le regard médusé des gardiens, bien des amis se sont retrouvés nez à nez quand leurs yeux étaient aveuglés par le souvenir. Le mieux est l'ennemi du bien, dit-on. Oui, il est préférable que les séparés se rejoignent à la maison, c'est un lieu béni, mais on ne peut pas tout demander quand d'autres ont le cimetière pour unique rendez-vous. Pierre a un conseil pour vous qui murmuraient ici et là, entre deux portes sourdes, en louchant par-dessus vos épaules fatiguées : « Dis-moi par le nom d'Allah, sais-tu où est mon fils, mon mari, ma sœur, ma mère ou mon père ? » Ne cherchez pas comme on pratique une chose honteuse. Habillez-vous de blanc, parfumez vos têtes, dites la prière des morts, sortez dans la rue pour fixer le soleil, et criez : Aujourd'hui, ici, à l'instant, je veux que justice soit faite. La justice ne vous rendra pas les vôtres, vous souffrirez autant de son verdict que vous avez enduré de son mépris, mais quelque part, sur une pierre blanche, dans le regard de vos enfants, au fond de vos nuits, vous verrez ce que le mensonge vous a toujours caché : l'incroyable nudité de la vie ; on l'appelle vérité.

Nous n'étions tenus que de porter le message. C'est fait.

Il est venu à nos oreilles d'autres déclarations ou salutations de Pierre, de Farid et des autres membres de la communauté. Nos recherches sont restées pendantes, nous ne savons trop à qui elles s'adressent ou à quoi elles réfèrent dans l'histoire. Elles sont touchantes, cela suffit. Salut est fait à la Méduse de l'Aurassi. Qui est-elle, celle-là ? Notre conviction est qu'elle est une Mata Hari dont le but est de tomber l'investisseur étranger sincère et de distiller le venin dans le cœur des opposants qui hantent les salons du palace. Le regard de Pierre est compliqué, il aurait vu en elle un symbole. De quoi, je vous demande ! Il a eu un mot pour le petit marchand de mégots de Bourbaki. Un mot sec, unilatéral, comme un bonjour de général, mais son regard miroitait aussi fort qu'un étang sous le soleil couchant : « Je l'aime. » L'enfant vendait son poison au pied d'un arbre foudroyé comme on vend des armes et des titres de propriété dans les palaces d'Alger : en regardant le ciel. À Pierre et à Salim, il aurait dit : Ou que vous alliez, quoi que vous fassiez, souvenez-vous de moi. Ils m'ont tout pris, mes parents, notre maison, notre champ, et abandonné dans ce trou perdu. Pierre aurait dit au Cadi et cela aussi nous est parvenu : « La place de ce gamin est parmi nous, faites-le savoir ! » Alors petit, si tu es vivant, va à Tiaret, demande la maison du vieux Cadi et sois heureux. À propos de l'ancien combattant de Lambèse, Pierre aurait déclaré : Il est bête qu'un vieux soldat comme toi ne soit pas libre. Tu as fait la Première Guerre mondiale et la Seconde et affranchi des millions de gens. Ton village a disparu par la faute d'une lamentable vendetta mais l'honneur est sauf, tu t'es battu comme un lion. Tu as raté la révolution par méconnaissance, on ne peut te chanter pouilles pour cela et te clouer au pilori avec les Harkis. Après tout, tu as creusé des tunnels à vider un pays de sa bourbe, et pas mal distrait la garde avec tes bagarres improvisées par les meneurs de jeu. Tu serais plutôt en droit de réclamer une carte d'ancien moudjahed et de te la couler douce dans les vestibules de la république. Ah vraiment les guerres ne libèrent pas toujours leurs soldats ! Tu as tout perdu et que vois-tu, sinon l'obscurité de ta cellule. Nous pensons à toi avec une grande fierté. Nos enfants entendront parler de toi, promis. Le jour viendra où ton nom sera inscrit sur la tombe du soldat inconnu. Il eut une pensée pour la famille hagarde qui courait entre les dunes dans ce coin désespéré de l'Ouarsenis où l'oued Riou se jette dans un océan de sable chargé d'amertume fossile, en effaçant ses traces avec des branches mortes. Assommés de soleil, aveuglés par le danger, Pierre et Salim auraient vu en elle une horde de Chevelus. Et la famille hagarde a reconnu en nos amis, et en leur voiture blindée, des miliciens à l'affût du bon coup. Ils se sont épiés à se brûler les yeux à travers un brouillard irisé gommant dans sa frénésie le ciel, la terre, le temps, et ce que Dieu a mis en eux. Une journée a été épuisée dans ce guet fabuleux. À l'aube, la petite tribu avait disparu, laissant derrière elle une vague odeur de galette moisie. Pierre aurait dit : Avoir cette famille dans notre colonie c'est le succès de la vérité et peut-être le renversement des puissants par les humbles. Et d'ajouter : Son art du camouflage, sa patience, son obstination enracinée jusque dans le bébé en alerte dans son couffin nous seraient utiles. Il est évident hélas que nous ne pourrons jamais la retrouver, mais sait-on jamais, ceux qui fuient arrivent bien quelque part ; ce pourrait être la maison du Cadi, sa réputation sera bientôt établie.

Pour Messaoud le Gitan, Pierre a une pensée sentant le parti pris comme toute déclaration d'amour. Un peu enlevée pour avoir du sens en rapport avec le récit. Sans lui, l'histoire aurait-elle eu lieu, se serait-elle passée ainsi ? Il lui dit ceci : Mon cher gitan, j'y réfléchis depuis longtemps et ma conclusion est celle-ci : le ciel d'Algérie est trop petit pour toi et ses bureaucrates indignes de porter ta valise de mercanti international. Ils te la perdraient d'ailleurs aussitôt et, loin de s'excuser, ils te nous leur pondraient une version d'attaque dans laquelle tu serais le voleur, eux les forts en poursuite et la mallette le chiffre de la Défense. La Défense, tu imagines la montagne de cadavres que ça ferait ! Ne parlons pas des experts agglutinés à l'ombre du piédestal, ni de leurs lunettes renforcées, encore moins de leurs mains moites, ils verraient dans tes techniques, s'ils le pouvaient, le moyen de faire souffrir plus de monde en idéalisant la pénurie. Une fois lancée, la masturbation monte à la tête. Ils te nous leur élèveraient l'exsanguination au rang d'antidote de la manducation. En clair, ils nous pomperaient l'air pour nous empêcher de vivre. T'es trop fort pour eux, trop rapide, trop éclectique. Dans leurs têtes de piaf, ils additionnent économie et marché pour dire économie de marché, comme hier ils ont additionné verbiage et vent de sable pour dire socialisme et ruine de l'âme. C'est à mourir de rire. La vie n'est pas une somme de mots. Ils font comme l'état civil : additionner des nouveau-nés et attendre leur décès pour les soustraire, le tout sans décroiser les bras. On ne sait en définitive si leur plaisir est d'inventer des absurdités ou de voir disparaître les gens. Que dire à ces tortionnaires qui ne les tuerait pas d'un coup ? Un conseil, ne leur révèle jamais le secret des affaires, ils seraient capables d'affamer l'humanité. Tu vois, sans rien comprendre au genre humain et à la géographie, ils ont ruiné ce pays, abîmé ses gens, éteint son soleil, vidé ses touristes, sans bouger de leurs chaises. Vois comme ils ont insulté sa mémoire et compromis son avenir avec une note éliminatoire en histoire. Si tu vas à Avallon, ne dis rien à ses satanés ronds-de-cuir, même au prix de ta vie, ils m'ont assez fait chier avec leurs formulaires. Ils méritent seulement d'apprendre l'heure de leur mort. Cela est-il dans tes cordes ? Fais gaffe aux riffaudeurs des impôts, leur curiosité n'a pas de bornes. Prends mes ordinateurs mais, sache-le, tu n'en tireras pas une quiche au graille du coin, mes derniers logiciels leur ont noirci le cœur et brouillé les idées… j'avais un deuil à passer, je biberonnais à tout va, je pissais comme une madeleine. Si tu as besoin d'un pied-à-terre pour violer des filles ou planquer des paquets, mon appartement est à ta disposition. Après deux siècles de ronronnement et de bon voisinage, il va découvrir le tintamarre arabe, le merguez tueur d'ozone, les inondations express et les disparitions inex-

pliquées. Chacun est libre de se tuer comme il veut, mes voisins peuvent se raser et rejoindre le Front national, on n'en mourra pas. Ton amitié m'a enrichi, ton bagout m'a ouvert les yeux, ta gouaille a enivré mon esprit de Français près de ses pantoufles et de son percepteur. J'aimerais te rencontrer à nouveau dans un avion par le pur hasard du mektoub, ce serait une bénédiction. Si c'est un zinc de AA, nous aurions en plus la régalade, le frisson et on s'en mettrait plein les poches ; un homme averti vaut bien deux trabendistes endormis. C'est dans le ciel, quand nous nous inquiétons pour nos pieds, que s'écrit le destin. Ah Dieu, comme le petit jette de l'ombre sur le grand ! Et pourquoi les gueux se veulent-ils plus beaux que le roi ? C'en est absurde. Au royaume des traîne-papiers, deux ne font pas un, et un de moins c'est toujours ça de pris. Oui, tu avais raison, mille fois raison, Salim est un type formidable et le gouvernement d'Alger un vrai ramassis de flibustiers auxquels il ne manque rien de bon, sauf des embarcations en ordre de marche pour écumer les mers, piller les terres et offenser l'ONU. Dans la mécanique céleste, impavide, impérissable et sublimante, il y a, béni soit Dieu, la mécanique des choses en panne, la rumination des tas de boue rouillant à sec, et la foire des manchots caquetant à quai bouché en se marchant sur les pieds, sinon où serions-nous ?

Oui, bien des messages nous sont parvenus. Nous les transmettons comme nous pouvons, nous avons aussi à tromper la vigilance des espions. La messagerie de Salim nous met dans la gêne. Nous sommes des gens sérieux, des résistants intègres, des modèles pour la jeunesse. Les filles d'Algérie et d'ailleurs ont le bonjour de Tiaret. Voilà c'est dit. Nous n'en dirons pas plus, le monde n'est pas sûr pour elles, les méchants les frappent en premier. À elles d'imaginer en quoi consiste l'appel de Tiaret. Qu'elles le fassent dans leur chambrette lourdée à double tour, un jour que les parents sont absents pour la semaine et que le chien est sérieusement occupé à l'autre bout de la ville.

Nous ne rapporterons pas celles du Cadi, de la Sorcière et du Chat. Ils ont leur public qui n'est pas le nôtre. Nous n'entendons rien au charabia des clercs, aux grommellements des vieilles, et des greffiers nous n'acceptons pas même les caresses tant cette race nous glace lorsque nous en croisons un sous un balcon, enroulé dans son noir manteau, entre échelle et mur, tenant en ses griffes un rat, qui, horreur, pourrait être Gaston ou un de ses fils.

S'il est des langues ingrates et des oreilles fallacieuses, il y a les gorges chaudes. Non loin de là, il y a près d'ici. Nous les entendons se gausser de notre témoignage, avec une légèreté marquée pour cacher leur envie de nous brûler la gueule. Qu'en est-il de l'enfant fou, du vagabond, de la gare, de l'usine à gaz transformée subrepticement en usine à glace ? Que sont devenus Gourari et ses émirs, comment est mort Mokhtar ? Qui a tué les survivants ? Qui a donné Pierre ? C'est quoi son évasion ? Qu'est-il advenu de Gaston ? Que sais-je encore.

Gorge chaude n'est pas fraîche Intelligence.

Commençons par le plus simple, le plus évident. Gaston est avec son frère et ami, Farid. Les rats s'adaptent à tout, c'est connu, était-il besoin de le rappeler ? Le climat sec et poussiéreux de Tiaret lui convient à merveille. Il a déniché une rate dans un égout à ciel ouvert dans un bas-fond, il l'aime, et leurs petits ne se comptent plus. Dans la grande maison du Cadi, ils mènent une vie débridée qui désole la Sorcière. Son chat noir est devenu albinos, et sa belle queue de soie floche a définitivement tire-bouchonné. Un jour, ils le mangeront ou peut-être en feront-ils un Dieu Totem. On le saura car ce sera un événement qui étonnera le monde.

Il n'y a aucune explication à l'enfant fou de l'arbre creux au milieu de la cour, ni au vagabond sur lequel s'acharnent toutes les maladies sans l'égratigner le moins du monde. Ils font partie de Lambèse, depuis son érection paraît-il, et c'est tout. Avec de la patience, on le saura ; il n'est rien de caché qui ne soit un jour révélé. Du vieux soldat, nous ne retiendrons rien, ni les dires ni les oublis ponctuant ses épanchements. Après une longue cécité, on perd beaucoup de son intelligence. Sa mémoire ne lui appartient plus, cinquante années de mauvais traitements en ont fait un dépotoir public. Il nous suffit d'avoir du respect pour lui.

Faut-il entrer dans le détail et dire les combats de chiens, les luttes d'intérêts, les jeux d'appareils, les complices s'entre-déchirant à perdre le souffle sans prendre la peine de s'interroger : quelle main les pousse, quelle bourse les paye, quelle récompense les attend à la fin ? Ne vous embarrassez pas l'esprit, retenez la une du Moudjahid*; à l'officiel elle ajoute une superbe fin de non-recevoir : Gourari est le nouveau Symbole du Sersou. Ses émirs l'ont débarrassé de ce vieux clou de Mokhtar, c'est simple, c'est classique. Et lui a mis la mort du Héros sur le dos de Pierre, le Français nostalgique, de retour au bled pour régler des comptes rancis par la haine. Mise en scène facile, mobile évident. Pourquoi chercher loin quand on a le juge sous la main, des* *témoins professionnels en veux-tu en voilà pour tout un génocide et que les foules éblouies réclament leur dû de fausses croyances ? Le reste est délicat mais entre bandits de bas étage on se comprend au quart de tour. Alger devait être informé et les Symboles approchés un à un, flattés pour leur haute symbolique et mis dans la poche. Quand on a de quoi négocier, négocier est un plaisir. Le hic est que la France a fait du tintouin, relayé par son parti local, Hizb França, amplifié par la presse, enrichi de mille propos annexes par les spécialistes des grandes causes. Le parasitage au dépourvu n'est pas bon pour les affaires. La transparence démocratique ne veut pas dire la lumière sur tout. Cela aussi nous le savons : quand deux larrons ne s'entendent plus, éteindre la lumière est le réflexe du plus rapide. Aujourd'hui, les esprits regardent ailleurs. Un grand bruit vient de se manifester. D'immenses prodiges vont voir le jour, de superbes calamités préparent les mois à venir, d'incroyables Judas entrent en scène ; d'autres Mohamed et d'autres Pierre vont voir leur destin scellé. Préparez-vous à lire leur histoire. Ce sera dantesque, on ne peut mieux. Voilà déjà du neuf : le président en exercice a été vidé de son fauteuil au moment où il s'apprêtait à sacrifier un pégriot tiré au sort pour passer l'hiver tranquille. Ses hommes se débinent par l'issue de secours, ils ne sont plus ses amis. Les Gourari ont vu grand, l'élu est entré par la porte sublime, porté par des colosses. C'est un nain savant, casseur de tabous, donneur de leçons, bonimenteur comme pas un. De la graine de champion. On le dit émérite, on le dit étonnant, on le dit unique. Il est le Chantecler des bois, le Góngora des îles, le Phénix de la Création. Alléluia ! Il va offrir à la Dictature des habits de prince.*

L'ère des baladins a commencé, tendez l'oreille. Il vient d'un monde ancien où il cultivait une petite rancœur au foie de vingt ans d'âge. C'est sur les persécutions à grande échelle que les nains se construisent des légendes à leur taille. Déjà les tueurs sont en marche, les menteurs aux postes, les fous aux machines, les ombres en alerte, les aveugles aux mâts de vigie. Il y a de quoi voir et entendre.

Quant à la gare et à l'usine à glace, nous avouons notre échec. La seule vue de cette gare, qu'un train fantôme traverse de loin en loin, à l'improviste, en ferraillant de toutes ses chaînes, suffit pour jurer qu'elle ne rime à rien dans l'histoire et qu'à l'économie domestique elle enlève plus qu'elle ne donne. Et pourtant, Mme Chaumet, distraite à ce que l'on sait mais pas folle, l'a noté sur un coin de bristol et Pierre y a vu assez de mystère pour s'en faire un guide dans sa recherche de « la colline oubliée » comme il aimait à dire dans ses moments d'absence. Idem pour l'usine à glace. Un jour, elle a fermé ses fours et s'en est allée grossir le peuple des chômeurs. Une sorcière, amie de Khalti Fatma (elle accourt aux nouvelles une fois par semaine dans la grande maison du Cadi), affirme se souvenir d'un vieux ragot de la plus haute importance. Chose curieuse, il n'avait provoqué en son temps ni vendetta, ni bannissement, ni crise de folie meurtrière. Il avait pourtant rosi plus de joues boutonneuses que le plus turgescent des printemps. C'était l'époque où Omar pratiquait le service militaire. Le caché est visible en tout temps et en tout lieu. Pour preuve, est-il une dissimulation de jeune fille qui ne soit précédée d'une trombe de révélations ? Le mystère n'est pas dans le trou noir mais dans la lumière qui l'environne et le restreint jusqu'à disparition totale. Un mystère escamoté reste-t-il un mys-

tère ? Rien n'est moins sûr, au pays des miracles la main qui allume est la main qui éteint. Aïcha venait souvent à Tiaret visiter une lointaine tante grabataire. Elle aimait à courir aussitôt rêvasser du côté de la gare. Ses pas l'y menaient par hypnose. L'attention des femmes était à son comble, celle des hommes anéantie par l'odeur de muscade. L'usine à glace avait du jour au lendemain perdu son attrait sur la frêle Aïcha. Omar en avait gardé les murs et compté les pains de glace sortant fumants de ses toboggans puis, sur l'ordre d'un adjudant blindé, s'en était allé se planter à la gare. Un jour que le soleil ébouillantait la cervelle des jeunes filles, elle aurait dit à une passante : « C'est bête comme on ne voit pas son futur mari tant qu'il ne revêt pas l'uniforme. » L'inconnue ne comprit rien au phénomène décrit mais le rapporta tel quel au fin fond du village. Peut-être y ajouta-t-elle quelques siens soucis, voire de puissantes considérations sur l'élevage des midinettes. N'en profitez pas pour reprocher à vos filles d'aimer l'apparat, à cet âge les garçons ne font rien de bon pour s'en faire aimer. C'est vrai que si les futurs maris de l'époque étaient aussi peu ragoûtants qu'ils le sont sous le régime des Symboles, on pouvait passer sa vie dans le deuil de soi. Ce serait donc une histoire d'amour. Mais peut-on accorder foi aux révélations d'une sorcière aussi laide, après que quarante années alternant langueur de grossesse et rage domestique sont passées sur sa mémoire ? Il serait étonnant, alors que le monde s'écroulait autour d'elle en cette nuit fatale, que Aïcha se soit accordée de penser à quelques instants de bonheur platonique volé dans une gare et une usine à glace en guerre. L'âme humaine a ses mystères. Un éminent confrère de la chaîne de l'amitié nous a expliqué combien il est naturel, au pic de la détresse, de s'accrocher au premier morceau de bonheur surgissant des décombres. La mémoire est une foire dans notre tête, on ne sait jamais sur quel numéro va tomber la flèche du souvenir. Et d'ajouter : « Chez nous autres, les Têtes Noires, tirer la tombola c'est gagner son tombeau. Ainsi, nous a-t-il dit, soudainement blême : Je ne peux jamais penser à demain sans que dans ma tête défile toute ma vie en un seul flash. Je me sens comme menacé. »

Voilà, tout est dit et que Dieu garde vos enfants en sa sainte miséricorde.

Le mensonge a sa place aussi. Quand il est produit, on doit le mettre quelque part. Écoutons la version officielle, elle tient dans un communiqué de quelques lignes. L'organe officieux l'a aussitôt commenté comme si on lui avait tué son père, sa mère et sa rotative. Relisez son papier, rien n'y manque : Supercherie, manquement à l'hospitalité, comportement raciste, collusion avec une secte terroriste, détournement d'un policier naïf, occupation illégale de biens publics, atteinte aux Constantes, menace sur la souveraineté, assassinat d'un Symbole indestructible, Allah nous appartient, l'Algérie est au centre du monde et les « Qui on sait » ont à cœur de la détruire.

« Malgré le renforcement des dispositifs de sécurité, deux criminels ont réussi à s'évader de la maison de détention de Tazoult, connue sous le nom, de triste mémoire, de Lambèse, où tant de héros de notre glorieuse révolution ont subi la violence colonialiste. Il s'agit

de deux condamnés à mort brillamment châtiés par notre justice. Une battue a été organisée. Les agents de l'ordre s'y sont dépensés avec leur proverbiale efficacité. En vain. De nombreux indices le donnent à penser, les fugitifs sont tombés sur une bande terroriste et ils ont tragiquement fini leur cours. »

Y a-t-il une morale de l'histoire ? Peut-être celle-ci car l'heure est aux grandes questions : si la vérité a besoin d'une fraction de seconde pour éclater, il faut une vie et souvent davantage pour remettre de l'ordre dans ses idées. Vivre loin des menteurs est donc le chemin à trouver.

Composition Bussière
et impression Bussière Camedan Imprimeries
à Saint-Amand (Cher), le 20 septembre 2000.
Dépôt légal : septembre 2000.
1er dépôt légal : juin 2000.
Numéro d'imprimeur : 004139/4.
ISBN 2-07-075928-8./Imprimé en France.

98010